中國現代文學史　下編

（1937～1949 年）

程光煒、劉勇、吳曉東、孔慶東、郜元寶　合著

大陸學者叢書

目　次

中國現代文學史　下編
（1937～1949 年）

第十五章

「戰爭時代」文學的書寫和選擇

第一節　戰爭背景下的文學思潮及論爭

現代化進程的斷裂與值得注意的文學思潮動向／文藝與政治關係問題的凸出和緊張化／幾次重要的論爭／在不同區域的滲透及縱橫交錯的歷史線頭

從 1937 年 7 月 7 日盧溝橋事變到 1949 年 10 月 1 日新政權成立，整整 12 年時間中國都處在戰爭時代。此時「歷史的強行進入」打斷了現代文學原有的進程，家國離散、時代的顛沛流離、文化中心的散落和重新聚合、作家和戰爭現實的關係，這些都極大地規定著戰爭時代文學的走勢和抉擇，並造成這一時期文學的氣候。在這種特殊背景下，這一時期的文學思潮顯得極為紛繁複雜：一方面，它包含有「五四」文學革命所延續的基本主題，如關於文藝大眾化和民族形式的論爭，關於文藝與政治關係的論爭等等；另一方面，由於處在戰爭背景下，它又表現出不同的情勢。不過，從整體上來看，可以分為三種：第一種是 30 年代末和 40 年代初對通俗化和民族形式的論爭，它體現了現代文學「感時憂國」的傳統，在抗戰的壓力下文學對自身責任的反省，以及「五四」時期民粹主義的發展；第二種是對梁實秋的「與抗戰無關」、沈從文的「反對作家從政」、朱光潛等人的自由主義文藝思想的批判和論爭，由《清朝前後》、《芳草天涯》兩劇的討論所引起的對創作「非政治化」傾向的批判，以及延安文藝整風期間對王實味文藝觀的批判等，文藝與政治的關係問題構成現代文學發展的兩種理路，在 40 年代抗戰及政權相爭中顯得尤為敏感和複雜，而且，隨著政治情勢的變化，論戰方式也逐漸由個人意氣、觀點之爭轉為有組織的意識型態的批判和「清算」；第三種是關於現實主義和「主觀」問題的論爭，這關乎 40 年代小說美學和作家對現實的姿態，胡風堅持和重釋了「五四」傳統，但最終被毛澤東的《在延安文藝座談會上的講話》所引導的創作方法和美學趣味所淹沒。此外，在淪陷區中，還有「寫印主義」、鄉土文學等論戰和文學通俗化運動。

戰爭時代文學思潮紛爭的引子似乎應當從「兩個口號」之爭開始。1936 年 3 月，「左翼作家聯盟」解散。同年 6 月，「中國文藝作家協會」成立，並提出「國防文學」口號；稍後，有魯迅參與的「中國文藝工作者協會」提出「民族革命戰爭的大眾文學」口號。這兩個口號除了理論資源不同、側重點稍有差異外，其實質都是指向文學上的抗日統一戰線，所以很難了解「口號」之爭發生的真實原因。從現有的資料來看，很可能是由於中國共產黨領導下的左翼作家和魯迅的意氣之爭。但不管怎麼樣，論爭最終使人們達成建立統一戰線的共識（1938 年 3 月，中華全國文藝界抗敵協會成立），並且促使兩位理論新人的出頭：胡風和周揚。周揚原名周起應，湖南人，他執行共產黨的文藝政策，並借鑑蘇聯文學的經驗提出「國防文學」口號。胡風原名張光人，湖北人，他是魯迅晚年的朋友和弟子，這次「民族革命戰爭的大眾文學」口號即由他在《人民大眾向文學要求什麼》一文中公之於眾。不久，周揚赴延安，後來成為中國共產黨文藝政策的代言人。以後的論戰之中，兩人所代表的作家群體還有多次交鋒。

第一場是關於「與抗戰無關」的爭論。1938 年 12 月，梁實秋在《中央日報》副刊《平明》上發表《編者的話》[1]，重提了他的「為藝術而藝術」的觀點，並特別提出「與抗戰有關的材料我們最為歡迎，但與抗戰無關的材料，只要真實流暢，也是好的……至於空洞的『抗戰八股』，那是對誰也沒有益處的」。其後老舍代表「文協」寫了一封未發出的公開信，指責梁實秋「態度輕佻，出語擐薄」，認為「此種玩弄文墨之風氣一開」，「行將」「有礙抗戰文藝之發展」，指出「目前一切，必須與抗戰有關」[2]。羅孫、宋之的、巴人等也發表文章進行批評。梁實秋認為這些文章是「人身攻擊」，不再應答，但在其主編的《平明》上發表多「談酒說夢」的文章。1939 年，沈從文發表了《一般或特殊》[3]，批

1　《中央日報》，1938 年 12 月 1 日。

2　老舍：《「文協」給〈中央日報〉的公開信》，見《中華全國文藝界抗敵協會資料匯編》，成都，四川社會科學院出版社，1983 年。

3　《今日評論》，第 1 卷第 4 期，1939 年 1 月 22 日，5-7 頁。

評「一切文學都是宣傳」的觀點，後又發表《文學運動的重造》[4]，指出文學「墮落」的原因一是商業性二是政治性，疾呼把文學「從『商場』和官場解放出來，再度成為『學術』的一部份」。羅孫、張天翼、郭沫若等人批判沈從文曲解了文學與宣傳、文學與政治的關係。郭沫若在談到沈從文反對「作家從政」時說：「不能籠統地談反對從政，要分析政的性質」，把「在抗戰期間作家以他的文筆活動來動員大眾」，「目之為『從政』，簡直是一種汙衊」[5]。1940 年，朱光潛發表《流行文學三弊》[6]，提倡「距離美學說」，認為文學與現實是有一定距離的，文學正如「看戲」。而在《文學上的低級趣味》一文中，他指出「如果想有比較偉大的前途，就必須作家們多效忠於藝術本身」。馮雪峰批評說，這樣的作家「將從此走出了所謂的人生，也走出了藝術」[7]。1942 年，施蟄存發表《文學之貧困》[8]，指出抗戰文學之「貧困」，並把文學分為「一般文學」和「純文學」，而現在文學愈來愈「純」、「愈『純』則愈貧困」。參與論爭的還有茅盾、陳白塵等人。郭沫若指出文學需寬裕的環境才能不「貧困」，茅盾指出以學術分科來當作文學分類標準和判斷文學是否「貧困」是不科學的。此後，「與抗戰無關」及「為藝術而藝術」的論爭稍微平寂，但仍然時而泛起，一直延續到解放戰爭前後。其

4　《文藝先鋒》，第 1 卷第 2 期，1942 年 10 月 25 日，3-6 頁。
5　郭沫若：《新文藝的使命》，《新華日報》，1943 年 3 月 27 日。
6　朱光潛：《流行文學三弊》，《戰國策》，1940 年 10 期。
7　《「高潔」與「低劣」》，《雪峰文集》，第 3 卷，北京，人民文學出版社，1983 年。
8　《文藝先鋒》，第 1 卷第 3 期，1942 年 11 月 10 日，3-4 頁。

實，關於「為藝術而藝術」論爭在二、三十年代早有涉及，只是在戰爭背景下，文學如何承擔這個時代的責任？為人生還是為藝術？這一問題對每一個作家來說都是兩難的，只是由於個人喜好不同、立場各異，又兼以時代的焦慮將這一問題凸顯在作家面前，他們便選擇了不同的尺度和姿態。

1938 年，張天翼發表諷刺小說《華威先生》，它諷刺了抗戰陣營上層中以「領導抗戰」為名搶班奪權的「抗戰」官僚。這篇小說被日本翻譯後，引起軒然大波，從而導致了關於「暴露與諷刺」的論爭。有人認為暴露抗戰陣營的黑暗和醜陋只會有利於敵人，也有人認為文學在反映抗戰時必須同時改造舊社會和民族性，論爭雙方立場不一。其後又發生了關於「戰國策」派的「民族主義文學」的論爭。1940 年，陳銓、林同濟、雷海宗等人在昆明創辦《戰國策》半月刊，提倡「國家至上、民族至上」，鼓吹「強力政治」和「英雄崇拜」，宣揚德國的「民族性格」與尼采的「反民治主要」，要求「一切政論及其他文藝哲學作品，不離此旨」。之後他們在重慶《大公報》辦《戰國》副刊，又出版《民族文學》。「戰國策」派由一群知識分子和大學教授組成，代表官方立場。1942 年，張道藩發表《我們所需要的文藝政策》，提出當局的文藝政策，即「六不」和「五要」，凸出文學的「民族意識」和「民族主義」，企圖控制文藝，但遭到文藝界的普遍反對。梁實秋從自由主義文藝立場出發提出異議，而進步文藝界則進行了猛烈批判。國民黨當局之所以拋出這一套藝文政策，其用意是與延安的毛澤東的《在延安文藝座談會上的講話》相對抗。

「文協」成立後，大力推行文學的通俗化和大眾化，提出「文章下鄉」、「文章入伍」，茅盾對谷斯範的長篇通俗小說《新水滸》也予以較高評價。文學大眾化這一命題是從二三十年代就一直延續的，但在抗戰之時，由於民族化的潮流，它又表現為關於「民族形式」的論爭。1938 年，在解放區就有關於話劇民族化的討論；在國統區，茅盾、向林冰等人圍繞「舊瓶裝新酒」展刊了討論。「民族形式」作為一個口號，是 1938 年毛澤東在中共六屆六中全會上作《中國共產黨在民族戰爭中的地位》報告中提出的，毛澤東指出要把「國際主義的內容和民族形式」結合起來，形成「新鮮活潑的，為中國老百姓所喜聞樂見的中國作風和中國氣派」。1939 年，在延安等根據地展開了「民族形式」的學習和討論。1940 年初，毛澤東在《新民主主義論》中提出「民族的形式，新民主主義的內容，——這就是我們今天的新文化」。毛澤東關於民族形式的論述傳到國統區，引起了極大的爭議，其中的焦點問題就是怎樣理解民族形式的源泉，也就是民族形式和舊形式的關係。1940 年 3 月，向林冰發表《論「民族形式」的中心源泉》[9]，並否定「五四」新文藝借鑒外國的經驗。這種狹隘的觀點遭到了普遍反對。葛一虹在《民族遺產與人類遺產》、《民族形式的中心源泉是在所謂「民間形式」嗎？》等文中批判了向林冰的觀點，卻又矯枉過正，完全否定民間舊形式，斥為封建「沒落文化」，並全盤肯定「五四」新文學。這種片面的觀點得到很多人的贊

[9] 重慶《大公報》，1940 年 3 月 24 日。

同。1940 年 5 月，光未然、潘梓年等人發表文章，主張對各種源泉一視同仁。1940 年 6 月，《新華日報》召開民族形式座談會，促進了討論的深入。此後論爭不再糾纏在「中心源泉」上，而是關於民族形式的基礎和內涵等理論問題以及創作實踐。郭沫若、胡風談到了民族形式的基礎內容是現實生活。茅盾指出：「民族形式的正解，顯然是指植根於現代中國人民大眾生活，而為中國人民大眾所熟悉所親切的藝術形式。」[10]1940 年 11 月初，戲劇春秋社在桂林召開關於戲劇民族形式問題的座談會，標誌著討論更加深入。可惜的是，皖南事變的爆發，中斷了民族形式的討論。後來，胡風編輯了《民族形式討論集》。

40 年代初期，延安出現了一股重視文學本體和獨立性的思潮。1941 年 7 月，周揚在《文學與生活漫談》中側重談到文學的創作規律，鼓勵「創作自由」，歡迎作家的批評。基於周揚的中共文藝政策闡釋者的身份，這番言論在延安產生了重大影響。此後，丁玲寫了小說《在醫院中》，批評官僚主義和小生產者習氣，後又發表《三八節有感》等雜文。羅烽也寫了《還是雜文時代》。他們主張用雜文來揭露延安生活的陰暗面。艾青發表《了解作家，尊重作家》，要求領導者「尊重作家」，「給藝術創作以自由獨立的精神」[11]。王實味的《政治家‧藝術家》、《野百合花》影響更大，他指出政治家「偏於改造社會制度」，而藝術家「偏於改造人

10　茅盾：《抗戰期間中國文藝運動的發展》，《中華文化》，第 8 卷第 3、4 期合刊，92-94 頁。

11　延安《解放日報》，1942 年 3 月 11 日。

的靈魂」，提出「大膽地但適當地揭破一切骯髒和黑暗，清洗它們」[12]，並批評了延安生活中的一些問題。其中有些文章被國民黨編成反共材料。在 40 年代極度政治化的語境裡，這些言論都注定成為歷史的犧牲品。延安的這種思想狀況很快被中共領導人察覺，於是在 1942 年發動整風運動，王實味、丁玲、艾青、羅烽等人受到政治批判，無限上綱上線，其文章被視為毒草。王實味被當作「托派」分子、「特務」遭到監禁，最後被處決。在此期間，毛澤東的《在延安文藝座談會上的講話》（下稱《講話》）發表。《講話》是馬克思主義文藝理論「中國化」的產物，是共產黨制定文藝政策的權威性方針，以後隨著共產黨在全國的勝利，《講話》所代表的文藝路線逐漸取代了「五四」新文學的傳統（當然，對此有著不同的闡釋和理解），成為 1949 年後文學的基本線索。

1942 年 5 月 2 日至 23 日，中共中央在整風的基礎上召開了延安文藝工作座談會，毛澤東作了發言，是為《講話》。毛澤東出自政治家的策略，闡述了黨領導文藝的一些根本問題，首先他確定了文藝的工農兵方向，這是一個文藝「為群眾」和「如何為群眾」的問題。毛澤東在此凸出了「知識分子的思想改造」這一途徑，他從政治家的角度指出知識分子的「劣根性」，並要求「文藝工作者從思想感情上和工農兵的思想感情打成一片」。其次他闡述了文藝與政治的關係，指出「文藝是從屬於政治的」，文藝批評「政治標準放在第一位」、「藝術標準放在第二位」，這種提法雖有糾正以往

---

12 延安《解放日報》，1942 年 3 月 13 日。

馬列文論中「二元論」、「宣傳說」的成分，但其中出自政治目的而忽視文藝自身規律的偏頗是顯而易見的。《講話》還闡述了其他理論問題，如內容與形式、世界觀和方法論、對文化遺產的批判繼承等，發展了馬克思主義文藝理論。隨著《講話》的出現以及對國統區的傳入，40 年代中後期國統區的文學論爭逐漸表現為立場之爭並帶有政治批判的色彩。

在 40 年代初期，國統區曾發生世界觀和創作方法的論爭，如關於「文學應描寫典型人物還是事件」之爭等，但由於皖南事變的發生而中斷。毛澤東的《講話》傳到國統區後，文學界對此的認識和理解不盡相同，畢竟解放區的現實對在亭子間裡寫作的國統區作家來說還有著相當的隔膜。如在對《清明前後》、《天涯芳草》兩劇的討論中，王戎等人批判了《清明前後》的公式化，並將之歸於「惟政治傾向」；何其芳、邵荃麟等人用《講話》的精神進行了批駁；而馮雪峰則反對將作品的「政治性」和「藝術性」割裂開來—這實際上已經顯示了國統區的思想複雜狀況和對《講話》的爭議。在此背景下，有關現實主義和「主觀」的大論戰就格外引人注目了。其中的一方是胡風，胡風以繼承「五四」新文學傳統為己任，創造性地發展了馬克思主義文藝理論。在 40 年代，他批判張天翼、沙汀、嚴文井等人作品中的「客觀主義」和「機械主義」，提出「主觀戰鬥精神」和「精神奴役底創傷」等命題。他在《置身為民主的鬥爭裡面》、《現實主義在今天》等文裡強調「主觀創造精神」、「自我擴張」、體驗現實主義，反對教條主義以及由此帶來的概念化公式化。舒蕪發表《論主觀》一文，從哲學上將「主觀」提到決定性位置。胡風在談到作家和人民的關係時，提出不能「無條件」地結合，知識分子要有和「生活內容搏鬥的批判的力量」，正視人民「精神奴役底創傷」[13]。這些觀點顯然是和《講話》的路線相左的，因而遭到另外一些人的批判。邵荃麟指出胡風、舒蕪的思想離開了「唯物論」，認為文學要遵照《講話》解決好作家的思想認識和立場問題。喬木的《文藝創作與主觀》[14]指出作家不是用「思想體系或人格力量」，而是用「人民主體的健康精神，來批評人民的『奴役底創傷』」。此外，黃藥眠、馮雪峰、何其芳等人對於胡風、舒蕪進行了批判。胡風在 1948 年寫了《論現實主義的路》進行反駁。這場大論戰幾乎貫穿了整個 40 年代，直到新中國成立前夕才停止。當然，隨著共產黨在全國政治性支配地位的確立，胡風獨特的文藝思想必然被更權威的話語所淹沒。

淪陷區的文學思潮由於其特殊的歷史困境，一直在日本人的政治高壓和堅持新文學傳統之間、在「言與不言」之間尋找出路，出現了諸如「寫印主義」、「鄉土文學」等論戰。1937 年 3 月，《明明》創刊，古丁提出「寫印主義」，主張「多寫多印」、「沒有方向的方向」，鼓勵「努力寫出作品」，帶有在日本人的高壓下避世的意味，同時又有「為藝術而藝術」的純文學傾向，對繁榮文壇有作用，但也有被日本人利用的成分，這一口號引起了爭議。1937 年 5 月，疑遲發表短篇小說《山丁花》，山丁寫了《鄉土與鄉土文學》、《鄉

13 胡風：《置身在為民主的鬥爭裡面》，《希望》，第 1 集，第 1 期，1945 年 1 月，3-5 頁。

14 香港《大眾文藝叢刊》，第 2 輯，1948 年，8-19 頁。

土文學與〈山丁花〉》等文扯起鄉土文學的旗幟，他指出「滿洲需要的是鄉土文藝，鄉土文藝是現實的」；以古丁為首的「明明」派對「鄉土文學」口號提出異議，指責鄉土文學主張者是亂提「主義」，認為鄉土文學是「地域性」，有「偏狹性」。山丁為首的《大同報》「文藝專頁」派奮起還擊，山丁稱鄉土文學為「描真寫實」和「暴露真實」、楚天闊認為鄉土文學是「新英雄主義」「新浪漫主義」[15]，並批評了「明明」派的「寫印主義」。1940 年，台灣文壇對《文藝台灣》的「文藝奉公」、「藝術至上」口號進行批判。1941 年，華北淪陷區文壇對公孫嬿的色情文學進行批判，等等。直到 1941 年日偽政府的《藝文指導要綱》出籠才告一段落。後來，在華北、上海等地興起文學通俗化運動，一些雜誌如《萬象》等提倡通俗文學創作，它和國統區、解放區的文藝大眾化運動一起匯合成 40 年代雅俗合流的浪潮。

第二節　文學創作的基本格局

分裂成三個有意味的思想空間／有差異的審美選擇和走向／國民性的缺失與重新認識／怎樣看待「五四」新文學的思想資源／民間化與政治化的合流及向當代文學領域的湧動

[15] 楚天闊：《三十二年的北方文藝界》，《中國公論》，第 10 卷第 4 期，51-58 頁。

隨著戰爭時局的發展，現代文學原有的形式上相對穩定和統一的文學空間被漸次打破，和政治上的格局相對應，全國分裂成國統區、解放區、淪陷區三個話語空間。由於各個話語空間存在著不同的政治氣候、時代處境、地域特色，因而當新文學話語系統流入不同的話語空間時，也就呈現出迥然相異的特徵，從而使 40 年代文學顯得紛繁、複雜而又多變。

國統區即國民黨政府統治區域，其文學創作具有鮮明的階段性特徵：從抗戰之初亢奮熱烈到相持階段凝重反思，再到 40 年代的喜劇性嘲諷，文學情緒的變化影響著文學風貌的轉換。在抗戰之初，作家們在嚴酷的戰爭現實的壓力下，或「文章下鄉文章入伍」，走向「前線主義」，寫作報告文學、速寫小說、牆頭詩、朗誦詩、傳單詩、街頭劇等即時性的短製作品；或因個人生活的磨難、出版業的蕭條而難以寫作。這一階段，由於魯迅先生的逝世，郁達夫遠赴海外，二三十年代成名的老作家捲入具體的抗戰事務，新興作家致力於小型輕型作品，沒有值得稱道的作品產生，是為現代文學的凋敝期。但是，在國家民族命運最為難的時刻，作家們並沒有放棄對於時代的承擔，原本四分五裂、相互對立的文壇迅速集結起來，建立文學上的抗日統一戰線。1938 年 3 月 27 日，中華全國文藝界抗敵協會在武漢成立，囊括了包括無產階級文藝運動、自由主義文藝運動、國民黨民族主義運動在內的各階層、各派別的新舊作家。在宣言中，「文協」呼籲文藝工作者聯合起來，完成救亡圖存的歷史使命。朱自清說：「抗戰以來，第一次我們獲得了真正的統一」[16]。1938 年 5 月 4 日，「文協」會報《抗戰文藝》創刊，這是抗戰時期壽命最長、影響最大的文學刊物。戰爭在作家們的個人記憶和寫作中打下了深深的印跡，但是抗戰時代動盪的生活和宣傳的功利性又使他們無暇寫出更深入地反映抗戰的作品，而帶有公式化概念化的傾向。一時間，戰爭浪漫主義成為普遍的文學習氣。而且，對於壯烈場面和英雄人物的描寫也使這一時代充滿悲壯的英雄主義色彩。當一些不和諧的音調出現在人們眼前，諸如張天翼的《華威先生》、丘東平的《一個連長的戰鬥遭遇》等諷刺暴露小說的勃興引起人們的爭議時，也使得人們開始關注抗戰中的積弊和國民性的缺失，在樂觀中帶有深深的隱憂。

隨著相持階段的來臨，尤其是皖南事變以後，國統區令人窒息的氛圍促使作家們走出廉價的樂觀主義，開始冷靜而痛苦的反思，這時的文學形式一變為長篇小說、多幕劇，長篇敘事詩、抒情詩，「史詩性」成為普遍的追求。這一時期有幾個重要的主題：反思、諷刺、歷史、知識分子、人民性等。反思小說的出現表明人們從抗戰的熱情中冷卻下來，對於抗戰以及中國 20 世紀上半期的歷史和社會生活進行總結和反省，如茅盾的《腐蝕》總結了時代女性的命運，《霜葉紅似二月花》展示了「五四」時期的社會圖景，對資本家形象也有一定的總結；巴金筆下出現的時代轉折中大家庭的崩潰的挽歌——這些作品沉雄博大，在悲天憫人的情懷中探索

16　《愛國詩》，《朱自清全集》，第 2 卷，江蘇教育出版社，1988 年。

著人性。諷刺文學向暴露國統區的黑暗現實方向發展，如沙汀以冷峻的理性、不動聲色地揭露著現實的荒謬；宋之的等人的戲劇暴露著抗戰中的不合理現象，帶有悲喜劇的成分。為了避開國民黨當局的檢查制度，很多作家轉向歷史題材，戴著歷史的面具，借古喻今，這凸出體現在歷史劇創作熱潮上，其中以郭沫若的《屈原》為代表。在此劇中，郭沫若讚美了屈原的愛國主義精神，以古鑒今，充滿著浪漫主義精神。戰爭引起人們對人民性的重視，除延續了「五四」時期民粹主義傾向外，作家們歌頌著「人民底原始的強力」，又批判著人民的「精神奴役底創傷」。對於抗戰背景下知識分子的心靈歷程的描寫是這一階段的熱點，詩歌有艾青的長詩《火把》，戲劇有夏衍的《法西斯細菌》、宋之的的《霧重慶》、陳白塵的《歲寒圖》、袁俊的《萬世師表》，小說有路翎的《財主底兒女們》、沙汀的《困獸記》、李廣田的《引力》、嚴文井的《一個人的煩惱》、夏衍的《春寒》等。路翎的《財主底兒女們》從知識分子和人民的關係入手探討了知識分子的命運，他們從信仰人民到脫離人民，這實際是對「五四」以來知識分子的一個「憑弔」。與此同時，隨著文化中心的重新確立，出版業漸趨繁榮，作家們對「大體裁」的寫作表現出濃厚興趣，國統區文壇出現繁盛局面。在此，桂林作家群、重慶作家群和西南聯大詩人群在文化心態上又有很大差異：桂林處於軍閥統治下，政治環境較為寬鬆，山水秀麗，生活條件相對穩定，出版業興旺，文化氛圍濃厚，在長達六年的時間裡，作家們過著比前線要優游一些的生活，因此桂林作家群們的創作降低了抗戰之初的熱烈，而側重於反思和諷刺，並和現實拉開了一段距離。茅盾的《霜葉紅似二月花》就是寫成於此地，艾蕪的長篇《山野》、駱賓基的代表作《北望園的春天》、長篇《幼年》等在桂林寫作並發表，蕭紅的《呼蘭河傳》、林語堂的《京華煙雲》漢譯本也在桂林出版。重慶是國民黨政府的戰時首都，直接感應著抗戰現實，由於當局的腐朽和積弊日深，檢查制度嚴密，這一階段作家的創作顯得壓抑，主要表現為直接對黑暗現實的暴露和反思，以及歷史題材的創作。如茅盾的《腐蝕》、巴金的「小人小事系列」、《第四病室》、歷史劇創作熱潮等。西南聯大偏處於昆明一隅，學院風氣濃厚，「警報、茶館和校園詩歌」構成其日常生存景觀，又兼以處在中西文化的交叉點上，因此西南聯大詩人群形成了逼視現實、探索人性的獨特的現代主義詩風，馮至的十四行詩和穆旦的創作是40 年代詩歌的一大收穫。

在抗戰後期和解放戰爭時期，隨著國民黨政府的腐朽黑暗進一步加深，作家、知識分子日益站在批判立場，諷刺小說、諷刺喜劇、雜文創作愈加繁盛，從而形成整個的喜劇式否定氛圍。如詩歌有杜運燮《追物價的人》、臧克家的《寶貝兒》、袁水拍的《馬凡陀山歌》，小說有張恨水的《八十一夢》、《魍魎世界》等，戲劇有宋之的的《群猴》、吳祖光的《捉鬼傳》、丁西林的《三塊錢國幣》、陳白塵的《升官圖》等，還有馮雪峰、聶紺弩等人的雜文。這種喜劇式的戲擬和模仿實踐上宣告了一個舊時代的終結。此時，反思還在深入，老舍的《四世同堂》通過抗戰這一場中華民族的大浩劫中幾戶人家的命運反思了中國文化和解剖了國民性。

1937 年「八一三」事變後，上海淪陷，但由於當時日本並未向英美法等國宣戰，因此，從 1937 年 11 月到 1941 年 12 月太平洋戰爭爆發，這些租界成為日軍侵略洪水中的「孤島」，一些作家在此進行文學活動，史稱「上海孤島文學」。由於「孤島」直接處於前線，熱烈的抗戰宣傳和內在的封閉壓力並存，又承繼了 30 年代都市文學的現代主義實驗、洋場風貌和諷刺筆調，外部環境受戰爭破壞較少，所以保持了較高的藝術水準。其中以戲劇活動最為廣泛，小說創作成就最高，散文、雜文創作也有收穫。戲劇創作直接回應戰爭現實，以于伶的《夜上海》、《長夜行》，阿英的《碧血花》，李健吾的《草莽》等為代表，並且包括「上海戲劇界救亡協會」的「上海劇藝社」在內的專業、業餘劇團達 120 多個，還出現了「大劇場」和「小劇場」結合的壯觀景象。小說創作有抗戰小說，但其成就主要體現在具有獨特的文體風格和描寫、諷刺都市生活同知識分子的小說上，如師陀、錢鍾書、徐訏等。雜文方面，在巴人和阿英之間發生了關於「魯迅風」的論爭，雜文成為人們進行抗爭的武器。陸蠡的散文集《囚綠集》立意不凡，寄寓深遠。

太平洋戰爭爆發後，日軍進駐租界，「上海孤島文學」結束，被納入淪陷區文學範圍。而此前已有 1931 年「九一八」事變後的東北淪陷區文學，1937 年「七七」事變後的華北淪陷區文學，再加上台灣地區文學以及後來淪陷的南京、武漢、桂林、香港等地的文學，統稱為淪陷區文學。淪陷區文學處於政治高壓下的「不自由」狀態，在「言與不言」之間。日偽政府一方面嚴禁一切「激發民族意識對立」、「對時局具有逆反傾向」的作品，大規模的「焚書」；另一方面力圖引誘和脅迫作家為「建設大東亞新秩序」而寫作，這給很多作家造成了壓抑和夢魘的印象。這一時期的淪陷區文壇，由於一些成名作家的流亡，「新進作家」得以出現，如東北淪陷區作家自蕭軍、蕭紅之後，又有梁山丁、但娣、王秋螢、爵青等，華北淪陷區作家袁犀、梅娘、關永吉、紀果庵、南星、林榕等，上海淪陷區作家蘇青、張愛玲等，台灣作家楊逵、吳濁流、呂赫若等。由於地域差異、日軍侵略和政策重點不同，各淪陷區的文學創作呈現出不同的態勢。一般來說，東北淪陷區文學在 1939 年前後進入復甦，而到 1944 年後，各淪陷區文學逐漸萎靡。淪陷區文學有兩種趨向：回歸「五四」和凡俗人生的復現。這兩股傾向相互交織、對立，形成淪陷區文學的獨特景觀。

由於淪陷區的「新進作家」和青年作者大多以「五四」以來新文學為資源，不僅在創作風格和題材上不乏模仿者，而且新文學的主題也貫穿在較為成熟的作家的創作中，如對於國民性的批判。但由於處在新的時代處境下，很多「五四」時期的基本信念都遭到質疑，袁犀的《貝殼》、《面紗》，梅娘的《小婦人》等表達了知識青年的迷惘、混亂和茅盾。在這樣一個「大而破」的時代裡，理想和現實的距離使青年們苦惱著，鄭定文、王元化等作家描述著黑暗現實的夢魘。「鄉土文學」的提倡，對「色情文學」的批判，都延續著「五四」的血脈，並隱含著民族主義立場和個人道德實踐。有別於這種直接回應現實、探索時代變動中的精神痛苦和個人抉擇的寫作姿態，是對於凡俗人生的發現。雖然作家們對現實的感受各異，對題材的處理方式不一，但這一姿態實際上也帶有反抗現實的意味。

1942 年 11 月，周作人在《中國的思想問題》中談到了「飲食男女」作為在亂世延續中的中國文化精神的意義，在淪陷區文壇上產生了影響。而且「因戰爭區域的人們，在別方面減少了活動與發言的機會，所以不得不從文藝的領域中去覓取精神的慰藉」[17]，並且寫作已成為很多淪陷作者的生存方式。無論是從寫作策略還是從市場需求上，作家們都注重於「凡俗人生的復現」。早在 1934 年，東北淪陷區就圍繞通俗小說開展討論，1942 年北平《國民雜誌》對「小說的內容和形式問題」進行筆談，上海《萬象》推出「通俗文學討論特輯」，並推行通俗文學運動。華北淪陷區文壇上田園式詩化散文和隨筆的風行，上海文壇上出入於雅俗之間的張愛玲、蘇青等小說家的出現，不僅應和著 40 年代雅俗合流的潮流，而且這種「憂患時的閒適」也有在動盪時代追求個性和人生的成分，因而整個淪陷區的通俗文學創作都呈現出比較繁榮的面貌。

解放區是以延安為中心的抗日根據地擴大而來的，由於深處西北內陸，物質貧乏，文化水平落後，文學面臨的首要任務就是與農民「對話」其特殊的政治現實使文學被納入政治軌道，因此解放區文學呈現民間化和政治化趨向。自「七七」事變後，在抗戰的感召下，大批作家從全國各地投向延安和各根據地，他們和當地的工農兵結合，開展了很多文藝

---

[17] 哲非：《文藝工作者之路》，《雜誌》，1942 年 10 期。

活動，創辦了《文藝戰線》、《戰地》、《詩建設》、《文藝突擊》、《文藝月報》等多種文藝刊物。這一時期的文學空氣較為自由活潑，除響應抗戰的小型作品外，還有丁玲的《在醫院中》等暴露小說和指向現實陰暗面的雜文。但隨著文藝整風運動和毛澤東的《在延安文藝座談會上的講話》的實行，解放區文學確立了工農兵方向，創作為中國老百姓「喜聞樂見」的「中國作風和中國氣派」的作品成為他們的普遍追求。但是當他們真誠地進行「知識分子的思想改造」、「從思想感情上」和勞動人民「打成一片」時，卻忽視了農民作為小生產者的落後性和劣根性。而且，過於狹隘的文學概念的提出，教條主義的束縛，再加上進入解放區的作家對解放區現實的隔膜，這都給其創作造成了局限性。

解放區文學的特徵表現在民間化和政治化的合流。諸如趙樹理用民間的說書、快板等形式寫作「問題小說」，李季等人用陝北民歌信天游的形式寫詩，大型歌劇《白毛女》運用民間曲調控訴地主惡霸的罪行等等。作家們追求史詩筆調，力圖描繪正處在發生天翻地覆變化中的解放區現實，但往往帶有圖解政策的痕跡，故事情節和人物形象簡單化、模式化，如丁玲的《太陽照在桑乾河上》、周立波的《暴風驟雨》、歐陽山的《高幹大》、柳青的《種穀記》等。孫犁是這一時期獨有的抒情小說家，他善於用詩意的方式捕捉農民的內在美，結構散漫、隨意，有一種散文美。總體來說，和國統區文學凝重反思中夾雜嘲諷、淪陷區文學夢魘和凡俗人生交織的風格不同的是，解放區文學呈現了一派明淨素樸。

自 1949 年 10 月 1 日中華人民共和國成立後，《講話》成為文學創作的指導思想，並在長時期內，解放區文學成為作家所承繼的唯一傳統。

第十六章

東北作家群及流亡文學

東北作家群在中國現代文學的歷史進程中，並不是一個嚴格的流派，而只是一個比較具有特色的創作群體。但是，這個群體所蘊涵的時代社會意義，所包容的地方文化色彩，所體現的執著而獨特的審美追求，都給讀者留下了深刻的印象並對現代文學的發展產生了深遠的影響。東北作家群還具有流亡文學的某些內涵與特徵，在流亡文學的表現形態中，具有較為典型的代表意義。

第一節　東北作家群：文學與文化的雙重意蘊

東北作家群出現的歷史背景及文學史意義／東北作家群的地域色彩和文化傾向／東北作家群與流亡文學

1931 年「九一八」事變以後，中國東北淪陷，許多富有民族感情的年輕作者從白雲黑水間相繼流亡到關內。南下內地的風塵僕僕銷蝕不去他們對故土刻骨銘心的眷戀與憂心如焚的牽掛。他們帶著家園陷落、河山破碎的悲憤，胸間凝聚著深厚的民族情、鄉土情，以一個地區作家的群體意識給全國文學主潮的發展打下了深深的烙印。他們的作品洋溢著東北曠野、河流、草原、山林的遼闊而悲鬱的氣息，粗獷而雄健，激昂而豪放。短短三五年間，這批青年作家逐漸匯聚到左翼文壇的中心上海，他們的作品廣泛描繪東北那片廣漠、肥沃的黑土地上人們的苦難與掙扎、覺醒與奮起，組成了一篇篇蒼涼沉鬱的關外地域史詩。這些作品一出現，便以強烈、悲憤的感情色彩和濃厚的鄉土氣息引起人們的特別關注，其作者群也成為一個在中國現代文學史上頗具影響的創作群體——「東北作家群」。該群體的主要代表作家有蕭軍、蕭紅、舒群、羅烽、白朗、駱賓基、狄耕、端木蕻良、穆木天、李輝英等。

「東北作家群」的發展經歷了從萌生、崛起到成熟的過程。1932 年，李輝英發表短篇小說《最後一課》，以東北現實生活為背景，表達了憂憤深廣的反帝愛國主題，體現出一個流浪者的心聲；同年，李輝英又出版長篇小說《萬寶山》，以日寇製造長春萬寶山事件為題材。雖然這兩部小說尚未引起太多關注，但它們開了東北作家群的創作先聲。1935 年，蕭軍的長篇小說《八月的鄉村》、蕭紅的長篇小說《生死場》由魯迅作序，編入「奴隸叢書」問世，很快轟動文壇，為東北作家群贏得了文學榮譽，並初步造成了「東北作家群」的一定聲勢。1935 年到 1937 年抗戰爆發之前，更多的東北作家來到上海。1935 年，羅烽在哈爾濱出獄，與白朗南下。舒群從青島出獄到上海。1936 年春，端木蕻良也由北平抵滬。舒群的短篇小說《沒有祖國的孩子》，端木蕻良的短篇小說《鴜鷺湖的憂鬱》、《遙遠的風沙》和長篇小說《大地的湖》，都是東北作家群文學中的名作。此外，還有駱賓基的長篇小說處女作《邊陲線上》等。這些作品真實生動地再現了東北淪陷區的生活，敢於直面抗日救亡的重大問題。1936 年，周立波在概觀當時的小說創作時，就把舒群、羅烽、端木蕻良列為「新近最活躍的創作家」、「創造力最豐富的新作家」。[1]

東北作家群表現出基本一致的文化傾向和藝術理想，同時又力圖體現自己的創作特質，在抗日救亡的創作總主題下，分別進行了各具個性的藝術探索，漸漸發展成為一個風格獨具又豐富多彩的作家群體。如蕭軍的小說充滿強悍壯闊之風，作品中撲面而來的是塞外山野的原始生命氣息；而蕭紅主要是以女性特有的纖細敏感的筆觸描繪出東北鄉鎮質樸悲涼的風俗畫，其越軌的筆致閃耀著清新如詩、明淨如水的動人光華。端木蕻良則是在粗獷的藝術特色中又帶有幾分「平淡的詭奇、流暢的頓挫」的色彩。如此既作為群體存在又各具獨特風格，既有明顯共同傾向又各自波瀾迭起的地域性作家群，在現代文學史上，是屈指可數的。

在選材和主題上，東北作家群受到了左翼文學的影響，在描寫東北人民在日本侵略軍的鐵蹄下的苦難生活的同時，著重表現人們的覺醒和反抗。他們用作品把個人和民族命運緊密聯繫起來，把反映人民災難和敵人暴行以及東北人

---

[1] 周立波：《一九三六年創作的回顧》，上海《光明》半月刊 2 卷 2 號，1936 年 12 月 25 日。

民不屈不撓的鬥爭精神當作自己神聖的職責。他們以疾風迅雷之勢占據了 30 年代前期和中期抗日圖存意識的前沿，並成為日後波瀾壯闊的抗戰文學的先頭部隊。蕭軍的長篇小說《八月的鄉村》重版扉頁上有詩云：「三千里外家何在？億萬黎庶國待存。熱淚偷彈茫渺夜，秋風卻立暮天雲。」這可以說是東北作家群濃郁的民族憂患意識和強烈文學使命感的寫照。他們對東北這片土地遭受的苦難有著切膚之痛，他們以深切的感慨與激情緊貼時代思潮，樹起了抗日愛國文學的鮮明旗幟。

但是，東北作家群的創作視野，不只是停留在以土地為對象的東北經濟和由此體現出的民族鬥爭、政治鬥爭這些外在的層次，他們還深入追尋對文學的人性的歷史的思考這些內在的層次。如白朗的小說《生與死》，描寫一位做監獄看守的老婦人，寧可以自己的死，換取八位反日政治犯的生，這是民族之魂的覺醒，人性的覺醒。再如蕭紅的小說《生死場》，描寫北國農民的日常生活，以及他們在災難襲來時把自身的生死和民族命運結合起來的新的價值追求。正如魯迅在為該作所寫的序言中所說：那是「力透紙背」的「北方人民對於生的堅強，對於死的掙扎」的描繪。這種「對於生的堅強，對於死的掙扎」，不僅是蕭紅筆下對生命的感受與思考，也是整個東北作家群對生命、對人性進行歷史反思的基本主題之一。無疑豐富了當時小說的表達內涵。可以說，在現代文學史上，將左翼文學的中長篇小說推向繁榮的，首先要歸功於東北作家群。

關外地域文化所特有的開放性，潛移默化地陶冶了東北作家的藝術胸襟。這片遼闊荒漠的原野，有著特殊的人文構成：居民有很大一部分是闖關東的貧窮的冒險家；土地長期成為日俄角逐的場所。並且，東北大地原是滿族集中的地方，是滿人的故鄉。他們能征善戰，靠金戈鐵馬建立了自己的基業。滿人入關坐定天下後，又產生了一批坐吃山空的敗家子弟，靠吃皇糧的人逐漸變得無所事事，使東北大片土地荒蕪。地理上的偏遠、閉塞、高寒，促成了粗獷豪放的民風。歷史和現實、本土和異族的雜錯，使東北作家群的藝術思維具有剽悍而雄健的地域文化色彩。

東北作家群具有獨特的「審美力學」，即和東北這片土地的歷史相默契的雄渾陽剛之美。如端木蕻良早在 20 年代南開中學讀書時就注意「力量的世界」，發表《力的文學宣言》，倡導「力的文學」。在後來的創作中，他表現過農民的力、土地的力、大江的力。他在《我的創作經驗》一文中寫道：「土地傳給我一種生命的固執，土地的沉鬱的憂鬱性，猛烈地感染了我，使我愛好沉厚和真實，使我也像土地一樣負載了許多東西。[2]」他在表現土地的呻吟與呼喚時，帶給人一種從遼闊荒涼的土地上生長出來的「力之美」。又如駱賓基，則側重表現闖關東的漢子——淘金者、挖人參者、墾荒者的力。再如蕭軍，始終在原始野蠻的人們中發掘健全的人性和頑強的生命力，他在《綠葉的故事‧序》中說：「我是在北滿洲生長大的，我愛那白得沒有限際的雪原，我愛那

[2] 端木蕻良：《我的創作經驗》，《萬象》，4 卷 5 期，1944 年。

高得沒有限度的藍天；我愛那墨似的松柏林，那插天的銀子鑄成似的樺樹和白楊標直的軀幹；我愛濤沫似的牛羊群，更愛那些剽悍爽直的人民……雖然那雪和風會像刀似的刮著我們的臉，裂著我們的皮膚……但是我愛他們，我離開他們我的靈魂感到了寂寞！」[3]他的作品中所描寫的人物，受原始的野性的力的驅使，不向自然、社會低頭，同時又代表著中國「脊梁」的東北硬漢子的錚錚鐵骨，使人感受到一種積極進取的崇高力量。

東北作家群的作品常以東北地名為題，以此寄託對淪陷的故土的刻骨懷戀。如《松花江上》、《萬寶山》、《鴜鷺湖的憂鬱》、《呼蘭河傳》、《科爾沁旗草原》、《伊瓦魯河畔》等等，東北作家群由於流亡漂泊的緊張生活和劇烈的鄉情、民族情的刺激，使他們來不及也不允許把自己的思想感情和藝術見解細膩而又完美地融化於藝術作品之中，加上他們身上那種北方民族固有的原始的活力，導致他們在當時多直接地向讀者訴說自己的憤怒、愛憎和鄉戀。如端木蕻良曾說：「我活著好像是專門為了寫出土地的歷史而來的。」東北作家群賦予故土中的山川大地、動物、植物以人格、人性，讓它們成為人的生命形態的最重要載體，同時又對這片土地上的愚昧和野蠻進行深刻的剖析和批判，體現了高度的地域意識。

東北作家群對東北歷史文化的剖析和批判，既繼承了「五四」新文學的反帝愛國主義的優良傳統，又繼承和發展

3　蕭軍：《綠葉的故事》，上海，上海文化生活出版社，1936 年。

了「五四」新文化的批判現實主義精神，豐富和發展了中國現代文學史中改造社會形態、改造國民靈魂的「鄉土文學」的主題，表現出深入解剖國民性弱點的文化傾向。比如端木蕻良的《科爾沁旗草原》，作者以史詩之筆，通過丁家四代人的興衰，表現了東北近二百年的歷史文化的變遷，特別是形象地展示了「九一八」前後東北的社會經濟半殖民地化的全過程，以丁家的興衰，象徵東北的興亡。在此意義上說，《科爾沁旗草原》揭示了東北的悲劇。與此相同，東北作家群在對東北社會進行理性審視時，他們較多地關注那種原始的惰性，那種凝重的習慣勢力，那些有礙人性健康發展和人類文明進化的國民性弱點，畫出沉睡的國民的靈魂，並努力地去尋找這些劣根性的最終根源。也就是說，東北作家群對東北文化的批判，不僅僅停留在淺層次的野蠻陋習上，而且進入了文化心理和人格的深度，深刻批判這些人的內在生命力的萎縮和枯竭，在剖析中蘊含著改造國民靈魂的願望。

東北作家群的創作有一個演變的過程。三十年代中期，東北作家群大多選取淪陷區人民浴血奮戰的場景，描寫災難、罪惡、戰鬥，反映特定歷史時期占主導地位的審美需要，塑造受難者和反抗者的群像。到三十年代後期，特別是「七七」事變爆發後，東北作家開始將寫作的座標調整到時代的召喚——「下鄉」、「入伍」，由以前單一地寫東北淪陷區生活轉向關內戰事，尤其是寫能夠迅速反映抗日生活、起宣傳鼓動作用、為人民大眾容易接受的作品：如報告文學、戰地通訊、紀實小說、話劇等。四十年代，即抗戰相持階段，東北流亡作家群的創作出現了蕭軍的《第三代》，蕭紅的《呼蘭河傳》、《小城三月》，端木蕻良的《初吻》、《早春》、《科爾沁旗草原》、《科爾沁前史》，駱賓基的《幼年》、《藍色的圖們江》等一批作品。就創作傾向來看，題材由關外的時代風雲轉向關外的風土人情，由激流的弄潮轉向童年的回憶；作家的創作主體意識由尋找社會轉向尋找自我。

導致這種創作傾向改變的原因主要有兩方面。一是外部環境的相對穩定。1940 年以後，抗日戰爭進入了相持階段，流亡中的東北作家大部分找到了落腳地。如《呼蘭河傳》及《小城三月》等寫於淪陷前的香港；《早春》、《幼年》等寫於桂林；《第三代》下部寫於延安。外部環境的相對穩定給作家們提供了安寧自由的時空，他們的自我意識開始復蘇。二是從東北流亡作家早期的文學特徵來看，孤獨、悲哀、感傷、憧憬、希望始終是其基調。當一段緊張的流亡生活使他們筋疲力盡之時，便自然去重溫那無邪的、詩意的、快樂的、美妙的童年生活。這種詩化的回憶，包括美好的事物和悲慘的往事以及粗野、原始、自然的東西，都別有一番滋味。作為一種精神的慰藉手段，它熨平了作家心靈上的創傷，平息了他們情感的波瀾，於淡淡的哀愁中滲透對故鄉真摯動人的愛戀。

作為流亡者，東北作家群是失去鄉土的，然而外在的失去轉化為內在的苦戀。他們盡力從廣闊的時代、社會、人生背景中發掘東北的不滅火種，正如有的研究者所指出的那樣：東北流亡作家群的流亡文學具有悲憤而豪放的群體風格，有別於四川作家群為閉塞而黑暗的鄉土焦慮時所帶有的沉實而憂鬱的作風。由於他們是流亡者，業已被鄉土所放逐，也就不能像京派作家群那樣，在都市愈益殖民地化的過程中向自然和鄉土尋找心靈的歸屬。他們追求的不是山水幽靜的過去，而是山河完整的未來。

第二節　蕭軍、蕭紅的創作

從《八月的鄉村》到《第三代》／蕭軍長篇創作的史詩價值／從《生死場》到《小城三月》／蕭紅獨特的女性寫作

如果說東北作家群的主要創作特色是具有關外熱血兒女的粗獷與強悍，蕭軍可稱為其最典型的代表。

蕭軍（1907-1988），生於遼寧省義縣，原名劉鴻霖，筆名有三郎、田軍等。1917 年隨父到長春入學，1925 年參加吉林陸軍三十四團，兩年後入東北陸軍講武堂所屬憲兵教練處，後任過少尉軍事及武術助教等。他以「三郎」為筆名寫作詩歌、散文和小說，開始了文學生涯。1933 年 10 月，蕭軍與蕭紅在哈爾濱出版了合著的短篇小說集《跋涉》。其中包括了蕭軍寫於 1932 年、1933 年間的《桃色的線》、《燭心》、《孤雛》、《這是常有的事》、《瘋人》和《下等人》等六篇小說。這些作品大都寫小知識分子的窮愁生活，帶有一定的自傳性，同時也寫了下層勞動人民的不幸和初步的反抗。蕭軍以遒勁雄放的筆墨，揭示了殖民地都市中官吏、老闆等「上等人」對於貧民百姓的苛酷壓榨，表現出明顯的前進姿態。從其帶有鮮明個性印記的小說中，我們似乎可以聽到那片黑土地上的人民在反抗異族入侵的血與火的鬥爭中的吶喊。在藝術上，這些作品表現出浪漫抒情的風格，但是結構和語言都比較粗糙。

長篇小說《八月的鄉村》是蕭軍的成名作，署名「田軍」，出版於 1935 年 7 月，是蕭軍最為著名的作品。由於其自身的思想藝術力量和魯迅的熱情薦介，它產生了極廣泛的影響。全書共十四章，約十四萬字，描寫了 30 年代初一支剛剛組成的抗日隊伍的成長和戰鬥生活，既正面刻畫了這支抗日游擊隊對日、偽軍展開的反侵略的艱苦鬥爭，又表現了隊伍內部成員之間不同思想意識與作風的矛盾衝突。與蕭紅的小說《生死場》不同，——後者寫了一個村莊自發的處於萌芽狀態的抗日意識和行動；《八月的鄉村》展示的則是正面的武裝鬥爭，在內容上可視為《生死場》的延續和拓展。

小說先由學生出身的蕭明帶領一支從敵人陣營中拉出來的僅有 9 人的隊伍，去王家堡子與人民革命軍的一個支隊匯合寫起，然後集中筆墨敘述由司令陳柱率領的這個支隊與敵人的幾次交鋒。鐵鷹隊長襲擊了日本兵的給養車，奪取了槍枝。為了避開敵人的進攻，陳柱下令撤退，由王家堡子轉移到龍爪崗。為了進行休整，打下了一家地主的莊院。接著，支隊要繼續轉移，蕭明留守，照顧傷員。然而，蕭明由於同司令的秘書安娜戀愛而受到打擊，陷入沮喪、低落的情緒中不能自拔，他的領導職責由鞋匠出身的隊員李三弟來承擔。作者沒有正面展開血腥的戰鬥過程，而是重點寫戰鬥生活中隊員的成長和變化。魯迅在該書的序言中熱忱地向讀者推薦：「我……見過幾種說述關於東三省被占的事情的小說。

這《八月的鄉村》，即是很好的一部，雖然有些近乎短篇的連續，結構和描寫人物的手段，也不能比法捷耶夫的《毀滅》，然而嚴肅，緊張，作者的心血和失去的天空，土地，受難的人民，以至失去的茂草，高粱，蟈蟈，蚊子，攪成一團，鮮紅的在讀者眼前展開，顯示著中國的一份和全部，現在和未來，死路和活路。凡有人心的讀者，是看得完的，而且有所得的。」[4]小說在抗日情緒日漸高漲的三十年代中期引起了熱烈的反響，在一年半時間裏銷售了七版。魯迅的話指出了《八月的鄉村》結構上的特點，表明它不是一部結構嚴謹的長篇小說。在人物描寫上，作者也沒有濃墨重彩地去刻畫主要人物，而是通過速寫式的粗線條，描繪出參加民族解放戰爭的反抗者的群像。應該說，主要人物的面目是比較清晰的。這裏有作為領導者的陳柱、鐵鷹、蕭明和安娜的形象，有隊員唐老疙瘩、李七嫂、李三弟、崔長勝、小紅臉、劉大個子等人的形象。陳柱沉著老練，目光遠大，鐵鷹嚴肅、猛鷙，同時又不乏細膩的感情，他們是革命隊伍中的代表人物。其他人或多或少都有自己的缺點或不足。知識分子出身的蕭明明白事理，富於感情，但有時不免脆弱，以至於影響到了革命事業。唐老疙瘩在愛情和紀律的衝突中，選擇了前者，結果犧牲了自己，還搭上了幾個同志的性命。作家心繫那片淪陷卻在反抗著的熱土，作品故而激情迸射。小說中多用驚嘆號，多用短句，多新奇甚至生澀的語句，粗糙，然而新鮮有生氣。軍人與「鬍子」世家的出身，加上本人對軍事的熟悉，使作

[4] 魯迅：《田軍作〈八月的鄉村〉序》，《魯迅全集》，第 6 卷，北京，人民文學出版社，1991 年，287 頁。

家筆下的征戰圖景絕不蒼白造作，戰爭的艱苦與殘酷與作者感同身受的熱情一起奔湧沖決。作為一部嶄新的軍事題材小說，它不僅展現出由痛苦的呻吟到抗爭的民族意識的覺醒，而且也開創了現代長篇軍事題材小說的某種範式。

《八月的鄉村》在主題、構思和人物塑造等方面受過蘇聯作家法捷耶夫的小說《毀滅》的啟示，後者寫的是蘇聯內戰時期遠東地區的一支游擊隊在敵人圍攻下的頑強鬥爭。其主角不是個人，而是一個戰鬥著的群體。《八月的鄉村》雖有明顯的學習痕迹，但抒寫的內容卻是作者生於茲長於茲的故鄉，是與作者呼吸相通、魂夢相繫的故鄉人民奮起抗戰、反抗外侮的鬥爭歷程。題旨的莊嚴和作者創作心態的肅穆在民族危亡的特殊時代激起讀者的空前熱情。

這部小說也有一定的不足之處，比如人物心理描寫有些潦草、粗率，沒有能夠充分顯示人物自身的邏輯。此外，情感的熾熱帶來稚嫩文字尚且無法承載的重量，造成敘述中不自覺的冗贅。真誠與本色使蕭軍成功，藝術上的幼稚又使作家執著於創作探索。

《八月的鄉村》之後，蕭軍又出版了中、短篇小說集《羊》、《江上》，小說、散文集《十月十五日》，中篇小說《涓涓》等。這些作品取材頗廣，涉及到工人、農民、學生、海員、囚徒、革命者、士兵、舊職員等。它們的主題是描寫社會的黑暗，反映下層人民群眾的疾苦。與《八月的鄉村》的熱烈相比，這些小說風格沉鬱，不乏佳作。收入《羊》這個集子中的同名短篇小說就是一篇較為出色的作品。它通過政治犯「我」的眼光，著重寫了他所接觸到的幾個囚犯：兩個俄國少年急於回國，因無票乘船而被關進了監獄；一個偷羊賊，為了給母親治病偷了幾隻羊，結果這個本來身強力壯的青年農民在監獄裏被折磨致死；還有一個偷外國人大氅的小偷，因為沒有把它低價賣給一個暗探，所以被逮捕。小說以關在柵欄裏的被餓死的贓物——羊——的命運來象徵人物的命運，以牢獄的黑暗來折射社會的黑暗。

《第三代》是蕭軍繼《八月的鄉村》之後的又一力作，是蕭軍比較成熟的一部長篇小說。它標誌著他在小說藝術的探索上所實現的高度，充分地表現了蕭軍的藝術個性。全書共分 8 卷，長達八十餘萬字。他從 1936 年春開始創作，1954 年 7 月完成，前後花了 18 年的時間。小說氣魄宏大，以相當的規模反映了從辛亥革命後到第一次世界大戰初期東北遼西一個山村農民在悲慘生活中的痛苦的掙扎和不屈的反抗，從錯綜紛繁的生活景象中展現了民族靈魂。蕭軍在《過去的年代・後記》中說：「除開這《過去的年代》（即《第三代》），如果生活和其他條件可能，我計畫中還打算再寫兩部：《戰鬥的年代》和《勝利的年代》，企圖把我國這幾十年來的歷史變動和一些可愛的、可敬的人物，以至可惡、可恨、可憎……的人物，在文藝作品裏全給他們留下一些形象，讓我們的後來者，也知道知道他們的前人是在怎樣被侮辱與被損害、痛苦和折磨的生活中掙扎過來，又是用了多少、和怎樣的血的代價才換得了幸福的今天和明天。」[5]作

[5] 蕭軍：《過去的時代》，北京，作家出版社，1957 年。

品生活容量巨大，涉及古老的農村和半殖民地化城市的社會、政治、經濟、文化等各個層面。

在藝術風格上，小說充滿了東北山野的強悍氣息，粗獷而又沉毅，平實的描繪中常有豪奇之氣，充分體現著作者的藝術個性。它塑造了城鄉社會各階層眾多的人物形象，其主要人物身上帶著原始、強悍的生命強力和反抗性。比如汪大辮子，他怯懦、自私，如兔子一般膽小怕事，卻時時自充硬漢，屬於阿 Q 的行列。他背負著沉重的精神壓力，在現實的荊棘和泥沼中痛苦的掙扎、艱難地求生，性格是喜劇的，命運是悲劇的。還有當過「鬍子」的女人翠屏，她在災難打擊下毅然到教會去當使媽，當窺破教徒的虛偽和對她的殘酷奴役，她的宗教信仰便發生強烈的動搖，竟至於抱病數日。小說對她急速轉變的心理變化寫得極其生動細微。把這部小說與《八月的鄉村》聯繫起來，我們可以看到後者所表現的反抗精神的歷史淵源。然而，由於題材與時代熱點的隔膜，這部小說在出版後沒有得到應有的注意。

蕭軍把東北山野的強悍氣息帶進文壇，他筆鋒強健，境界雄渾，在長篇小說創作中表現出史詩般的效果。他的長篇小說一般具有非常開闊的生活場面。如小說《第三代》不僅刻畫了上流社會的凶殘、卑劣、狡詐、虛偽和荒淫無耻，而且還展現了下層民眾的苦難、掙扎、鋌而走險和四方遷徙。它以驚心動魄的大場面揭示了官逼民反這條剝削社會中的生活邏輯。描繪的人物眾多，形象各異，儘量挖掘各種人物的不同心態和複雜矛盾。如小說《第三代》，描繪了近九十個屬於不同社會階層的人物，有農民、獵戶、土匪、工人、教員、藝人、商人、妓女、流浪者、官僚和軍閥等，各行各業，三教九流，千姿百態。又如小說《八月的鄉村》，作者描寫抗日戰士，也區分了種種不同的發展方向。喬木在 1936 年評論《八月的鄉村》時寫道：「這本書報告了中國民主革命的社會基礎。在神聖的民族戰爭中誰是先鋒，誰是主力，誰是可能的友軍，誰是必然的內奸，它已經畫出了一個大體的輪廓。」[6]蕭軍長篇小說的史詩價值由此可見一斑。

蕭軍的粗獷雄渾為東北作家群定下基調，蕭紅的明麗幽婉又為之添加了必不可少的豐富與多彩。

蕭紅（1911-1942），原名張迺瑩，筆名悄吟，是東北作家群中成績最為卓著的一位女作家。她出生在松花江呼蘭河畔的一個舊式家庭，是作為一個舊世界的叛逆者走進文壇的。她的處女作《王阿嫂的死》通過王阿嫂夫婦只為折斷了一條馬腿便先後慘死在地主手下的悲劇，控訴了地主老財的凶殘，表現出進步的傾向。她的一生先後出版有散文集《商市街》、小說散文集《橋》、小說集《牛車上》、《曠野的呼喊》等。1940 年春去香港，在疾病和寂寞中完成了長篇《馬伯樂》、《呼蘭河傳》和短篇小說《小城三月》的寫作。

出版於 1935 年的中篇小說《生死場》，是蕭紅的成名作。與蕭軍《八月的鄉村》以熱切峻急的心情表現征戰與廝殺不同，蕭紅的《生死場》以沉鬱的目光注視著東北那片失去的土地上的芸芸眾生的生與死。小說寫的是發生在哈爾濱附近的一個鄉村的故事。人們像牛羊等動物一樣生老病死，

[6] 參見《時事新報》，1936 年 2 月 25 日。

混混沌沌，永遠體會不到靈魂，只有用物質來充塞他們的生活。春夏秋冬，歲月輪迴。然而，他們卻有著生的執著。日本人打著「王道」的旗子來了，到處燒殺淫掠，打破了鄉村的靜穆，改變了村民們生與死的方式。村民們本不知道什麼是國家，也許還忘記了自己是哪國的國民。但民族的災難喚醒了他們的民族意識，他們的求生意志得到了昇華。他們開始見識了「亡國」、「救國」、「義勇軍」、「革命軍」這些出奇的字眼。於是，這些不願作亡國奴的人們起來反抗，對著槍口跪下盟誓。小說重點寫了二里半、金枝、趙三和他的妻子王婆三個家庭，特別是後者。跛腳的二里半在妻子、兒子被殺害後，告別心愛的山羊，投奔李青山領導的人民革命軍。金枝在經歷了種種人生不幸後想出家當尼姑，但她要去的尼姑庵因為日本人的入侵已經空了。趙三曾為了反抗地主的加地租，準備參加自發的組織「鐮刀會」，可在一次事故中得到過東家的幫助，他產生了懺悔的心情。他後來老了，對抗日心有餘而力不及，不過他積極地進行抗日宣傳。王婆喪夫再嫁，她的兒子反抗官府而被槍斃，她服毒自殺，臨近下葬時又憑藉頑強的生命力活過來，並產生了一種復仇心理，開始為抗日秘密團體站崗放哨。小說反映了「九一八」前後東北農村十餘年間的生活和變化。前半部分著力寫出了當地農民在等級壓迫下的悲慘命運，他們的生活像動物一樣只知道「忙著生，忙著死」，完全沒有人的意識和覺醒；後半部分則寫出了在民族生死存亡的關頭，農民們的覺醒。他們不甘像蚊子似的被踐踏而死，要殺出生存的血路來。蕭紅在這裏把東北人民在平常歲月中如野草野花，任遺棄、任踐踏地自在狀態的生和死與民族的生和死凝結在一起，將鬥爭性與民族性都融合到人性裏面，因而具有震撼人心的力量。許廣平在《追憶蕭紅》一文中回憶道：「作為東北人民向征服者抗議的里程碑的作品，是如眾所知的《八月的鄉村》和《生死場》。這兩部作品的出現，無疑地給上海文壇一個不小的新奇與驚動，因為是那麼雄厚和堅定。」[7]

在藝術風格上，《生死場》也別具魅力，開闊而獨特的景物描寫，各種性格的人物形象，都給人留下深刻印象。小說對人物心態、風土習俗都寫得細膩感人，特別是在對婦女悲劇命運的描寫方面，顯示了蕭紅作為一個女作家特有的細緻和敏感。小說沒有什麼中心人物，也沒什麼中心故事，而是以場面推移的方法，將貧苦操勞的二里半、五婆、金枝幾家農戶的苦樂悲歡錯雜交織起來，從而成為東北大地這一片「生死場」寫照。作為一個來自鄉野而又禀性寬厚的作家，蕭紅關注的是質樸、可愛而又受難的普通農夫村婦。她雖然也寫野蠻和愚昧，但她審視的是淳樸的人類天性；雖然也寫缺陷和醜陋，但她摯愛著鄉村生活內蘊的美質。她甚至以纖細的筆觸細膩地描寫了農民對家畜的感情。作家的這種特性融進了作品，遂使《生死場》在現代鄉土文學中獨步一時。

1936 年、1937 年，蕭紅又出版了散文集《商市街》、小說散文集《橋》、小說集《牛車上》。其中所收的《手》、《橋》、《牛車上》等都是能夠表現作者創作才能的短篇佳構作。這幾篇小說拓展了《跋涉》集中反映下層勞動人民疾苦的主題。

---

[7] 許廣平：《追憶蕭紅》，《文藝復興》，第 1 卷第 6 期，1946 年 7 月。

《手》的主人公王亞明是女子中學錄取的一個鄉下姑娘，她的家庭是開染缸房的，她因勞作，手被染成了黑色。她珍惜來之不易的學習機會，抓緊一切空閒時間手不釋卷地學習，但得不到同學和教職工的同情和理解。小說採用了第一人稱的敘述視點，敘述態度冷靜客觀。與蕭紅同期的多數小說不同的是，《手》描寫人物性格很成功。作家善於抓住人物的典型特徵，善於選擇生動的事例來描寫王亞明性格的主要方面：刻苦、儉樸和笨拙。《橋》講述了一個富家子的乳娘黃良子的悲劇故事。她家與主人家之間橫亙著一條水溝，溝上有座橋。橋已破舊，無法通行，黃良子每次過溝都得繞行很遠的距離。這橋象徵著兩家的距離。她渴望有一座暢通的橋。幾年後，橋修復了，卻給黃良子一家帶來了厄運：她的孩子常過橋來，挨小主人的欺負，最後又落水而死。小說在構思和剪裁上都頗精緻，緊緊圍繞著橋的變化來展開情節，人物心理描寫生動逼真，不足是象徵的寓意過於顯露，個別關鍵情節的安排不夠自然，一定程度上影響了小說的感染力。

《牛車上》發表於 1936 年 10 月《文季月刊》第一卷第五期。小說以一個小女孩的視點，通過主人公五雲嫂與車夫的對話，講述了這個女人的人生悲劇。由於車夫與她的丈夫有同樣的經歷，也是一個逃兵，並同情她，她便在從早行進到晚的牛車上斷斷續續地像落著小雨似的訴說自己的故事。她的丈夫去當兵，到了第三年仍杳無音信。冬天裏，她去城裏趕年市賣豬鬃。偶然從官家的告示中知道，她丈夫當了逃兵，要送到城裏來處死。幾個月裏，她一直設法想在丈夫被槍斃前再見他一眼。她曾想投河自殺，但又捨不下孩子。逃兵們終於押來了，可五雲嫂最終並沒有見到丈夫。原來其夫因為是逃兵頭目，已就地「正法」。五雲嫂是個良家婦女，是個好女人。她勤勞，丈夫不在家，她獨自操持著家務，還為了謀生進城做小買賣。她善良。她深愛丈夫和孩子，在牛車上對擔任敘述者的「我」細加照顧。她熱愛生活。儘管經歷過人生的大不幸，但還從車上下去採各種各樣的花。她頑強。在得知丈夫的不幸後，她還是堅忍不拔地活了下來。然而，小說也寫了五雲嫂的愚昧。她對世事所知不多，對產生其悲劇的原因缺乏認識。她想在見到丈夫的時候，質問他：「為啥當兵不好好當，要當逃兵……你看看，你的兒子，對得起嗎？」在寫五雲嫂的悲劇時，作家點面結合，有意把它寫成同類社會悲劇中的一個。五雲嫂一次見到的逃兵就有二十來個，在看望逃兵的眾多家屬中那個年輕的媳婦和那個白鬍子的老頭也令人難忘。車夫無意中說起民國十年曾槍斃逃兵二十多個，這可能是另一次槍斃逃兵的事件。小說的結尾處有一句車夫的招呼語：「三月裏大霧……不是兵災，就是荒年……」這樣，我們看到了一幅兵荒馬亂、民不聊生的社會圖景。

作者的構思頗具匠心，給作品帶來了獨特的藝術效果。小說採用小女孩「我」和五雲嫂雙重的第一人稱的敘述方式，舒展有致，擒縱自如。兩個人的敘述承擔著不同的功能，小女孩的敘述提供了整篇的背景和氛圍，五雲嫂事實上是講故事的主體。作品沒有集中筆墨寫五雲嫂的故事，還用不少篇幅寫了「我」對外祖父家所在的鄉村的依戀，沿路的景色，人物之間的交流等。而這些都是由小女孩的敘述來完成的。由於她的敘述的介入，不時地打斷、延緩五雲嫂故事的敘述，使她的命運更為牽人心思。另外，牛車緩慢地行進在平靜的北方原野的情景與五雲嫂沉痛的人生經歷形成了對比，增添了作品的趣味。

小說樸實、自然、清新，又讓人讀後印象深刻，這與小說細節描寫的功勞分不開。五雲嫂見丈夫的努力屢次受挫，曾想投河自盡，但經過的船上的孩子喊媽的聲音喚醒了她的母愛，她把睡著了的孩子緊緊地抱在了懷裏。白鬍子的老頭在得知兒子已被「正法」後，「他就把背脊弓了起來，用手把鬍子放在嘴唇上，咬著鬍子就哭」。他悲痛欲絕，又強忍了情感，這個細節十分生動傳神。那個年輕的媳婦就與他的態度迥乎不同。她見到押解的逃兵過來，「發了瘋似的……搶過去」，當兵的把她抓回來，「她就在地上打滾」，嘴裏還喊著：「當了兵還不到三個月呀……還不到……」。她的態度與老頭形成了鮮明的對比。這些細節反映了作者敏銳地感受生活和善於描寫生活的能力，給人以強烈的生活質感，具有打動人心的力量。

抗戰爆發以後，蕭紅雖然也寫了幾篇表現民族意識的小說，如《黃河》、《曠野的呼喊》、《孩子的講演》、《朦朧的期待》、《北中國》等，但她很快走上了一條與時代的主流文學不同的道路。在她生命的最後幾年裏，她留下了長篇小說《呼蘭河傳》、《馬伯樂》和短篇小說《小城三月》等重要作品。

《呼蘭河傳》是蕭紅的代表性長篇自傳體小說，1941年出版。作者以她慣用的散文手法，疏疏落落地寫出兒時難忘的記憶。它再次打破了以人物為中心的傳統小說模式，而以呼蘭城的公眾生活和環境為中心，輻射出生活的種種方面。作品揭示了我國農村在封建統治下的種種弊病及黑暗，尤其是充分暴露和批判了傳統的封建思想和封建禮教習俗對人們的毒害。表現出強烈的反封建精神。《呼蘭河傳》在藝術上取得較高成就。以淡筆寫濃情的散文筆法，口語化、自然美的小說語言，畫家般描繪景物的眼光以及難以忘懷的人物形象，顯示了蕭紅獨有的才情及其藝術風格的成熟。

小說主要描繪二十世紀二十年代呼蘭河城的風俗民情，它們由三大部分構成：一是對北方城鎮呼蘭河的整體勾勒，寫了它的卑瑣、平凡的實際生活和迷信、保守的宗教生活。二是一個小女孩的寂寞生活，這裏有作者早年生活的痕迹。三是通過胡家的小團圓媳婦、長工有二伯、賣年糕的磨官馮歪嘴子的命運，進一步具體地反映呼蘭河人的生活，揭示他們身上的劣根性。

《馬伯樂》代表著作家的一種新的探索，她以諷刺的筆調、寫實的手法，塑造了一個無用人馬伯樂的形象。作家顯然是把自私自利的馬伯樂作為抗戰時期中國人灰色人生的一個代表，從而批判國民性。蕭紅繼承了「五四」文學中以魯迅為代表的改造國民性的傳統。不足之處在於馬伯樂這個形象並不很深刻，性格較為定型化，缺乏發展。

短篇小說《小城三月》是蕭紅伏身病榻完成的最後一部作品。小說以飽蘸同情與痛惜的筆觸勾勒出一個清秀明慧卻欲愛而不得，最終在封建禮教的無形窒壓下抑鬱而死的薄命紅顏「翠姨」的形象。在作者的筆下，「翠姨生得並不十分漂亮，但是她長得窈窕，走起路來沉靜且漂亮，講起話來清楚得帶著一種平靜的感情」。她的命運很悲慘，家貧，父死母嫁，身世寂寞，還因此受人歧視。她被許配給一個有錢的鄉下人家，丈夫又小又醜，她一想到就覺得恐怖。翠姨愛上了「我」的在哈爾濱念書的堂哥哥。但這是深藏於內心的無望的愛，她不敢表露出來，只得壓抑著自己，她無法反抗既定的命運，終於，一個鮮活而美麗的生命死去了。作者運用側面描寫、對比烘托、細節描寫等手法，刻畫翠姨柔美雅致、嫻靜孤傲的氣質特點。整篇小說籠罩在一種貌似平淡、實則緊張的氛圍中，在某種意義上來說，我們也可以將之作為蕭紅對自己追求新生活的坎坷一生的自我象徵。

《小城三月》有著蕭紅寫作慣有的特點——散文一樣的小說。全文沒有緊張的情節衝突，但是由於貫穿了一個總的情感基調和指向，顯得頗為緊湊。小說以春天帶給人們的感覺而引出翠姨，將翠姨拉到情感的中心，筆致由清新轉為優雅、憂愁、焦慮、悲苦、思念，直至走完全文的情感歷程，如行雲流水，毫不阻滯。

蕭紅是一位處在愛與恨矛盾漩渦裡。蕭紅一生都有寄人籬下的傷痛屈辱之感，而她從小就不想受屈，她一生都渴求著成為一隻自由自在高高飛翔的鳥。但終究飛不起來，多少次了，包括愛情在內，剛剛起飛，就跌落下來。當代女詩人王小妮寫了一本有關蕭紅傳記的書，書名叫「人鳥低飛」。女詩人是真懂蕭紅的，她準確抓住了蕭紅不甘屈從、不願平庸而始終不得如願的怨恨心理。如果將蕭紅的一生及其創作凝結為一個字，那就是「恨」。她對於人生的冷靜的諦視與發自深心的對於鄉野人物的摯愛相交融，是形成她鄉土文學獨特風格的最主要因素。蕭紅還以她感覺的獨特角度區別於其他女作家。她的眼光常在人們通常不留意處駐足，她的思維常在人們自以為熟知的事物上面往復滑動，努力從中覓得一點光和色，一點真諦，一點她自己的感知。

蕭紅獨特的女性書寫，主要表現在她的散文化的小說文體上。她的作品沒有小說慣常的結構，沒有貫穿始終、跌宕起伏的故事情節，而是帶有散文式的自由、灑脫的特點。《生死場》與《呼蘭河傳》都是這樣，蕭紅以女作家特有的細膩的筆觸描寫了一個個人生片段和一幅幅生活場景。她的小說也不著意於人物性格的刻畫，而是通過精心選擇的故事片斷和細節來作某些方面的凸出描寫。她注重渲染氣氛和營造意境。如《呼蘭河傳》第四章第二節、第三節、第四節、第五節的開頭第一句分別是：「我的家是荒涼的」，「我家的院子是荒涼的」，「我家的院子是很荒涼的」，「我的家是荒涼的」，借複沓的語言，強化一種情緒氣氛。又如《王阿嫂的死》中，淒清的景物描寫很好地襯托了人物的悲劇命運。再如《呼蘭河傳》第三章第一節描寫了大花園，情景交融，本身就是優美的散文。她的描寫語言常常飽含著詩意，帶有很強的抒情性。

蕭紅獨特的女性寫作，還表現在自敘傳性質的文字中。這在她的散文中表現得最為凸出。《孤獨的生活》寫的是蕭紅旅居日本東京期間的苦惱和寂寞；《商市街》取材於蕭紅與蕭軍在哈爾濱共同度過的一段艱辛困苦的生活，文字生動，各種感覺都寫得細緻到位，諸如饑餓、寒冷、絕望等等，都具有極深的心理體驗和感人至深的藝術效果。她的自敘傳性質的作品體現出極其充分的感性化和個性化，可以說，蕭紅在文學創作中把女性特有的感知方式推向了一個不易逾越的高度。

在蕭紅的作品中，具有一種清麗空靈的兒童視角，在柔婉中蘊含著憂鬱悲涼。在生命的最後餘光裏，蕭紅懷戀著已逝的童年光陰和遙遠的故土，心靈充滿了一種不能拂去的寂寞之感。因此，她在《呼蘭河傳》中以兒童視角描述故鄉，表達了作者歷盡人生坎坷後對童年生活的皈依，飽嘗漂泊流離之後對故土家園的思念。她以兒童視角描寫小團圓媳婦、馮歪嘴等各個人物，用含淚的微笑描述呼蘭河這個北方小城。

蕭紅獨特的女性書寫才華，使她的作品擁有了難以抗拒的藝術魅力。

第三節　端木蕻良、駱賓基、舒群、白朗等人的創作

《科爾沁旗草原》及端木蕻良的創作／東北作家群其他作家的創作

端木蕻良（1912-1996），原名曹京平，生於遼寧省昌圖縣。1928 年至 1931 年就讀於天津南開中學，1932 年考入

清華大學歷史系，參加北平左翼作家聯盟，並開始創作第一部長篇小說《科爾沁旗草原》。1936 年 1 月奔赴上海，著有長篇小說《大地的海》、短篇小說《鴜鷺湖的憂鬱》、《遙遠的風砂》、《渾河的急流》等，被稱為東北作家群中的「行吟詩人」。

長篇小說《科爾沁旗草原》由上海開明書店 1939 年初版，作品顯示了端木蕻良的過人才氣，它全無一個年輕作者通常呈現的局促拘謹之感，而是酣暢淋漓，生機盎然。全書十九章，三十二萬字，前半部分交代了丁府數代人的發家史和丁黃兩家的宿仇，後半部分把筆墨集中在「九一八」事變前夕的一個夏天，在科爾沁旗草原上，展示丁黃兩家的糾葛，丁府與佃農的抗衡，以及丁府在帝國主義經濟和軍事勢力的衝擊下迅速走向衰落和崩潰。端木蕻良通過一個家族二百年的盛衰史，集中概括了東北自清代中葉土地被開發、利用，土地的所有權逐漸由皇室的封王手中落入漢人地主之手，直到「九一八」前日本帝國主義對東北政治、軍事、經濟、文化侵略，致使東北崩潰的全過程，展現了在這一過程中糾纏著的滿族與漢族、漢人地主與農民以及日本侵略者的種種矛盾。

端木蕻良筆下的土地掠奪者和占有者，視土地為命脈，在他們的發迹過程中，既有大魚吃小魚的霸道和殘忍，又有得到不義之財後的孤獨和精神失落。那些失去土地或因沒有土地而人身依附於地主的農民，為了自身的生存，或成為一家、一部分人的奴隸，或者同命運抗爭，不屈於邪惡，頑強地自我掙扎。無論是土地的占有者，還是失去土地的農民，他們既顯現了東北人勇於冒險、開拓的精神和自由自主的命運意識，又暴露了原始、封閉、落後的地域性經濟文化在東北人心理上投下的故步自封、盲目自大的陰影。

小說生動刻畫了兩個主人公形象：大山和丁寧。大山是黃家的後人，是科爾沁旗草原原始強力的化身，作品把他比喻為獅子、烈性的寒帶虎等。當他結束在江北草原打狼的獵人生活，回鄉奔父喪的時候，他聽取的是父輩要向丁府復仇的遺言。他發現丁寧與漁家女水水相悅相戀，便把他綁在樹上，歷數丁家的罪惡，並用冰冷的槍管對準丁寧。大山發動佃戶向丁家「推地」，迫使丁家減租，鼓動大家要鐵心，不能「隨人家掐圓就圓，掐扁就扁」。此舉失敗後，他投奔「老北風」率領的義勇軍，收復了土匪乘「九一八」事變之亂洗劫過的草原古城，使整個科爾沁旗草原都為之震顫。丁寧是與大山性格相對立的一個人物，他想在動蕩的草原上充當拯救人類的「超人」，但是卻成了失去自我的「苦吟的思想家，沒有算盤的經濟家」，最終變成被拋離草原的「寂寞者、獨語者、畸零者」。他既湧動著新一代青年的血液，又感染著敗落的舊家族的苦惱和感傷，小說借他的書信表白了他的性格：「佛說人生悲劇有兩章，哈姆雷特的哀傷，唐吉訶德的橫衝直撞。如今，這兩部戲，同一時間同一空間在我一個人的身上排成了一場。」作者以深沉而悲鬱的歷史命運感準確細微地刻畫了人物形象。

整部小說充滿一種與舒卷風雲的大草原相協調的粗獷兼又柔媚的抒情調子，予人開闊、蒼茫、沉鬱，間有明媚秀麗的美感。在小說用語上，既大量吸收表現民俗與個性的口語和東北方言土語，又將其有機融化在作者那種綿密流利的敘述之中，語言潑辣而有生氣。

四十年代後，端木蕻良的創作逐漸減弱了早期作品中那種自然生態景觀與社會文化景觀、大地與人的雄渾錯綜的元氣，顯示了作家由重慶移居香港時期心境的寂寥。但是，作為一個早慧的作家，端木蕻良在二十歲出頭便寫就了《科爾沁旗草原》，這部長篇小說標誌著他的藝術高峰，也顯示了他不可估量的創作潛力。從文學氣魄和氣勢來說，端木蕻良無疑是一個相當出色的長篇小說的能手。

除了最具代表性的蕭軍、蕭紅、端木蕻良，東北作家群的其他重要作家還有駱賓基、舒群、白朗等。

駱賓基（1917-1994），原名張璞君，生於吉林省琿春縣，三十年代中期南下上海，開始了文學生涯。其長篇小說《邊陲線上》動筆於抗戰前夕，小說通過劉強、王四麻子等人與日軍的周旋、「鬍子」出身的劉司令率領的救國軍的內部矛盾與分化等情節，展示了東北人民在日軍野蠻統治下揭竿而起的曲折過程，有力地宣示了民族大義。短篇小說《北望園的春天》以富有象徵意味的居家宅院烘托對人生的深切悲涼的體悟。小說中桂林市區的北望園，就是一個充滿眾生百相的小小世界：一邊是窗明几淨的紅瓦小洋樓，一邊是類似鄉下馬廄、牛棚的茅草房。小說可以稱為抗戰時期後方城市的浮世繪。作家以幽深而略帶調侃的抒情筆觸，瀟灑自如地描繪出人生的平淡、寂寞和辛酸，而且這種平淡、寂寞和辛酸的人生又套有種種枷鎖，包括經濟的枷鎖、家庭的枷鎖和禮俗的枷鎖。多重的相互映照的人生，構成了一個被遺忘的角落。就像評論者所說：大時代遺忘了小人物，小人物也遺忘了大時代。在藝術上，駱賓基善於體悟人生和發掘自我，作品中散發著濃郁的人情味。

舒群（1913-），原名李書堂，生於哈爾濱的一個貧苦工人家庭。1936 年，舒群發表中篇小說《沒有祖國的孩子》，寫一個亡國少年的家庭、肉體和心靈所遭受的難以彌合的創傷。朝鮮少年果里很想入蘇聯子弟學校，但蘇聯少年說他的血統不行，使果里深受打擊。小說將故事置於「九一八」事變的巨大背景之下，這種異邦少年的心靈創傷也曲折銘刻著作家的山河之恨，相似的民族遭遇所誘發的同情和共鳴，使這種愛國主義的情愫閃耀著國際主義的光彩。作品又挖掘出人物真摯、倔強的靈魂，謳歌了民族的在巨劫下依然剛強執著的精神。在描寫抗日題材的作品中，舒群往往不從正面落筆，而是從側面著墨，攫取日常生活的細節，講究謀篇立意，以小見大，於情見理，靈巧而自然，更帶藝術意味。

白朗（1912-1994），原名劉東蘭，遼寧瀋陽人，隨祖父遷入齊齊哈爾市後，1923 年考入該市第一師範學校，1933 年考入《國際協報》任記者，次年主編該報大型文藝周刊《文藝》，後在上海參加左聯。白朗的小說帶有女性作家特有的清婉細麗的抒情氣息，小說《伊瓦魯河畔》描繪淪陷區的災難生活，雖能夠使人體味到東北大曠野的強悍氣息，但不足之處在於缺乏內在的力度。白朗的所長在於以女性的敏感去揣摩婦女和兒童的心靈，感受婉曲微妙的人際情緒。當白朗善於發揮這種女性感悟力的時候，她就能寫出小說《生與死》這類佳作。作品寫出了鐵窗之內母愛的偉大，小說採取倒敘結構，凸出了「一根老骨頭換八條青春生命」的嚴峻而坦然的人生價值的體現。小說對母性的摯愛描寫得極為體貼，層層深入，使主人公老伯母的形象在民族大義的高度上得到了昇華。

此外，羅烽的短篇小說《糧食》、中篇小說《歸來》，李輝英的長篇小說《松花江上》、《霧都》等，也都是東北作家群的創作歷程中產生過相當影響的作品。東北作家群的崛起與成長，很大程度上標誌著左翼文學真正走向成熟。

第十七章

張愛玲、錢鍾書及淪陷區作家

第一節　張愛玲與亂世傳奇

滬上才女的人生故事／張氏小說裡的「上海人」／「參差的對照的寫法」

1937 年 11 月 12 日中國軍隊撤離上海，大批文化人滯留於「孤島」，即日本人暫時沒有占領的英美公共租界和法租界，從事文化事業和各種愛國活動。1941 年 12 月 8 日，日本突然發動太平洋戰爭，同時進佔上海租界，「孤島」淪陷，文化人或被迫輾轉遷移內地，或韜光養晦，儘量減少甚至停止公開的文化活動，以免為敵所趁。

這種局面意外地因一個上海女子張愛玲從香港大學失學歸來而被打破。這位按民族主義邏輯應該不受歡迎的繆斯，不僅攪擾了敵佔區沉寂的文化空間，掀起軒然大波，而且使淪陷期上海文壇大放異彩。

張愛玲原名張瑛，「愛玲」是進學時母親據英文名字 Eileen Chang 的音譯臨時起的，1921 年生於上海，其祖籍，按祖父、清末著名「清流」張佩綸一系來說是河北豐潤，按祖母、李鴻章女兒李菊耦一系來說則是安徽合肥。張兩歲至八歲時全家住在張佩綸與相府千金成親時在天津安置的舊宅，八歲回上海。十歲時，留學歸來的新派母親與遺少氣重、家道中落的父親離婚，不久再度出洋，留下她在脾氣暴躁的父親和妓女出身的後母的家裏充分領受人情杌隉和人生無常，認識了許多新舊雜陳的古怪人物，培養了敏感多思的個性，寂寞中酷愛讀書，先是古書，接著是新文藝和民國通俗文學，進教會中學後又通過英文接觸西洋文學，由此生成的文才很早便顯露出來。十八歲在《西風》雜誌上發表的徵文《天才夢》，就有不少包含著獨特人生體驗的雋語：

> 我懂得怎麼看「七月巧雲」，聽蘇格蘭兵吹 bagpipe，享受微風中的藤椅，吃鹽水花生，欣賞雨夜的霓虹燈，從雙層公共汽車上伸出手摘樹顛的綠葉。在沒有人與人交接的場合，我充滿了生命的歡悅，可是我一天不能克服這種咬嚙性的小煩惱。生命是一襲華美的袍，爬滿了蚤子。

讚美生命，同時敏感著它的破綻，這也是她四年後創作爆發期的一貫主題。

從教會辦的上海聖瑪利亞女學畢業後，她考取英國倫敦大學，因歐戰爆發，改入香港大學，畢業前一年碰上太平洋戰爭，港大停課，只好於 1942 年下半年回到徹底淪陷的上海，與單身的姑母合住，並決定自食其力。最初用英文給 *The XXth Century*（《二十世紀》）投稿，步中學時代崇拜的林語堂後塵，用靈動波俏的文筆給外國人介紹中國。這個短暫的英文寫作階段很快因她在中文寫作上的大獲成功而中斷，但她並沒有放棄這些作品，在後來創作中文小說隨筆的同時將它們一一翻成中文。*Chinese Life and Fashions* 後改為《更衣記》，*Wife, Vamp, Child* 後改為《借銀燈》，*Still Alive* 後改為《洋人看京戲及其它》，*China's Education of Family* 後改為《銀官就學記》，*Demons and Fairies* 後改為《中國人的宗教》，這些都是她 1945 年出版的第一本散文隨筆集《流言》中的翹楚之作，無論通篇立意，還是具體的觀察和論斷，都奇崛峻拔，不肯落入凡庸，比如她說：

> 現代的中國是無禮可言的，除了在戲臺上（《洋人看京戲及其它》）。

> 在政治混亂期間，人們沒有能力改良他們的生活情形，他們只能夠創造他們的貼身環境——那就是衣服。我們各人住在各人的衣服裏。（《更衣記》）

> 對於生命的來龍去脈不感興趣的中國人，即使感到興趣也不大敢朝這上面想——中國人集中注意力在他們眼前熱鬧明白的、紅燈罩裏的人生小小的一部。在這範圍內，中國的宗教是有效的；在那之外，只有不確定的、無所不在的悲哀。（《中國的宗教》）

她的隨筆雖然未能避免一般早熟的天才常見的青澀和張揚，但人生體驗的深透與修辭造語的精練，並不遜於許多老作家。就文體來說，則已經脫去了二十年代的生硬和三十年代的駁雜，呈現出四十年代特有的知心貼肉的圓融暢達。

文壇關注的還是她的小說。1943 年春，經親戚引薦，她攜新作《沉香屑——第一爐香》、《沉香屑——第二爐香》拜訪了「禮拜六派」老將周瘦鵑，周立即將這兩篇小說揭載於他主編的《紫羅蘭》復刊號與第二期，從此便一發不可收，1943 年至 1944 年短短兩年，接連在《紫羅蘭》、《天地》、《萬象》、《苦竹》和《雜誌》等刊物上發表了 17 個中短篇小說和大量散文隨筆。1944 年 8 月由上海雜誌出版社出版了第一本小說集《傳奇》，四十多天後再版，並於 1946 年 11 月由上海山河圖書公司出版增訂本。

張氏走上文壇，恰逢「孤島」淪陷後到日本投降前上海文化界最消沉的時期，客觀情勢雖然還沒有嚴峻到必須像古人那樣凡事避諱的程度[1]，但自然也不會允許她表現「革命」、「抗日」的時代主題，她自己就清楚地知道，「一般所說『時代紀念碑』那樣的作品，我是寫不出來的——我甚至只是寫些男女間的小事情，我的作品裏沒有戰爭，也沒有革命」。但這並非完全因為情勢所迫，也和她獨特的文學觀有關：

1 短篇小說《等》（1944 年 11 月）中，推拿醫生龐松齡的一個姓高的病人反覆抱怨「淪陷區」的風氣真壞，「公館」的車如何橫行無阻，中篇小說《桂花蒸‧阿小悲秋》（1944 年 9 月）中，女傭丁阿小的兒子百順在學堂裏做的手工是青天白日滿地紅的小國旗，張氏自己在散文裏則經常訴說自己所處的乃是不斷「破壞」中的「亂世」——這些細節雖然無法說明她的政治立場，却可以說明外族入侵者似乎也未能在當時的上海編織起一張密不透風的文網。

> 我發現弄文學的人向來是注重人生飛揚的一面，而忽視人生安穩的一面。其實，後者正是前者的底子——雖然這種安穩常是不完全的，而且每隔多少時候就要破壞一次，但仍然是永恒的——好的作品，還是在於它是以人生的安穩做底子來描寫人生的飛揚的。沒有這底子，飛揚只能是浮沫[2]。

因此她的作品迴避了時代主題，專注於「不完全」卻「永恒」的「人生安穩的一面」，而這主要就是她最熟悉的戰爭期間「上海人」的生活。據說《傳奇》裏有七篇是「為上海人」寫的「香港傳奇」[3]，其實她認真寫香港的只有《沉香屑——第一爐香》、《沉香屑——第二爐香》、《茉莉香片》和《傾城之戀》四篇，《心經》、《琉璃瓦》、《封鎖》、《金鎖記》、《花凋》、《年輕的時候》包括《傾城之戀》前半段背景地都是上海。《傳奇》增訂本所收《留情》、《等》、《鴻鸞禧》、《桂花蒸‧阿小悲秋》和《紅玫瑰與白玫瑰》的場景則完全搬到上海。張愛玲寫香港，主要也是寫在香港的上海人，至於香港的英國人、雜種人和廣東人，只是上海人的陪襯（後來的「香港人」概念那時還沒成熟），甚至香港本身也是上海的一種折射，所以她總是「試著用上海人的

2　張愛玲：《自己的文章》，《苦竹》第 2 期，1944 年 12 月，後收入《流言》。

3　張愛玲在《到底是上海人》中說「我為上海人寫了一本香港傳奇，包括《沉香屑——第一爐香》、《沉香屑——第二爐香》、《茉莉香片》、《心經》、《琉璃瓦》、《封鎖》、《傾城之戀》七篇」，顯係筆誤，《心經》、《琉璃瓦》和《封鎖》都明確點出故事背景地是上海。

觀點來察看香港」[4]。張愛玲四十年代小說主要是為上海讀者寫的上海人的故事——她認為只有上海人才懂她「文不達意的地方」。

張愛玲小說裏的「上海人」，乃是四十年代發展成熟的「中國人」的一種特殊類型，其主體，原是掌管中國近代農業社會經濟政治文化大權的士紳、官宦和中產之家，隨著革命爆發，農村破產，都市興起，紛紛移居上海，一半為享受都市生活的便利和奢華，一半為躲避鄉村混亂。到上海後確實享受了一番，但經過一代、兩代、三代，生齒益繁，入不敷出，子弟們單會沉溺浮華，不問生計，逐漸成了「破落戶」，雖然像《第一爐香》中那位昔日上海小姐、後來成為香港富豪遺霜的梁太太所諷刺的，「越是破落戶，越是茅厠裏磚頭，又臭又硬」，拼命維持舊家的空架子，或者像《花凋》中的鄭先生，以遺少自居，無非「知道醇酒婦人和鴉片」，「有錢的時候在外面生孩子，沒錢的時候在家裏生孩子」，但畢竟內囊空下來了，無論如何拗不過上海這樣殖民地兼商業化都市的金錢規則，所以一邊自欺欺人地維持臉面，一邊也只好處處作實質性的妥協，像《創世紀》中的匡家，聽說有個「門第不對」的男子追求因為貧窮連初中都沒畢業只好在猶太人開的藥房打工的女兒，就覺得辱沒了尊嚴，拼命反對，及至探聽到毛耀球的父親確實開著水電材料店，還有幾家分店，便「千肯萬肯」了。「破落戶」俯就「暴發戶」，並不一定能得好處，往往反被「暴發戶」所作弄；「暴發戶」

4　張愛玲：《到底是上海人》，《雜誌》第 11 卷第 5 期，1943 年 8 月，後收入《流言》。

——三、四十年代另一種類型的「上海人」——行事為人都按照殖民地和商業化城市的規則，處處和「破落戶」相抵觸，最後受傷的總是「破落戶」。

如果張愛玲僅僅描寫「破落戶」和「暴發戶」鬥法，她至多是近代通俗文學的餘脈，就像她如果只是塑造《金鎖記》裏曹七巧一流的人物，充其量也只能掇拾曹禺《雷雨》的餘唾。張愛玲獨闢蹊徑之處，是抓住「破落戶」最年輕也最敏感的一代女性，讓這些走出破落舊家後旋即被時代潮流無情推向社會、碰得頭破血流同時也磨練得異常靈明的「女結婚員」[5]，從婚姻戀愛的切身經驗出發來體貼上海大都市的人情百態，她由此不僅塑造了一批「女結婚員」的獨特形象，也提出了她本人對那個時代的獨特審視。

《沉香屑——第一爐香》中香港富豪遺霜梁太太，「做小姐的時候，獨排眾議，毅然嫁給一個年逾耳順的富人，專候他死。他死了，可惜死得略微晚了些——她已經老了；她永遠不能添滿她心裏的饑荒。她需要愛——許多人的愛——但是她求愛的方法，在年輕人的眼光中看來是多麼可笑！」這位老一代「女結婚員」為彌補青春的失落，用失落的青春換來的金錢拼命撈取男色，追求物質享受，「一手挽住了時代的巨輪，在她自己的小天地裏，留住了滿清末年的淫逸空氣，關起門來做小型慈禧太后」；甚至利用侄女作誘餌，幫她找男人。梁太太年輕時不肯嫁給家裏為她安排的門當戶對的男人，寧可給年過半百的富人做妾，是因為不肯隨「破落

---

[5] 參見《花凋》。

戶」一道沉淪，這種「務實」出於無奈，也種下了惡果，日後的恣肆放蕩，表面上是一種勝利，實際上卻是更悲慘的失敗，只是這種失敗，被精明的梁太太以中年人的頑梗和技術主義甚至數字主義的瘋狂求愛掩蓋罷了。

但張愛玲巧妙地透過繼她而起的同樣務實而聰明的侄女葛薇龍在墮落過程中的所思所想，重現了梁太太不願正視的心理感受。葛薇龍，「一個極普通的上海女孩子」，父母因為扛不住香港的物價而退回上海，她自己卻決定投奔那位從舊式家庭反叛出來的姑媽，預備靠她資助繼續在香港的學業。當她發現姑媽收留她乃是用她做誘餌勾引男人時，她已經因為貪戀物質的虛榮，和那被喚醒的沉睡的欲望，不能自拔了。她雖然步梁太太的後塵，但她的心還沒有像梁太太那樣完全鈍化，不過這樣一來，就更加清楚地用心裏的明鏡照見了自己每天的墮落。

梁太太先是自覺地用青春換金錢，後來又用換得的金錢餵飼那永遠不能滿足的饑渴，在這兩階段，她都想做自己的主宰，結果同樣深陷於悲劇。稍微不同的是《金鎖記》裏的曹七巧，本為「油麻店的活招牌」，被兄嫂逼迫，嫁給有錢人家做妾，服侍殘疾丈夫，和梁太太一樣，也壓抑了正常的生命欲望，並經受了大家族特有的折磨人的勾心鬥角。七巧被「扶正」，在丈夫死後分得遺產、另立門戶以後，並沒有在香港定居的梁太太那麼「幸運」，可以為所欲為，她要保住用青春和血汗換來的金錢——唯一可以確認其價值的證據——就不得不繼續壓抑自己，免得授人（主要是夫家族人）以柄，或為人（包括秘密情人）所趁。長久的壓抑導致心理變態，使她甚至不能容忍兒女的幸福，強迫他們和自己一樣在壓抑中毀滅。「三十年來她戴著黃金的枷，她用那沉重的枷角劈殺了幾個人，沒死的也送了半條命」。

梁太太和侄女葛薇龍、曹七巧和小叔子姜紀澤以及兒子長白、女兒長安的關係，是驚心動魄的靈與肉的絞殺，此外，張愛玲寫的更多的則是出於相同的生存結構表現出來卻近乎無事的悲劇。《心經》是一篇演繹佛洛伊德理論而用力稍猛的作品，但立意很微妙：許太太為了拴住丈夫，竟然默認乃至縱容女兒的戀父情結，使本為正常的少女性倒錯傾向在一種畸形的家庭關係中發展得不可收拾。一個女人想獲得「幸福」，不得不眼看著至親骨肉陷入罪惡，即使這樣——或正因為這樣——她與幸福的距離更加遙遠。《花凋》中的鄭川娥的肺病，起因是母親肆無忌憚地在未來女婿面前倒苦水，毫不掩飾自己的粗俗和家庭的混亂，嚴重傷害了川娥的自尊心，讓她在未婚夫面前抬不起頭。比起曹七巧、梁太太故意地敗壞後輩，許太太和鄭太太可謂在無奈或無意中斷送了女兒的幸福。

「破落戶」舊家就這樣吞噬著年輕的殉葬品，讓他（她）們充分經受著「心靈的痛苦」[6]。但除了曹七巧和梁太太這兩個狂人，那些輾轉掙扎著的年輕的生命幾乎沒有一個表現出決絕的意志。要決絕，就只有徹底瘋狂，但張愛玲筆下的人物卻善於妥協、務實、忍耐、麻木、自甘下賤，這種「到底有分寸」的瘋狂，才是生存的法寶，所以他（她）們都「不

6　魯迅在《答有恆先生》中將覺醒了的青年人的痛苦描述為「心靈的痛苦」。

徹底」[7]，其年輕的生命和所痛惡的舊家一樣，曖昧而灰暗。葛薇龍自以為清醒，恰恰在清醒中妥協、沉淪，清醒只能成為自傷自悼的虛幻的優越感；鄭川娥懂得自尊，卻沒有勇氣將自己和家庭分開，以獨立的自我站在未婚夫面前，只能在不明不白的冤屈中凋謝。《創世紀》中的匡瀠珠在破落戶舊家和暴發戶男友之間兩無著落，「家裏對她，是沒有恩情可言的。外面的男子的一點恩情，又叫她承受不起。不能承受，斷了也好。可是，世上能有幾個親人呢？」她就這樣牽牽絆絆胡裏胡塗走向灰暗的所在。

張愛玲對這些人物，因為看明白了他（她）們環境的惡劣和天性的軟弱，而將「憎惡之心」變成了「哀矜」。此外，她還努力挖掘這些人物身上美好的因素，比如她到底不忍否定瀠珠對粗俗的暴發戶男子的愛（《創世紀》）；雖然葛薇龍已經墮落為妓女，替姑媽拉男人，替所謂的丈夫拉錢，也仍然為她辯護，說她這樣做完全出於對混血兒喬琪一相情願的愛；曹七巧臨了對小叔子姜紀澤也並非決然無情，她只是套在黃金的枷鎖裏身不由己，作者甚至也沒有忘記讓她臨終溫情地回憶起年輕時在油麻店結識的幾個可能的愛人；白流蘇和范柳原在機關算盡之後不得不承認對彼此有愛，而且「就事論事，他們也只能如此」[8]。《留情》中的敦鳳，守

7　在《自己的文章》（《苦竹》第2期，1942年12月）中，張愛玲說，「極端病態與極端覺悟的人究竟不多。時代是這麼沉重，不容那麼容易就大徹大悟。這些年來，人類到底也這麼生活了下來，可見瘋狂是瘋狂，還是有分寸的。所以我的小說裏，除了《金鎖記》裏的曹七巧，全是些不徹底的人物」。

8　參見《自己的文章》。

寡十年，改嫁米先生，「完全為了生活」，她一直記掛著前夫，米先生也一直記掛著重病垂危的正室太太，他們彼此防範、猜忌和嫉恨，但也需要彼此的愛，「生在這世上，沒有一樣感情不是千瘡百孔的，然而敦鳳與米先生在回家的路上還是相愛著」；至於《封鎖》中的翠遠，明明知道趁著封鎖在電車上勾引她的宗楨沒有真心，還是覺得即使她日後嫁了人，未來的丈夫也「決不會像一個萍水相逢的人一般的可愛——她只要他生命中的一部分，誰也不稀罕的一部分」；佟振保為了自己的聲譽和前程，辜負了情人紅玫瑰王嬌蕊，卻未能斬斷對她的依戀，但他雖然很快厭棄了妻子白玫瑰孟烟鸝，卻經不住她一味退讓，最後還是「改過自新」了（《紅玫瑰與白玫瑰》）。像這樣分不清高貴與低賤、可喜與可悲、真心與假意的感情迷陣，「那種不明不白，猥瑣，難堪，失面子的屈服」[9]，正是張愛玲竭力要向讀者呈現的「上海人」同時也是一部分「中國人」的精神狀態。

她也用同樣的方式審視著上海的「下等人」，以及在家庭和社會實際處於卑賤地位的人。《等》中的按摩師龐松齡喜歡顯擺他和做官的顧客的交往，愛看「打得好一點」即「要它人死得多一點」的電影，不過他對顧客確實是盡心盡意地服侍著，有很好的敬業精神。那些前來推拿的「太太們」，要麼談論「在裏頭」（重慶）討「二夫人」的丈夫，要麼談論在眼面前「討小」的丈夫，抱怨中夾雜著盼望和顯耀，說明她們仍然把希望寄託在男人身上。偶爾有人信和尚，信耶

9　張愛玲：《傳奇》，再版序，上海，上海雜誌出版社，1944 年。

穌，都不是真心的。在這樣的談論中，「生命自顧自地過去了」，並不憐惜這些以卑曲的姿態貪戀生命的人。《桂花蒸・阿小悲秋》是張愛玲第一個以女傭為主角的中篇，「要強的蘇州娘姨」丁阿小看不起好色吝嗇的洋主人，但別人批評他，就會激發她的「母性」來回護，甚至拿出自己的戶口面在妓女跟前為主人撐世面。她在別人的屋檐下認真經營著自己的生活，只要「不在她的範圍內」，別人「作髒」與她無關，但實際上正是這個善良本分的阿小始終幫著洋主人「作髒」。和上海的上等人一樣，上海的下等人同樣「也不壞，只是沒出息，不乾淨，不愉快」[10]。

張愛玲所用的方法，就是所謂「參差的對照的寫法」，不是「善與惡，靈與肉的斬釘截鐵的衝突那種古典的寫法」。「參差的對照」，既指人的身份的複雜，人的世界的複雜，也暗示著人性的複雜。

《傳奇》中大多數人的身份都是複雜斑斕的，他們處於大變動時代，很難保持一種身份不變，往往是多種不協調的身份疊在一起，一如他們內心的蕪雜。《創世紀》寫破落戶子弟的窘迫：「瀠珠家裏的窮，是有背景，有根底的——可是瀠珠走在路上，她身上只是一點解釋也沒有的寒酸」。《留情》寫楊家表嫂：丈夫留學歸來，把太太「鼓勵成了活潑的主婦」，好像歐洲沙龍裏的人物，但是中國版的，成天打麻將；敦鳳以前做楊家的窮親戚，「可得有一種小心翼翼的大方」，「現在她闊了，儘管可以吝嗇些」。《紅玫瑰與白玫

---

[10] 張愛玲：《我看蘇青》，《天地》4 月第 19 期，1945 年。

瑰》寫佟振保在母親規勸下聘定了良家女子白玫瑰孟烟鸝，「烟鸝很少說話——她很知道，按照近代的規矩她應該走在他前面，應當讓他替她加大衣，種種地方伺候著她，可是她不能夠自然地接受這些份內的權利，因而躊躇，因而更加遲鈍了。振保呢，他自己也不是生成的紳士，也是很吃力的學來的，所以極其重視這一切，認為她這種地方是個大缺點」。人物的身份心態就這樣斑駁雜色。《傳奇》中的世界，無論上海還是香港，也都如此，恰如葛薇龍初見梁太太豪宅時那種印象：「這裏不單是色彩的強烈對照給予觀者一種眩暈的不真實的感覺——處處都是對照；各種不調和的地方背景，時代氣氛，全是硬生生地給攙雜在一起，造成一種奇幻的境界」。英國人統治下的香港無非將世界的複雜性充量彰顯而已。這樣的世界和世界中的人，自然無法用單一視角來打量，只能用多角度的「參差的對照的手法」來表現。

魯迅在三十年代初曾經預言：「在現在中國這樣的社會中，最容易希望出現的，是反叛的小資產階級的反抗的，或暴露的作品，因為他生長在這正在滅亡著的階級中，所以他有甚深的瞭解，甚大的憎惡，而向這刺下去的刀也最為致命與有力」[11]，張愛玲本人或許屬於「小資產階級」，但她反叛或暴露的並不止於小資產階級，還包括「正在滅亡著」的破落戶與正在興起的暴發戶，以及下層社會的或一側面；她的野心，是要寫出並非英雄的「這時代的廣大的負荷者」，並揭示「人類在一切時代之中生活過的記憶」。不管她有沒

11　《魯迅全集》，第 4 卷，北京，人民文學出版社，1991 年，300 頁。

有做到，這位魯迅在世時曾經用小說家的眼光認真觀察而僅以雜文家的筆法簡單勾勒過的「上海的少女」長大之後創作的以長大了的「上海的少女」為主角的小說[12]，對四十年代「上海人」（某一種類型的中國人）的寫照，還是部分地應驗了魯迅的預言。

張愛玲所有的只是「哀矜」，感嘆，並非魯迅的「反抗」。她熟悉現代西方文學，也曾鞭辟入裏地分析過「中國人的宗教」的無效，但終極感情上還是逃進了中國傳統世情小說特有的無可奈何的悲憫和哀傷，連語言和敘述技法也不斷回歸傳統。她固然也曾執著過「生活的藝術」[13]，「在物質的細節上」爭取著「歡欣」[14]，甚至也曾火中取栗般地挖掘著「高級的調情」[15]與低級的勾引背後或有的真心，但最終所面對的還是「不可捉摸的中國的心」，所收穫的仍然是對一切的懷疑，「就因為對一切都懷疑，中國文學裏彌漫著大的悲哀」[16]—這話也可以看作她的自省，所以她總是在認真的熱鬧上面照例塗抹一層頗不吉利的憂鬱色彩：「有一天我們的文明，不論是昇華還是浮華，都要成為過去。如果我常用的字是『荒涼』，那是因為思想背景裏有這惘惘的威脅」[17]。另一個場合，她乾脆將自己的時代稱作「亂世」[18]，這當然不僅是她對所生存的世界的判斷，也是對所描寫的世界的設定。

---

12 《魯迅全集》，第 4 卷，536 頁。
13 《張愛玲文集》，第 4 卷，合肥，安徽文藝出版社，1992 年，18 頁。
14 同上註，114 頁。
15 同註 13，239 頁。
16 同註 13，114 頁。
17 同註 13，138 頁。
18 同註 13，238 頁。

因為張愛玲在淪陷區大放異彩，她的大部分小說隨筆均發表於多少具有日偽背景的雜誌，因為她曾經和「東亞明星李香蘭」一起參加過具有日偽背景的納涼晚會，她和汪偽政府宣傳次長胡蘭成有過一段短暫的婚姻，她曾經收到「第三屆大東亞文學者大會」的邀請（她自己說是寫信堅辭了），所以日本一投降，就有人將她目為「文化漢奸」，這是她 1945 年之後創作消沉的因素之一。四十年代下半期她一度熱中於電影劇本，《太太萬歲》、《未了情》（同時改寫為小說《多少恨》）最為著名；五十年代初，化名梁京，發表了描寫備受凌辱的陪嫁丫鬟終於自立門戶而在抗戰期間苦撐難局的中篇《小艾》，和同樣具有通俗性質、刻畫「亂世」男女悲情的第一部長篇《十八春》。這兩部作品都有迎合時局的地方，但這對張愛玲來說畢竟十分勉強。1952 年，她終於以赴香港繼續學業為由離開內地，開始了後期的創作生涯。但她最值得紀念的，還是 1943-1944 年在上海的曇花一現，這無論對她本人，還是對中國現代文壇，都是一個不小的奇蹟。

第二節　錢鍾書的《圍城》

「寫在人生邊上」的策略／對都市人生的冷靜反諷／《圍城》的寓言意義

1944 年，當張愛玲的創作爆發期即將過去之時，年輕學者錢鍾書正困居上海一隅開始創作那部奠定他不可動搖的作家地位的長篇小說《圍城》。錢鍾書，1910 年生於無錫一個書香門第，「出嗣」給長房伯父，後者為他取名「仰先」，字「哲良」，「抓周」時又取名「鍾書」，「仰先」成了小名，後來其父、著名文史學家錢基博為他改字「默存」。錢氏自幼博聞強記，舊學根底扎實；先後入蘇州桃塢中學、無錫輔仁中學，在這兩所美國聖公會辦的教會學校成績凸出，英文尤佳，日後治學「頗采『二西』之書」[19]，實已種因於此。1929 年考入清華大學外國語言文學系，專習西方語文」之餘，「妄企親炙古人，不由師授。擇總別集有名家箋釋者討索之」，西學中學，無書不窺。在清華讀書以及 1933 年畢業後任職上海光華大學期間開始發表書評和論學之文，顯露驚人的博學與卓特的識見。1935 年取得英國庚子賠款留學資助，赴牛津大學苦讀兩年，以論文《16 世紀至 18 世紀英國文學中的中國》獲副博士學位，又在巴黎索邦大學研究一年，因被母校清華文學院聘為教授，遂於 1938 年夏回國，在當時清華大學已併入其中的國立西南聯合大學外文系任教，後往錢基博所在的湖南藍田國立師範學校任教一年，1941 年暑假回滬探親，恰逢珍珠港事件爆發，「孤島」淪陷，交通受阻，只好潛伏下來，艱難度日，一面整理積學，撰寫研究中國古代「詩話」理論的名著《談藝錄》，一面從事文學創作。

---

[19] 錢鍾書：《談藝錄》，北京，中華書局，1984 年，1 頁。

1941 年他出版了隨筆小品集《寫在人生邊上》，收《魔鬼夜訪錢鍾書先生》、《窗》、《論快樂》、《說笑》、《吃飯》、《讀伊索寓言》、《談教訓》、《一個偏見》、《釋文盲》、《論文人》十篇，多為三十年代清華讀書和留英期間所作，一小部分寫於 1938 年夏回國之後至 1939 年 2 月寫「序」之前，以創作為主，不包括已經發表的大量書評、書信及論學之文。《寫在人生邊上》是對人生的一種遠距離的觀察玩味。對話體小品《魔鬼夜訪錢鍾書先生》，就針對社會環境、人類全體尤其文人的墮落，一路批評下來：

> 人怕出名啊！出了名後，你就無秘密可言。什麼私事都給訪事們去傳說，通信員等去發表。這麼一來，把你的自傳或懺悔錄的資料硬奪去了。將來我若做自述，非另外捏造點新奇事實不可。
>
> 現在是新傳記文學的時代。為別人作傳也是自我表現的一種——你若要知道一個人的自己，你須看他為別人作的傳；你若要知道別人，你倒該看他為自己作的傳。自傳就是別傳。
>
> 就是詩人之類，很使我失望；他們常常表現靈魂，把靈魂全部表現完了，更不留一點給我。
>
> 人類的靈魂一部分由上帝挑去，此外全歸我。誰料這幾十年來，生意清淡得只好喝陰風。一向人類靈魂有好壞之分。好的歸上帝收存，壞的由我買賣。到

了十九世紀中葉，忽然來了個大變動，除了極少數外，人類幾乎全沒了靈魂。

有種人神氣活現，你對他恭維，他不推卻地接受，好像你還他的債，他只恨你沒附繳利錢。另外一種加謙虛，人家讚美，他滿口說慚愧不敢當，好像上司納賄，嫌數量太少，原壁歸還，好等下屬加倍再送。

這些批評並不期望馬上收到現實的回應，更多倒是為了顯示智慧上的優勝與滿足，作者也特別經心於諷刺語言本身的錘煉：

有了門，我們可以出去；有了窗，我們可以不必出去。（《窗》）

豬是否能快樂得像人，我們不知道；但是人會容易滿足得像豬，我們是常常看見的。（《論快樂》）

這種旨在顯示主體優勝的諷刺很容易變成智慧的操練和語言的炫耀：

把飯給自己有飯吃的人吃，那是請飯；自己有飯可吃而去吃人家的飯，那是賞面子。交際的微妙，不外乎此。反過來說，給飯與自己沒飯吃的人吃，那是施捨；自己無飯可吃而去吃人家的飯，賞面子就一變而為丟臉。這變是慈善救濟，算不上交際了。（《吃飯》）

但畢竟才高，又確實抓住了值得諷刺的對象，到底不失分寸：

> 自從幽默文學提倡以來，賣笑成了文人的職業。幽默當然用笑來發泄，但是笑未必就表示著幽默……這種幽默本身就是幽默的材料，這種笑本身就可笑——（《說笑》）

> 在非文學書中找到文章意味的妙句，正像整理舊衣服，忽然在夾袋裏發現了用剩的鈔票和角子；雖然是分內的東西，卻有一種意外的喜悅。（《釋文盲》）

巧思配合著博學，與直接的人生體驗不同，得之於書本者更佔優勢。這些擷取英國隨筆精華、充滿尖利的人生諷刺和洞見的詼諧智慧之作，使錢氏成為現代隨筆領域繼徐志摩、梁遇春之後又一具有明顯歐化風格的俊才。

同時也開始了小說領域的嘗試。1946 年出版的《人·獸·鬼》，包含《上帝的夢》、《紀念》、《靈感》三個短篇和中篇《貓》，篇幅不大，分量不輕。《靈感》寫一位高產作家夢見死後被筆下眾多人物追討性命，因為他從來沒有將他們塑造成功，活在紙上。隨筆的雋語和智慧在小說中到處可見，諷刺的對象則集中於人類用文化和情感掩蓋的粗俗的動物本能，這本能因為畢竟被文化和情感掩蓋著，經過了層層化裝，更顯微妙，揭示出來，也更驚心動魄。比如《貓》中的建侯為了掩蓋自己的無能而雇用大學生齊頤谷為自己寫傳記，結果是為他的太太、八面玲瓏的沙龍主婦愛默找來一個情人。那些在愛默的客廳賣弄口舌的人們，大都如此。《紀念》中少婦曼倩因為不滿丈夫才叔的枯槁，愛上健碩的年輕飛行員天健，但天健死後她所能回味的也只是「結實的肉體戀愛」。這些小說說明他最擅長諷刺自己熟悉的人群即現代中國的知識分子。《上帝的夢》是一則寓言小說，顯示了錢鍾書作為一名深受現代西洋文明熏陶的中國作家對西方文明的選擇。他和現代中國絕大多數知識分子一樣，僅僅接受了文藝復興以來的西方世俗文明，對西方宗教包括上帝的信仰基本沒有認同。他把對現代中國現實的不滿輕易轉換為對現代中國並不太瞭解的上帝的諷刺，固然炫耀了他的智慧，也暴露了他的局限。因為並不尋求神，對「人」的問題的思索只能通向對人之下的「獸」與「鬼」的揭發，後二者無非「人」的變相而已，但「人」之上更加超越的情思意念，以及由此而來的更豐富更真實的分裂和衝突，都不是他願意面對和能夠面對的，這就無法避免博學底下的淺薄和巧思背後的輕浮。

長篇《圍城》於 1944 年動筆，作者自述是在抗戰後期「憂世傷生」的心境中以兩年時間「錙銖積累」地完成[20]。1946 年發表於鄭振鐸、李健吾主持的抗戰勝利後最富盛名的雜誌《文藝復興》上，1947 年初著名編輯家趙家璧在上海晨光出版社為它出單行本，次年再版，1949 年出第三版，累計印刷六次。在抗戰勝利後上海文壇的紛亂中，這樣受歡迎的程度也是一個奇蹟。

---

[20] 錢鍾書《〈圍城〉序》，1946 年 12 月 15 日作。

作者在第七章透過范小姐與趙辛楣談論新派話劇、范借書給趙辛楣等細節來打趣新文學家。他看不起國內流行的新文藝，主要是不屑於其淺薄的浪漫主義和廉價的社會主義，《圍城》正好得其反者，落入了袖手旁觀的個人主義和將一切都撕碎了加以暴露和諷刺的懷疑主義。這也正是貫穿《寫在人生邊上》、《人‧獸‧鬼》的精神，《圍城》的表現更其充分而已。長篇的主體，是描寫三十年代末從英國和歐洲留學歸來的青年學者方鴻漸在國內最初幾年的經歷，結構上採取歐洲「流浪漢體小說」的樣式，依次敘述方鴻漸在歸國的法國郵輪上與鮑小姐苟且，到達上海後拜見供他留學的名義上的岳父岳母，然後往鄉下老家探親，在當地中學胡亂做了一場關於中西文化交流的報告，接著回上海，暫住岳父家，在弄巧成拙地婉拒同學蘇文紈小姐的籠絡的過程中，結識了蘇的表妹唐小姐以及留學美國的趙辛楣和曹元朗、董斜川、褚慎明等上流社會青年知識分子，不久發現知音寥寥，並很快因為和蘇小姐周旋失敗，與唐小姐戀愛關係破裂，又為岳家所嫌，不得不接受國立三閭大學聘書，和「同情兄」趙辛楣及其朋友的女兒孫柔嘉以及已過中年的學者李梅亭、顧爾謙結伴，依靠戰時簡陋的交通，一路跋涉，來到位於湖南的國立三閭大學。不料一到該大學，就陷入無聊的人事糾紛，並多少有些被動地落入了和孫小姐的戀愛關係中，一年以後就隨著趙辛楣離開三閭大學，經香港回上海，短期供職於某報社，因為婚後和孫小姐琴瑟難合，又無法處理和逃難來到上海的大家庭以及具有親日傾向的報社老闆的關係，只好準備再赴內地，託趙辛楣幫他在重慶另謀出路，但到此他已心灰意冷，對前途不抱希望。這個表面充滿戲劇性色彩內裏卻頗為悲哀的失敗者的荒唐故事，不僅廣泛觸及抗戰期間上海淪陷區和內地各色人等與社會情狀，也揭露了戰時中國一大批知識分子的生存狀態和心理素質。

方鴻漸，有時候也包括他唯一的好朋友趙辛楣，既是小說的主人公，又發揮著小說敘事的主要視角功能，讀者經常借他們的眼睛來看整個小說世界，不知不覺透過他們灑脫自嘲的心意言行來欣賞他們的超然、純潔、善良和風趣，但作者同樣將他們置於被審視的地位，毫不掩飾他們的虛榮、淺薄、軟弱、糊塗、隨俗等缺點，他們比周圍那些知識分子略好一點，也正是這略好一點使他們無法擺脫良善而清醒的無能者和墮落者的尷尬。學政治學的趙辛楣和學文學哲學的方鴻漸表面謙遜，骨子裏則頗有抱負，但慢慢地，他們在自己也不省察的情況下放棄了當初的高邁和超然，主動降低格調，同流合汙，即便如此也沒有得到社會特別的回報，只收穫了普通人所同有的煩惱沮喪。冷靜的社會批判，結合著同樣冷靜乃至漠然的人生諷刺，使這部長篇小說的悲涼基調，無法為其幽默俏皮的語言藝術所掩蓋。

作者自序他這部作品是想「寫現代中國某一部分社會，某一類人，我沒忘記他們是人類，只是人類，具有無毛兩足動物的基本根性」，其實他未必一開始就寫「無毛兩足動物的基本根性」，只是寫到後來，現代「人類」各種漂亮的外衣被他一層層剝去了，只剩下那些動物的根性。這種諷刺精神，加上「流浪漢體小說」單線向前的敘事方式，使《圍城》人物大多數為「扁平型」，缺乏多層次多側面的展開。

《圍城》故事情節和精神蘊蓄並不豐滿，人物塑造並不新奇，足以彌補這些不足的，是多姿多彩俯拾即是的比喻。全書七百多條比喻，平均一頁兩個，整個敘述過程幾乎就是比喻連著比喻的智慧的展覽，這部學者小說，同時也是一部智慧風趣的作品，它給讀者帶來的快樂，並不僅僅從故事情節而來。儘管個別比喻或許擬於不倫，有些比喻逸出情節的需要而成為附贅懸疣，但白璧微瑕，不為智者之累，絕大部分比喻都非常智慧乃至妙到頓然生輝，不僅凝聚了作者豐富的學識，也透顯了他細微深致的人生體察。《圍城》幾乎全部由智光閃閃的比喻編織而成，這種獨特的手法極大地豐富了現代中國長篇敘事藝術的樣式，其文學審美價值得細細品味和研究。

第三節　淪陷區的文學敘述

上海「孤島」作家／周作人與北平文壇

在這一時期，雖則眾多成名作家或遠走、或不言，但仍有一些作家或迫於生計、或甘心附逆，活躍在淪陷區文壇。總體而論，淪陷區文壇一方面延續了戰前文化格局的某些特徵，如以北平和上海為中心；另一方面又因戰爭形式的變動，各種勢力的爭奪、交錯與情勢之複雜而呈現較為混沌的局面。

蘇青與張愛玲同時崛起於上海文壇，其 1944 年發表的代表作《結婚十年》為上海極暢銷書，與張愛玲的《傳奇》並美。蘇青生於 1914 年，本名馮允庄，原籍浙江寧波，她曾為了婚育，中斷大學學業，又因產女後的苦悶，發抒為文，開始創作。以「馮和儀」的筆名投稿，其後婚姻破裂，走上職業女性和職業作家之路。她的文章風格「平實而熱鬧」[21]，且多為寫實。《結婚十年》即為其生活之投影，女主人公先是遵父母之命成婚，又因生女孩遭夫家冷落，丈夫用情不專，為遣胸中苦悶而寫作投稿，獲得成功後丈夫不容，最後不得不分手。她頂著社會對離婚女人的巨大壓力，勇敢地擔當起支撐單親家庭的責任。作者站在女性立場上，刻畫出一個敢於向傳統習俗挑戰的女人。蘇青的其他作品如小說集《濤》、長篇《續結婚十年》、中篇《歧途佳人》等都與之一脈相承，表現女性涉世終又幻滅的心路歷程，直寫女性的愛情與慾望，「能夠做到一種『天涯若比鄰』的廣大親切，喚醒了古往今來無所不在的妻性母性的回憶，個個人都熟悉，而容易忽略的。實在是偉大的。她就是『女人』，『女人』就是她」[22]，因而呈現出「健康」又「世俗」的風味[23]，而獲得了市民讀者的歡迎。此外，蘇青還編有雜誌《天地》。

胡蘭成為汪偽文人，曾任南京偽政權的「中央委員」、「宣傳部次長」及《中華日報》、《國民新聞》主筆，出有政論集《戰難和亦不易》等。胡蘭成於 1906 年出生在浙江

---

21 胡蘭成：《談談蘇青》，《小天地》第 1 期，1944 年 9 月。
22 張愛玲：《我看蘇青》，《天地》第 19 期，1945 年 4 月。
23 同上註。

嵊縣，197 年從燕京大學退學，後曾赴廣西等地謀生，在香港期間為汪精衛所延攬，胡文名頗高，曾有「南胡北周」之說，除雜文和政論外，，他還寫隨筆和批評文章，其小品「雋永有味」，其批評範圍頗雜，且對新文藝有獨到見解，散見於《國民新聞》、《人間》、《新東方》、《雜誌》、《天地》、《苦竹》等刊。在《皂隸・清客與來者》一文中，胡蘭成由對《天地》上的作品的評論延及對文壇的看法，並涉及對張愛玲的小說《封鎖》的探討，認為「簡直是寫的一篇詩」，「但也為它的太精緻而顧慮，以為，倘若寫更巨幅的作品，像時代的紀念碑式的工程那樣，或者還需要加上笨重的鋼骨與粗糙的水泥的」。在《周作人與魯迅》中，胡蘭成認為「周作人與魯迅是一個人的兩面」，在「對於人生的觀點上」「有許多地方」「是一致的」，但「周作人是尋味於人間，而魯迅則是生活於人間，有著更大的人生愛」。胡蘭成由蘇青介紹，認識張愛玲，不久二人簽訂婚書結為夫婦並共同創辦《苦竹》雜誌。1941 年，胡蘭成赴武漢任《大楚報》社長，以沈啟无和關永吉為助手。日本投降後，胡蘭成避匿鄉間，後逃往日本。

路易士，本名路逾，字越公，1913 年出生於河北清苑，1933 年從蘇州美術專科學校畢業，曾與戴望舒、徐遲一起創辦《新詩》雜誌。後又組織「菜花詩社」，出版《菜花詩刊》、《詩誌》，為現代派的重要成員，曾出版詩集《火災的城》等，《在地球上散步》、《奇蹟》等詩為其名作。胡蘭成在批評中以路易士之詩為時代標幟，1925-1927 年中國革命，是中國文學的分水嶺。在詩的方面，革命前夕有郭沫若的《女神》做代表；革命失敗後的代表作品，則是路易士的。《女神》轟動一時，而路易士的詩不能，只是因為一個在飛揚的時代，另一個卻在停滯的、破碎的時代。在上海淪陷期間，路易士曾與胡蘭成等汪偽文人往來密切，在其主持的汪偽刊物發表作品，並主辦《詩領土》月刊。抗戰勝利後，路易士改筆名為紀弦，並於 1948 年遷往台灣。

師陀是淪陷時期最重要的作家之一，原名王長簡，1946 年以前用筆名蘆焚，河南杞縣人。「九一八」事變發生後，他參加反帝大同盟，進行救亡宣傳工作。師陀熟悉的是鄉土中國，早期作品多緣自對於家鄉小城刻骨銘心的記憶，後逐漸轉向描寫城市的中層社會。其文筆深沉純樸，擅長描摹世態人情，刻畫社會風習，筆端多帶感情著有短篇集《無名氏》、《果園城記》，中篇《無望村的館主》，長篇《結婚》、《馬蘭》，散文集《看人集》、《上海手札》等。《果園城記》誓師陀最著名的作品，1946 年出版，包括 18 個短篇，描寫了一個小城的日常生活、人情世態，並將這一小城當作一切小城、當作一個人來反覆摹寫[24]。其中，有小城如同「廢墟」般的陰影，「凡是到果園城來的人，誰也別想倖全，他一起進城門，走在那浮土很深的街道，忽然，他會比破了財還狼狽，首先他找不到自己了」，這種精心渲染的小說場景象徵了現實生活中無處不在的文化語境和精神壓力。有小城

24 師陀在《果園城記》中精心描寫了一個能夠代表「中國一切小城」的果園城，以小城為小說的主人公，並試圖寫出它的「生命」、「性格」、「思想」、「見地」、「情感」和「壽命」。《果園城記》有意從小城的歷史中截取「從清末到民國 25 年」這一段，試圖寫出它的「像一個活的人」一樣的生命歷史。

生活的亦哀亦樂如終年等待早已被槍斃的革命者兒子回家的不知情的老母；水鬼阿嚏蕩滌汙穢的惡作劇，不停地為親友縫嫁衣、繡壽衣，也為自己縫繡了夠穿 30 年的衣衫的 29 歲的秀姑；給世界帶來美麗和希望自身卻橫遭不幸的知識女性，等等；有游離於鄉村與城市邊緣的知識分子，如孟安卿外出闖蕩十幾年，回來後發現果園城已經忘記了他，於是繼續出走，如孟季卿，獨自一人在北京，而家鄉的遺產則是堂兄弟們爭奪的目標。這種「返鄉」的敘事模式存在於師陀的大部分小說中，知識分子返鄉時巨大的心靈震盪，交織著批判與感傷兼有的情緒渲染，構成了師陀小說獨特的藝術魅力。在滬期間，師陀還參與話劇活動，與柯靈合作改編高爾基的《在底層》為《夜店》，轟動一時。

在以北平為中心的華北淪陷區文壇，除周作人、沈啟无等著名作家外，尚有袁犀、梅娘、關永吉等新進作家，此外校園作家及左翼文人亦活動其間。自 1938 年後，留守北平的周作人漸與日方接近，終至接受偽職，相繼擔任偽北京大學文學院院長、華北教育總署督辦、國府委員等職。與此同時，周作人繼續著他的散文寫作，在《中國的思想問題》等文章中，周作人試圖建構一種以「儒家人文主義」為中心的思想體系，並與日偽意識型態勾連起來，以其為「大東亞文化」的「中心思想」。這一系列文章表達了周作人在「落水」之後對中國問題的思考，也即在「亂世」中如何保存中國文化，但這種文學敘述，卻對其「落水」行為構成了某種諷刺效果。

1943 年 8 月，在第二屆東亞文學者代表大會上，日本作家片岡鐵兵作了題為「中國文學之確立」的發言，指責「目前正在和平地區內蠢動之反動的文壇老作家」，胡蘭成在《周作人與路易士》一文中提及此事，周作人得知後，即發表了針對其地子沈啟无的「破門聲明」。沈啟无 1902 年生於江蘇淮陽，字閒步，筆名有開元、童駝、潛庵等，出身燕京大學，與俞平伯、廢名等人並稱「苦雨齋四大弟子」，時任偽北京大學文學院國學系主任，曾主持《北大文學》、《文學集刊》等刊物，寫有《閒步庵隨筆》、《籌夜筆記》、《風俗瑣記》等多種散文集，並出版詩集《思念集》及與廢名的詩合集《水邊》，其詩歌寫作受廢名影響，有「我有一首詩藏於我的心裡／我輕輕捉一枝筆／我的詩又不在筆裡／我的詩又無所不在／像一面鏡子似的」之語。沈啟无因繼任為偽北京大學文學院院長及刊物事與周作人產生矛盾，化名「童陀」發表文章影射「老作家」，繼而將自己主持的《文學集刊》與周作人主持的《藝文雜誌》對立起來，有「《藝文雜誌》代表老作家，《文學集刊》代表青年作家」之語。片岡鐵兵即因《中國的思想問題》諸文及沈啟无的活動而攻擊周作人。這一「掃蕩反動老作家」事件，最後以沈啟无被逐出師門和片岡鐵兵的道歉而告結。

袁犀、梅娘皆是東北流亡作家，寓居北平從事文學活動。袁犀原名郝維廉，1920 年生於遼寧瀋陽，1941 年從東北來到北平，其創作深受魯迅、巴金等人及俄蘇文學影響，力圖真實展示掙扎在社會底層的各種人物，著有短篇集《泥沼》、《森林的寂寞》、《某小說家的手記》、《時間》，長篇小說《貝殼》、《面紗》等。袁犀的小說全景式地描寫近代中國人民受苦受難的經歷，但並不局限於此，更透過這一世相展示人類痛苦的靈魂。譬如《泥沼》探討知識青年的生活道路問題，《一個人的一生》影射淪陷區現實，等等。長篇小說《貝殼》寫的是 20 世紀 30 年代初處於北京和青島的一群知識分子，在婚姻愛情上複雜的關係、糾葛和遭遇，反映知識女性真摯的愛情追求不但無法實現，還會遭致難以癒合的精神和肉體創傷。在結構和描寫上，可見出作者受俄國作家阿爾志跋綏夫的《沙寧》的影響，趨於 19 世紀批判現實主義傳統。《面紗》又名《鹽》，是《貝殼》的續篇，描寫三個女性不同的生活道路，而以「一二九」運動為背景，透過女主人公之一——金采參加示威遊行，在與軍警的的混戰中受傷住進醫院，表現進步的知識女性的堅韌品質和獻身精神。

梅娘原名孫嘉瑞，1920 年生於吉林長春，是一個大戶人家的庶出女，小學時期即經歷了東北淪陷的種種現實和慘痛，1938 年曾赴日本學習，1942 年定居北平，著有短篇集《小姐集》、《第二代》、《魚》、《蟹》和未完成長篇《小婦人》、《夜合花開》等。受其經歷影響，梅娘小說中出現得最多的是戰亂中的婦女，透過她們的坎坷經歷和悲慘命運，以「女人和女人之間濃厚的感情」，展示出女人的不幸和人世間的不平。其水族系列小說《蚌》、《魚》、《蟹》即象徵式地探討了淪陷區大家庭青年女性的不同命運；「蚌」象徵在社會、家庭的傾軋中心力交瘁而只能束手待斃的女子；「魚」象徵崇尚個性解放的反叛女子，將婚姻當作抗爭的唯一手段，在家長制和封建貞操觀編織的有形和無形的「漁網」面前，陷入經濟拮据和情感苦悶中而苦苦掙扎；「蟹」象徵與破敗的舊式大家庭徹底決裂而勇敢走上新生活的女子。從「蚌」到「魚」到「蟹」，作者揭示的是女性只有擺脫藉助婚姻而取得自由的幻想，才能變得更強大，才能有希望。在水族系列小說中，《蟹》尤為凸出它表現了淪陷區大家庭的破敗，並凸顯出在這一特定社會背景下，新一代與老一代之間的尖銳衝突。

關永吉 1916 年出生於河北靜海，原名張守謙，曾在北平、武漢等地任編輯，同時發表小說、新詩和雜文。關永吉積極參與華北淪陷區文壇的文藝論爭，提倡鄉土文學，意在提倡愛自己的家鄉、愛自己的土地人民，因而其小說多關注破敗的農村和困頓的市民生活，出版有短篇集《秋初》、《風網船》和中篇《牛》。在短篇《苗是怎樣長成的》中，關永吉書寫了農民因好年成而生出的希望被偽軍的搶劫破壞的故事，飽含著憤慨之情，頗為大膽。而中篇《牛》則寫田主高五家在亂世中的經歷，由於鄉村生活方法的變化，高五爺的夢在種種壓榨和奴役下破滅了。「牛」是全篇小說的中心意象，一方面象徵農民忠厚倔強的性格，及其對鄉土的眷戀；另一方面則象徵農民受奴役的命運。

淪陷區的散文、戲劇創作較為繁盛，除周作人繼續發表其作品，並一度「南下」而成為淪陷區文壇盛事，陳公博、周佛海的回憶錄等隨筆亦暢銷，楊絳的《稱心如意》、王文顯的《夢裡京華》（中譯本）、姚克的《清宮怨》、袁俊的《富貴浮雲》等戲劇也是一時的優秀之作，並收入孔另境主編的《劇本叢刊》。淪陷區文學，呈現出抗戰年代某一側面諸多作家的多元矛盾心態，有些現象值得認真反思，而有的現象則需要新的更深入的辨析與研究。

第十八章

艾青與七月詩派

艾青 30 年代初走上詩壇，他作品深沉而憂鬱的抒情風格受到人們普遍的注意。抗戰爆發後，艾青成為最具代表性的詩人之一。30 年代末到 40 年代中期，可以稱之為「艾青的時代」。他的創作不僅開了一代詩風，而且深刻影響了這一時期乃至 40 年代後期的詩界，七月詩派即為其中的一個代表。

第一節　艾青詩歌的發展

從「叛逆者」到「吹號者」的心路歷程／造一座農婦命運的塑像／對新詩起更高起點的綜合

艾青（1910-1996）生於浙江金華，早年在金華、杭州讀書，1929 年赴法留學，後參加左翼文藝活動。抗戰爆發後，輾轉於武漢、山西、湖南、廣西等地，1941 年由重慶轉赴延安。

艾青是由畫家成為詩人的，在精神歷程上，則從時代的「叛逆者」變成了「吹號者」。他早年的詩歌，明顯有法國印象畫派和超現實主義詩歌影響的痕跡。在詩的色彩處理上，追求瞬間、強烈的光的效果，立體與穩定的雕塑感；在詩緒上，注重反抗的、夢境式的潛在意識的刻畫；在思想上，受到崇尚個人自由與革命要求的法蘭西思想文化及盧梭人道主義思想的薰染。它們與艾青深沉、憂鬱的個性相融合，形成了詩人早期創作的基本特色。寫於巴黎的《會合》，在跳躍、奔突的詩行裡，混合著「支那、安南」等東方青年的反叛情緒，以及個人生命的無著感。《透明的夜》中出現的「暴徒」形象，無疑是 30 年蟄居上海亭子間某些具有左翼思想傾向青年的縮影。「凝聚的力」與「伸進火裡的手」，在這裡不單透露著從「五四」延伸而來的思想的苦悶，也象徵著不同於「五四」一代的中國新一代作家「思想即行動」的人生選擇。艾青被胡風稱為「吹蘆笛的詩人」[1]。他的詩作《蘆笛》的副標題「給阿波利奈爾」渲染了正是詩人同時代人的普遍心境：自由即人生目的。但這支蘆笛連「法國大元帥的手杖也不換」的痛苦自白，卻在另一種意義上向人昭示，一個詩人，只有與他多災多難的土地取得血肉般的聯繫，並發出強烈、深沉的感情共鳴，才可能是民族的，也才可能產生真正震撼人心的力量。

1933 年問世的《大堰河——我的保母》，是艾青由「叛逆者」轉向「吹號者」，把思想感情和藝術個性真正融入民

[1] 胡風：《吹蘆笛的詩人》，《文學》，8 卷 2 號，1937 年。

族生活大地的重要轉折點。正如作者本人所說，當他得知乳母大堰河溺死自己剛生下來的女孩，用乳汁來「餵養我—地主的兒子」的情形後，便「成了個人主義者」[2]。表面上看，這首詩的寫作來自艾青童年生活和深陷牢獄的雙重激發，實際上，它是作者深切同情中國農民命運、並以民族的憂患為己任的思想的必然趨歸。大堰河是中國鄉村農婦歷史命運的一座雕像。她生來沒有名字，出嫁後被套上夫權的枷鎖，然後又把博大的母愛無私地給予地主家的乳兒。艾青正是從大堰河愚昧與善良、勤勞與卑微相交織的歷史性格中，深刻洞見了中國農民的宿命，也由此激發出對人類普遍生存境遇的巨大憐憫。因此，當他寫出這是「呈給大地上一切的，／我的大堰河般的保母和她們的兒子，／呈給愛我如愛他自己兒子般的大堰河」的沉痛詩句時，人們注意到艾青詩的起點已遠遠出超了「五四」新詩的階段，他的人道主義思想不再是表面化的淺吟低喚，而具有了更為憂憤深廣、充滿哲思的歷史社會內容。

1938 年到 1941 年間是艾青創作的高峰期。他的創作是以充任民族解放戰爭最有力的「吹號者」，在新詩發展史上完成對新詩歷史的「綜合」為基本特點的。一方面，在嚴酷的戰爭考驗的面前，艾青自覺思索著民族的命運；另一方面，他亦思考著，怎樣在這偉大的時代奉獻出紀錄它歷史生活的偉大詩篇。詩集《北方》和長詩《向太陽》堪稱是用現代技巧表現時代生活主題的典範性藝術實驗。對發展到抗戰前期的中國新詩，艾青曾有過清醒的估價：「中國新詩，已

2　艾青：《贖罪的話》，《解放日報》，1942 年 4 月 4 日。

經走上可以穩定地發展下去的道路：現實的內容和藝術的技巧已慢慢結合在一起，新詩已在進行著向幼稚的叫喊和庸俗藝術至上主義可以雄辯地取得勝利的鬥爭。而取得勝利的最大條件，卻是由於它能保持中國新文學之忠實於現實的、戰鬥的傳統的緣故。」[3]革命現實主義與藝術探索之間形成的矛盾，曾極大地影響著新詩的發展。在新詩的 30 年代，「現實的、戰鬥的傳統」在一部分詩人那裡被發展成詩歌的主潮，它進一步密切了新詩與時代和人民的關係，但對詩歌藝術規律的忽視，又往往使其流於「幼稚的叫喊」；在此期間，後期新月派和現代派詩人對詩歌藝術的探索，受到了人們的注意，然而他們對時代生活的有意疏離，不免又流露出「藝術至上主義」的傾向。抗日戰爭嚴酷現實所喚起的愛國良知，暫時化解了現實與藝術的矛盾，革命現實主義順其自然地成為詩歌的主流。但時代內容的拓展並不是對 30 年代革命現實主義詩歌流派的簡單回覆，艾青的創作顯然意味著更高起點上的對新詩的綜合，他所代表的恰恰是現實主義和現代主義在時代背景相互交換、融合的歷史趨勢，是把中國新詩發展推向新的高度的一種努力。

第二節　土地的歌者

從「土地」意象中發掘憂患的美／具有動盪時代特徵的人物群像及其類型／對「五四」人的主題的主動回應

3　艾青：《北方》，序，桂林，文化生活出版社，1942 年。

在馮雪峰看來，艾青之所以在新詩發展中具有不可替代的歷史地位，很大程度取決於「艾青的根是深深地植在大地上」，他是在根本上就正和中國現代大眾的精神結合著的、本質上的詩人。事實上，從 30 年代初的《大河堰——我的保母》，中期前後的《雪落在中國的土地上》、《北方》、《乞丐》、《手推車》、《他死在第二次》，以及到延安初期的自傳體詩作《我的父親》等，這些一再地激動了抗戰時期廣大青年的心的深沉作品，貫注了艾青頗富現代性的審察眼光：一方面，傳統的愛國主義感情，通過「土地」這一觸目的意象，得到了飽滿、強烈的和木刻般深摯的表現；另一方面，從魯迅開始的對農民命運的現代追問，在詩人本時期的詩作中顯示了縱深性的延伸。作者在描述「大堰河」的命運時，極力地鋪排著這個鄉村母親沉默中的寬厚、仁愛、堅韌與淳樸。但同時，他又將思考的觸鬚伸向造成無數鄉村命運悲劇的歷史成因：「雪落在中國的土地上／寒冷在封鎖著中國呀」；「飢饉的大地，／朝向陰暗的天，／伸向乞援的顫抖著的兩臂」；（《雪落在中國的土地上》）「在北方，／乞丐用固執的眼光凝視著你，／看你吃任何食物，／和你用指甲剔牙齒的樣子。」（《乞丐》）他無所保留地讚美著那些鄉村之子——「太陽」下的士兵，倒在大地上的吹號者，然而更力透紙背地察覺到傷兵們未來的命運。（《向太陽》、《他死在第二次》）在文章《為了勝利》中，他曾發人深省地發出這樣的呼籲：農民的問題乃是最為緊迫的建國問題。這就鮮明地提示出關於人的命題：與中國土地合而為一的普通農民的命運，其實是人的命運；詩人發自內心深處對勞動人民深沉的愛，乃是對於人的關切深深聯繫、血乳交融著的。

正像他在《我愛這土地》中所吟唱的：

假如我是一隻鳥
我也應該用嘶啞的喉嚨歌唱；
這被暴風雨所打擊著的大地，
這永遠洶湧著我的悲憤的河流，
這無止息地吹刮著的激怒的風，
和那來自林間的無比溫柔的黎明……
——然後我死了
連羽毛也腐爛在土地裡面

為什麼我的眼裡常含淚水
因為我對土地愛得深沉……

艾青的土地情詩超出於同時代人的，正是他這種促人思考的「弦外之音」。他寫的不單是一般性的鄉村靈魂的頌歌，而是通過抗戰的時期農民特殊的歷史際遇，令人震驚地預言了中國社會現代發展的複雜性、曲折性和艱鉅性。

在艾青這一時期的作品中，出現頻率最高的是農婦、傷兵和乞丐的形象。這些最具有動盪時代特徵的人物形象，再三受到詩人的關注不是沒有理由的。20 世紀的中國，經歷著從古老封建王國向現代化社會的歷史性轉變。在不可避免的社會大動盪、大陣痛中，處於社會最底層的農民是歷史痛苦的主要承載者。對他們而言，這是一段痛楚而漫長的人生之旅。在《雪落在中國的土地上》裡，那個「蓬頭垢面」低著頭的「少婦」，茫然無措地坐在不知將要飄向何方的「烏篷船」裡；吱呀呀的手推車，響徹了寒冷、沉默和戰火紛飛的北方，「你們的車輪，究竟要滾向何處呀？」（《北方》）艾青回憶說，在他輾轉「北方」的日子裡，感觸最深的就是沿途傷兵和乞丐的形象[4]。作為鄉村之子，也做為像農婦、傷兵和乞丐一樣有家難歸的「漂泊者」，艾青從這些人物身上發現了「在路上」這一深刻的文學主題——「中國的苦痛與災難，像這雪夜一樣廣闊而漫長呀！」幾年之後，他在這一篇文章裡意味深長地說：「這個無限廣闊的國家和無限豐富的農村生活——無論舊的還是新的——都要求著在新詩上有它的重要篇幅。」[5]無論流落異鄉的少婦、淪為賤民的乞丐，還是身著軍裝的受傷兵士，都是來自鄉村的農民；無論是日寇的鐵蹄，還是更大背景之中社會歷史的轉變，都注定了他們「在路上」的命運。在艾青看來，這一歷史的規定性幾乎是不可逆轉的。因此，在意識到人與歷史這一殘酷的「中間性」的同時，詩人情不自禁地寄寓著自己的憂鬱和同情，在他的筆端，始中迴旋著這樣沉重的調子：「中國的路，是這樣的崎嶇和漫長啊！」

在中國新詩發展史上，如此長久又如此執著地關切農民命運的詩人，大概要數艾青了。他同時也是把最多的農民形象列入現代文學人物畫廊的一位詩人。艾青用木刻般簡潔、有力的筆觸，捕捉著農民最微妙、細膩的心理，又以洞察歷

4　參見艾青：《為了勝利》，《抗戰文藝》，7 卷 1 期，1941 年 1 月。
5　艾青：《序》，《獻給鄉村的詩》，昆明，北門出版社，1945 年。

史的深邃眼光，賦予其豐富而複雜的人的內涵。無論在深度還是廣度上，他都是一個無人能比的真正的歌者。

第三節 艾青詩學的意義

把新詩推進到新的階段／主要詩歌意象及形式的張力／「散文化」的實驗／艾青式的「生命詩學」

艾青的出現，意味著中國新詩進入了一個新的階段。他的詩歌主張開闊和拓展了處於歷史演變之中的現代詩學。艾青的詩學貢獻攝其要者，主要集中在富有張力的意象創造、立體化和散文化的形式構築、確立個體生命和時代精神相共振的新型關係等方面。

意象是呈現詩人情緒記憶的重要手段，是其獨特的語言表達方式。「土地」與「太陽」是艾青詩歌的兩個重要意象。它們或許有比利時大詩人凡爾哈倫和法國印象派畫家的某種影響，但在本質上卻是與災難與希望相滲透、黑暗和光明相衝突的中國社會的現代化的焦慮深刻關聯著的。於是人們注意到，土地和太陽構成艾青詩歌的兩個意象系列：《大堰河——我的保母》、《雪落在中國的土地上》、《乞丐》、《手推車》、《北方》、《曠野》、《時代》等詩作中，褐色的土地象徵著中國鄉村的歷史記憶、農民的悲哀和多災多難的民族命運，攙雜著詩人極其複雜的感情：「為什麼我的眼裡常含淚水？因為我對這土地愛得深沉。」而在《復活的土地》、《向太陽》、《他死在第二次》、《吹號者》、《黎明的通知》以及寫於湖南新寧山野的某些小詩裡，太陽的意象則成為作品主要的結構因素，它象徵著詩人對歷史總體趨向的希望。正是這熱烈燃燒著的、充滿典型的詩人式幻想的太陽意象，給千百萬讀者的心以鼓舞和激動。基於城市文明對鄉村文明帶來極大破壞力的資本主義社會性質的認識，凡爾哈倫的鄉村成為艾青認識中國鄉村社會的起點，但卻不是他思想的終點。[6]他是超越凡爾哈倫的歷史局限上確立自己的歷史哲學的。他曾經說：「沒有色調，沒有光彩，沒有形象——藝術的生命在哪裡呢？」[7]這種態度，暗含的正是中國社會現代化歷史進程中的某種必然性趨向，是二者之間高度的「契合」。艾青詩歌意象創造的魅力恰恰在於，他不再像現代主義詩人申訴純粹個人的痛苦，也不像革命現實主義詩人對未來作直露的吶喊，土地（苦難）與太陽（希望）在他的詩作中不是截然對立的，而是多重色調的。即使在艾青的同一首詩作中，人們也能聽到那種類似交響樂的複雜的共鳴。顯然，艾青意在把握的正是這兩個主要意象之間的張力，這種藝術自覺，無疑地深化了中國新詩的美學內涵。

打破舊詩的格律限制，探索符合現代生活節奏的比較自由的形式結構，始終是新詩孜孜以求的藝術目標。30 年代初，戴望舒所謂詩歌節奏，「不僅是音樂的，更應該是內在和情緒的」[8]主張，開啟了新詩散文化的藝術進程。如果說，

6　在後來的創作實踐中，艾青逐漸遠離了凡爾哈倫。
7　艾青：《詩論》，桂林，三盧圖書社，1941 年。
8　戴望舒：《詩論零札》，《華僑日報．文藝週刊》，香港，1944 年 2

戴望舒「雨巷式」纏綿細膩的形象結構，妥帖、深入地刻劃了現代知識分子的情緒世界，那麼可以說，艾青則是使其審美空間裡具有憂憤深廣的社會內容，賦予這種散文化的詩歌形式以史詩般品格的第一人。

抗戰伊始，口號詩和大鼓詞一時成為詩歌創作的潮流。它們順應了民族危急時刻暴風驟雨式和戲劇化的情緒要求，但隨著現實生活的日趨複雜，它們逐漸露出簡單淺陋的弊端。在此情況下，艾青對詩的「散文美」的提倡，包含有扭轉風氣的用意。他認為：「散文是先天的，比韻文美」；它最接近口語，「新鮮而單純」；「富有人間味，它使我們感到無比的親切」[9]。這種主張，在艾青的創作中，有充分的體現。首先，在鬆散之中強調約束的形式結構，拓展了詩人想像與表現的空間，為格律詩逐漸衰微之後的詩壇帶來了新氣象。《大河堰——我的保母》是這方面較早、也是較成功的嘗試。全詩共 13 節，少則 4 行詩 1 節，多則 16 行詩 1 節；少則每行兩字，多則每行 20 字，全詩不是以韻腳，而是以首尾句的重複造成複沓的情緒基調。這種形式不拘束於外形的限制、韻腳與行數的約束，融敘事、對白、抒情於一體，在變化中有節制，在奔放中有協調，明顯增加了詩的表現手段和藝術空間。散文化的另一特點是口語的運用。1938 年以後，艾青的詩作明顯增加了口語的比重。長詩《向太陽》在極盡鋪排之餘，在人物的刻畫中大量使用了口語，不僅讀者有親臨其境之感，更重要的是十分宏闊地呈現了抗戰初期

月 6 日。

9　艾青：《詩論》，桂林，三盧圖書社，1941 年。

立體化、多側面的社會生活，賦予詩作以史詩的氣質。《火把》更運用口語的典型例子。唐尼和李茵內心的潛台詞與宏大時代生活之間的對話，增加了這首長詩的小說、戲劇的成份，也保留了詩的種種特點，使它以一種平易近人的方式貼近了整個時代的情緒。所以，聞一多在盛讚《火把》的同時，還親自當眾朗誦了它。[10]

詩與時代、現實與藝術的關係是抗戰文藝界爭論的一個焦點。1939 年前後，艾青連續發表了《詩與時代》、《詩與宣傳》等文章和《詩論》的若干片段，尖銳批評了梁實秋、沈從文等「與抗戰無關」言論，但也不同意將文學作品簡單當成宣傳工具的觀點，重新闡發了自己對上述關係的看法。他在《詩論》中說：「叫一個生活在這年代的忠實的靈魂不憂鬱，這有如叫一個輾轉在泥色的夢裡的農民不憂鬱，是一樣的屬於天真的一種奢望。」「憂鬱」是艾青自幼形成的個人氣質，它在詩人的早期創作中曾鬱結為一種深深的「流浪感」[11]。在抗戰的動盪歲月裡，艾青在輾轉「北方」時不僅理解了北方農民的現實苦難，而且對這「世界上最艱苦與古老的種族」感時憂世的精神傳統在心靈上產生了強烈的共鳴——他對生命和時代都有了更深入的認識和體驗。「農民式的憂鬱」昇華到新的時代精神的高度，詩人的作品也因此產生了個體生命與民族苦難相碰擊、相滲透的強烈而深沉的和弦。在「吹號者」倒在泥色大地上的一瞬間，生命因此有了

[10] 參見聞一多：《艾青與田間》，昆明《聯合晚報》，1946 年 6 月 22 日。

[11] 參見艾青：《在汽笛的長鳴聲中》，《讀書》，1979 年 1 期。

更嚴肅、壯麗的意義，大地也由此擁有了更豐潤、充實和感人至深的內容。把時代生活個體化，同時又將個體的存在時代化，成為艾青這一時期思想和藝術雙重的自覺追求。因此，在「農婦」、「乞丐」和「士兵」長長的人物形象系列中，簡單地把詩人的情緒解釋成悲劇或是正劇都是短視的、不全面的。可以說，艾青式的這種「生命詩學」正是時代精神、民族傳統與個體生命的高度融合。艾青藝術的成功很大程度來自於這種渾然天成、樸實真誠的融合。這不僅使艾青在中國新詩史上保有經久不衰的藝術魅力，也是他在新詩人中最具有世界性影響的關鍵所在。

第四節　田間和七月派詩人

田間詩作在抗戰前後的變化／七月派詩人的思想特色／胡風理論和艾青詩歌的影響／兩個基本的詩學命題／綠原、阿壠等

田間是 30 年代初開始詩歌寫作，在抗戰的烽火中形成鮮明藝術風格的另一位代表性詩人。

田間（1916-1985）是安徽無為縣人，1933 年自故鄉去上海，之後加入左聯。抗戰前出版的詩集有《未明集》、《中國牧歌》和《中國農村的故事》等。這些早期作品受到左翼文學文風的影響，但也有自己的特色。它們大多表現工人、農民和兵士悲苦的命運，筆端常露出同情；它們給人的另一

印象是，作品的視野裡有一種熱烈的「中國情結」，如表現東北大地所經歷的侵略戰爭時，詩句顯得十分激切：「射擊吧，東北的民眾呵」（《松花江》）；「在中國，養育吧，鬥爭的火焰」（《走向中國田野的歌》），後來它們成為田間創作一貫的特色。田間早期作品大多樸實硬朗，語言比較大眾化，關注現實是其主要的思想追求，但總體上看藝術上不夠成熟。

抗戰爆發後，作者的思想和創作均發生了很大變化。在他最為活躍的抗戰前期，貢獻給詩壇的主要是抒情長詩和戰鬥性的街頭短詩，如《給戰鬥者》、《假如我們不去打仗》和《義勇軍》等。1983 年初，他轉道西北，不久赴延安；同年冬，穿過封鎖線到達晉察冀邊區。田間是當時街頭詩運動的「積極份子」，是發起人和堅持人之一」[12]，並且是「晉察冀詩派」的主要詩人。延安文藝座談會召開後，作者開始轉入《戎冠秀》、《趕車傳》（第一部）等敘事長詩的創作，詩風趨向沉穩，前期創作激昂的基調卻相對減弱。

1938 年初寫的詩集《給戰鬥者》的序文《論我們的時代的歌頌》，為田間整個抗戰時期的創作定下了基調。在他曾產生過較大影響的長詩或短小精練的街頭詩中，詩人塑造的是一系列保加衛國和投入實際鬥爭的「戰士」的形象。寫於 1937 年底的長詩《給戰鬥者》，以質樸有力的詩句講述祖國遭受欺凌的命運，號召人們「在鬥爭中勝利或者死」，這是因為：「戰士墳文場比奴隸底國家更溫暖，要明亮」。

---

[12] 田間：《寫在〈給戰鬥者〉的末頁》，《詩刊》，1958 年 1 期。

戰爭賦予了「戰士」必死的壯烈情懷，同時也使得他對祖國深沉的愛裡充溢著感人肺腑的詩意：

我們懷愛著——
五月的
麥酒，
九月的
米粉，
……
從四萬萬五千靈魂的靈魂的領域裡
飄散著
祖國底
芬芳。

《義勇軍》刻畫的是另一類勇敢而可愛的兵士形象：

中國的高粱
正在血裡生長。
在大風沙裡
一個義勇軍
騎馬走過他的家鄉，
他回來了：
敵人的頭，
持在鐵槍上。

鏡頭遙向山高林深的長白山，一個面龐年輕英俊的小戰士正橫馬遠看，昔日樸實羞澀的鄉村少年，如今已變成殺敵的勇士。這個形象含意深遠地啟示人們：中國廣大的國土像高粱一樣的在血淚中生長著，一代又一代的人將會前仆後繼地投入民族救亡之中，直至迎接最後勝利的曙光。戰鬥的現實主義文學傳統在 30 年代田間的詩裡得以發揚光大，成為那一時期的絕唱，詩人也因此被聞一多稱讚為抗戰「時代的鼓手」[13]。

七月詩派是抗戰中期出現的影響較大的詩歌流派。他們以新詩現實主義的傳統為旗幟，以戰鬥的、火熱的人生為底色，直接用詩投入實際的鬥爭，在國統區廣大青年中產生了很大影響。七月詩派以《七月》、《希望》、《詩創作》、《詩墾地》、《呼吸》和《泥土》等雜誌為陣地，以重慶、成都兩地為主要活動中心，他們的作品多收集在胡風主編的《七月詩叢》、《七月新叢》、《七月文叢》等叢書之中，主要成員有阿壠、綠原、魯藜、冀汸、彭燕郊、蘆甸、孫鈿、牛漢、羅洛、方然和曾卓等。

在七月詩派的形成與發展中，顯而易見的是胡風理論和艾青創作的影響。綠原曾說，七月詩人中的「大多數人是在艾青的影響下成長起來的」，並認為，他們「努力把詩和人聯繫起來，把詩所體現的美學上的鬥爭和人的社會職責和戰鬥任務聯繫起來」[14]，在很大程度上又體現著胡風文藝理論的色彩。正如胡風所概括的：「現實主義者底第一義的任務

13　《時代的鼓手——讀田間的詩》，《聞一多全集》，（三），上海，開明書店，1948 年。

14　綠原：《白色花》，序，北京，人民文學出版社，1981 年。

是參加戰鬥，用他的文藝活動，也用他底行動全部。」[15]上述影響概括起來，即是七月詩派兩個基本的詩學命題：生活態度與詩人的主體性。七月詩人大都是在抗戰的烽火中走向人生同時也走向詩壇的，民族災難與個人命運共同鑄造了他們的藝術個性。因此，他們從艾青、胡風身上承繼的不單是現實主義的詩歌傳統，更有對生活提出的新的要求。綠原的話就很形象地揭示了七月詩人「生活態度」的時代特點。據他回憶：「七七」事變的爆發，將他諸多小布爾喬業亞式的幻想一掃而光，心靈失去了平衡。深刻認識到「原來任何美妙的藝術都脫不了時間和空間的限制，不可能是普遍和永恆的」[16]。所以他在民族危亡之際熱烈地吟誦道：「人必須用詩開拓生活的荒野／人必須用詩戰勝人類的虎狼／人必須用詩一路勇往直前／即使中途不斷受傷。」（《白色花》阿壠則進一步把「生活態度」說提升到理論的高度，提出了詩學一元論，認為「人，生活，風格，是一元的」[17]。這種一元論揭示了生活對詩歌作的決定性作用，這樣的詩的問題，歸根結底，都可以看作是生活的問題。在這種思想的支配下，詩學的諸多命題則被簡單地還原為詩人的生活態度問題，於是，把詩歌形式看得與生活態度同樣重要的艾青以及詩學觀，在這裡發生了某些異變。胡風把新月派、現代詩派

---

15 《論戰爭的一個戰鬥的形式》，《胡風評論集》（中），北京，人民出版社，1984 年，23 頁。

16 綠原：《人之詩》，自序，北京，人民文學出版社，1983 年。

17 阿壠：《風格片論》，《人・詩・現實》，北京，三聯書店，1986 年，144 頁。

的形式追求概括為「走向」了「形式主義」。[18]阿壠則寫出了《我們今天需要政治內容，不是技巧》一文。這種主張對七月派詩人傾心於生活深度的表現但疏於複雜形式探求的詩風的形成，無疑產生了顯著影響。與之相聯繫的，是七月詩派對詩人主體性的高度張揚。胡風曾提醒人們：創作不應該只是一味地「向生活學習」[19]，而應該比後者站得更高。因此，寫作的目的是將詩人的人格、情感強烈地滲透到客觀對象中，達到主客觀的契合，「它是這樣以形象的力量去啟示人們底感覺，它是這樣以感情的力量去衝擊人們底靈魂」[20]。這種由外向內的過程，與它堅持詩是生活的由內而外的過程相統一，構成了七月詩派既重生活、又重主體的雙向認知特點。它與艾青的重視詩人的藝術感覺、強調個體生命與時代精神的共振說是強烈響應著的。七月詩人常將「燃燒」、「溫暖」、「血肉」、「搏鬥」、「融合」等字眼納入詩歌創作之中，正式產生這種呼應的有力證明。

強調力與美的統一，是七月詩派的另一重要主張。七月詩人反對現代派藝術的任何趣味，但由於受到艾青的影響，卻對未來主義另眼相看。歌唱新的生活，追求力的美感的未來主義者馬雅可夫斯基，成了處於 20 世紀 30 年代到 40 年代，以反抗沉重黑暗現實為人生快樂的七月詩派的知音。阿壠曾說詩人只有兩種，或者唱著進行曲，或者唱著凱旋歌。這正像馬雅可夫斯基所說的「詩是炸彈和旗幟」一樣，把力

18　參見《略觀戰爭以來的詩》，《胡風評論集》（中）。
19　《關於創作經驗》，《胡風評論集》（上）。
20　阿壠：《風格片論》，《人・詩・現實》。

與美的表現看作是詩的最高境界。正因為如此，詩在他們看來是壯闊宏大而非貧弱纖巧的，是力和美的高度體現而非才子佳人的淺吟低喚。阿壠的《縴夫》，從縴夫「四十五度傾斜的銅赤的身體和鵝卵石灘所成的角度」，發現了民族歷史進程「動力和阻力的強度」，甚至縴夫的犧牲也是「悲壯的」和「美的」，死與美正是力量和壯美在詩意上的統一。綠原的詩之所以在 40 年代產生了難以想像的震撼力，他作品中繁複的意象與政治尖銳性的複沓、共振，在朗誦中產生的力與美的強烈號召力，不能說不是一個重要因素。這種追求在總體上反映出七月詩人對詩美的一種獨特期望：將力與美統一起來，正是要實現詩與人、詩與生活的統一。詩的功用，在這裡規定了；詩的創作心態甚至風格，也得以鮮明和強烈的展示。

綠原（1922-　）被公認為七月詩派最具代表性的詩人之一。他因《童話》而得名，但他在當時產生較大影響的卻是政治抒情詩《給天真的樂觀主義者們》、《伽利略在真理面前》、《你是誰？》、《終點，又是一個起點》。綠原觀察尖銳，思想機智，作品充滿思辯的色彩，然而又滿含內在的激情。因作品多觸及社會的重要問題，情緒憤激而暗含嘲諷，據說朗誦效果頗佳，流布甚廣，詩人因此獲得了「政治抒情詩人」之名。魯藜是以舒緩、清麗的調子登上詩壇的，《延安散歌》、《草》、《紅的雪花》給人耳目一新的印象，《泥土》則在樸實的風格裡暗含哲思。阿壠的《縴夫》在堅忍之中透出生命的沉重，而且較多犧牲的色調；牛漢（1923-）的《鄂爾多斯草原》帶來草原濃厚的氣息，充溢著生命的騷動；冀汸（1920-）的《躍動的夜》等詩剛毅、悲壯，有種暴風雨將至的緊張氣息；曾卓（1922-2002）的《鐵欄與火》透出年少的純真與決裂的勇氣。七月詩派沉雄悲壯的詩風顯然來自艾青詩風的某些影響，其中也透出俄國十二月黨詩人與生命訣別的悲劇意味，無論是詩人人格還是詩的氣質，它在新詩史上都是十分鮮見和獨特的。

第十九章

穆旦與西南聯大詩人群

40 年代的中國，進入了它支路橫生的特殊時期。人們從未遭遇過如此尖銳、複雜的歷史衝突：民主與專制、光榮與恥辱、個人與時代，在激烈的交鋒之中尋求著新的整合。在經歷了幾年的中斷和停滯後，新詩再次加入到世界詩歌的潮流之中，它敏銳地感應著時代的變動。人們內心深處的渴求和矛盾，在歷史的漩渦中準備著新詩發展中的又一次高潮。在當時兩大詩歌中心之一的昆明西南聯大，出現了新詩歷程中一個少見的奇觀：「師長輩」的聞一多、朱自清、馮至、李廣田、卞之琳，仍在以詩歌的理論建樹和創作發揮著引導、示範作用，而「學生輩」的一批青年詩人正在迅速崛起。中國新詩中的現代主義詩歌潮流，即將在兩代人的辛勤探索和努力中趨於成熟。穆旦是在詩星閃耀的天空中出現的一個耀眼的名字，他的極富創造力的詩歌創作，標誌著中國新詩將會走向一個新的高度。

第一節　大時代背景下的校園詩

矛盾與追求／「師長輩」和「學生輩」詩人共存的特殊現象／打開西方現代詩歌大門的燕卜蓀／兩重危機的反應：結社、寫詩熱悄然興起／推出新詩現代化的主題

詩歌總是最先感應到時代的劇變，同時也容易蘊涵著本時代的矛盾和痛苦。1937 年夏，陷於戰火的華北三所著名學府北京大學、清華大學和南開大學舉校南下。先在湖南長沙合併為「國立長沙臨時大學」，之後師生徒步行走一千餘公里到達西南邊陲重鎮昆明，更名為「國立西南聯合大學」。同上海新文化中心西遷到重慶一樣，三校的南下意味著中國的學術和文化中心自 1926 年以來的第二次非同尋常的大遷徙。它不僅是中國知識分子在動盪的大時代背景下又一次文化與人生的選擇，對新文學價值追求和審美趨向的影響，也是相當深刻和久遠的。杜運燮後來回憶說：「如果有人問我……你一生中印象最深、最有意義的經歷是什麼？我會隨口用四字回答：西南聯大。」[1]時代生活所鑄造的不只是一代青年的思想靈魂，更有對處於這一變動和抉擇之中的魂靈的追索與思考。

中國新詩是執著於自己的歷史使命來開闢新的發展道路的。在新詩的歷史進程中，始終激盪著兩條或合而為一、或分頭並進的河流：一條是 20 年代郭沫若所開創、30 年代

1　杜運燮：《序》，《西南聯大現代詩鈔》，北京，中國文學出版社，1997 年。

革命現實主義詩歌流派進一步推動的新詩時代性和人民性的戰鬥傳統；另一條則是象徵派、新月派和現代派認真探索並孜孜以求的新詩現代化的發展途徑。這兩個新詩發展的基本走勢，必然會影響到後來詩人對藝術的選擇。就西南聯大學生輩的青年詩人而言，他們所處的文化語境是開闊的，同時也是比較複雜的。一方面他們從聞一多、朱自清、馮至、卞之琳等前輩詩人身上承襲著繼續探索新詩現代化的歷史使命；另一方面，當時在聯大任教的英國當代著名詩人和理論家威廉·燕卜蓀，則把他們帶到了一個新的西方現代主義詩歌的世界。更重要的是，他們還必須面對戰火紛飛的社會現實，在民族的救亡圖存與個人的方生未死之間，艱辛地探索人生與新詩的「綜合」之路。

除朱自清以外，聞一多、馮至、卞之琳和李廣田都是以現代派詩重鎮和老師的雙重身分走進西南聯大校園詩人的藝術世界的。在異常艱難的時代，師長們為學生營造一個詩意濃厚的文化環境：「既有戰時物質條件的貧乏，也有『笳吹弦誦在春城』精神上的十分富有」[2]。朱自清此間完成了詩論著作《新詩雜話》，馮至寫出名噪一時的《十四行集》，李廣田、沈從文、聞一多親自擔任諸多詩社的「導師」，聞一多還當眾朗誦過艾青的長詩《火把》，他們熱烈的詩情和醇厚的人格，給予校園詩人以深深的感染。由聞一多在 20 年代倡導、卞之琳後來傾力實驗的「詩歌戲劇化」理論，也

---

[2] 杜運燮：《序》，《西南聯大現代詩鈔》，北京，中國文學出版社，1997 年。

給他們詩的探索以某種啟發，例如袁可嘉後來所寫的《詩的現代化》等文章。

但 40 年代的時代境遇，畢竟與 20 年代有了很大不同。這決定了年輕的校園詩人們的詩歌理想和藝術趣味必然發生變化：「他們正苦於缺乏學習的榜樣—當時新月派詩的盛時已過，他們也不喜歡那種缺乏生氣的後浪漫主義詩風—因此當燕卜蓀在課堂上教他們讀艾略特的《普魯弗洛克的情歌》、奥登的《西班牙，1937》和十四行詩時，他們驚奇地發現：原來還有這樣的新的題材和技巧！」[3]戰爭的局勢撲朔迷離，物價日日騰飛，在艱苦的生活環境裡，這些面臨思想與生活雙重苦悶的青年知識分子沒有找到庇護藝術的象牙塔，倒意外地發現了西方的現代主義詩歌，並將之運用到中國的現實中來。王佐良認為，西方現代派詩對穆旦和他的朋友們的影響，主要是透過他們的老師威廉・燕卜蓀傳達的。燕卜蓀當時在西南聯大開了一門很奇怪的課：「當代詩歌」，對艾略特、奥登等西方現代詩人的作品進行文本分析。這門課基本上沒有人完全聽懂，「但是透過教學和他的為人，學生們慢慢學會了如何體會當代敏感」[4]。袁可嘉在談到西南聯大的現代主義詩歌運動時也說：「英國著名批評家和詩人燕卜蓀教授在當時所發揮的影響當然是必須給予充分估計的。」[5]如果說，在西南聯大學生發起這場新的旨在

---

3 王佐良：《論穆旦的詩》，《穆旦詩全集》，北京，中國文學出版社，1996 年。

4 王佐良：《論穆旦的詩》，《穆旦詩全集》，北京，中國文學出版社，1996 年。

5 袁可嘉：《詩人穆旦的位置》，《一個民族已經起來》，南京，江蘇

探尋詩歌現代化道路的運動中，朱自清、聞一多和馮至主要扮演著師長和「監護人」的角色，他們是以人格和洋溢的詩情影響著弟子們的話，後者在燕卜蓀那裡接受的卻是一個別有新意的西方現代派詩歌的藝術世界，在艾略特、奧登、理爾克的詩和嚴酷的現實生活中，他們「學會了」詩歌的「現代感」。

30 年代末到 40 年代初，是中國抗戰最為困難、艱辛的年代。皖南事變的發生，標誌著全民族的抗戰開始由高潮走向低潮，文化壓制日益加劇，使國統區的大部分作家普遍感到了精神的壓抑和苦悶。物價騰飛，住房困難，貪官汙吏橫行，前線的局勢則撲朔迷離，令人難見勝利的時日。以北方流亡的學生為主體的西南聯大的學子們，從民族危機到個人內心都痛切地經驗到了生存的「流亡感」。校園詩人中的一些人如穆旦等，曾參加遠征軍到緬甸，又從印度退回昆明，經受了戰爭九死一生的殘酷考驗，但更多的青年詩人則在戰時物質極度的貧乏中，面臨著類似哈姆雷特那樣的「活著還是死去」的兩難人生命題。

在這個意義上，如火如荼地在西南聯大校園內勃然興起的「詩社熱」，既意味著對這兩重「危機」的反抗，又無異是一種精神上的「守夜」。青年的心永遠都是詩意的，在時代的嚴冬裡，它尤其彌可珍貴。「當時，確實談詩成風，寫詩成風，老師們（包括小說家沈從文）在寫，學生們學寫的更多。外文系、中文系，以及哲學系、經濟系、社會學系都

人民出版社，1987 年。

有學生醉心於詩。」[6]聯大出現過不少詩社或文藝社，最早的應是蒙自分校的「南湖詩社」，昆明聯大時又擴充改名為「高原社」。另外還有「南荒社」、「冬青文藝社」、「文藝社」、「新詩社」、「耕耘社」以及敘永分校的「布穀社」等。其中，要數冬青社的活動較為頻繁，存在的時間也較長。在聯大校園內，冬青社先後出版過「冬青壁報」、「冬青詩鈔」、「街頭詩頁」、「冬青散文鈔」和「冬青小說鈔」，舉辦過不同形式的演講會、朗誦會。在昆明的《中南三日刊》、貴陽的《貴陽日報》等報刊上，開闢過「冬青副刊」，部分社員還在昆明辦過《文聚》雜誌。在 1940 年到 1946 年的 7 年之間，冬青社就如聯大校園內的一束「火把」，久久燃燒著年輕的校園詩人詩與火的熱情。

聯大師生發表詩作最多的是香港、重慶、桂林三地的報刊，如《大公報》文藝副刊、《文聚》雜誌等。香港時期《大公報》文藝副刊主編楊剛女士是師生們最熱情的支持者，而在該刊發表詩作最多的是卞之琳和穆旦。另外，還有馮至、林蒲、鄭敏、杜運燮、趙瑞蕻、何達、葉華、王佐良、袁可嘉、羅寄一、楊周翰、周定一、秦泥、聞山、俞銘傳、馬逢華等人。尤其令人注目的是，馮至的《十四行集》，卞之琳的《慰勞信集》，穆旦的《探險隊》、《穆旦詩集（1939-1945）》、《旗》，鄭敏的《詩集 1942-1947》，杜運燮的《詩四十首》、《南音集》等詩集，都在這一時期先後問世。1946 年，西南聯大復員返回京津，因種種緣故，一部分作者的詩作寫於

6　杜運燮：《序》，《西南聯大現代詩鈔》。

昆明，但直到 1947 年、1948 年才得以發表；有的雖離開聯大，但作品仍舊保持著聯大的風格。因此，有人又稱之為「後聯大時期」。

在中國新詩史上，「校園詩」始終是一支不可忽視的新生力量。可以說，眾多新詩人身上都或多或少地保留著校園詩人的某些「影子」；俞平伯的詩集《冬夜》受到他的北大老師胡適、周作人的直接影響；如果沒有清華大學的「清華文學社」和北京大學的「沉鐘社」，大概不會有聞一多後來的《紅燭》、《死水》，也不會有在 20 年代詩壇就顯示出成熟、深沉氣質的馮至的《北遊及其他》；在 30 年代北大、清華和中央大學校園內再度興起的「現代詩歌熱」，湧現出一批新詩人如卞之琳、林庚、何其芳、陳夢家、方瑋德等，標示著後期新月派和現代派詩在這一時期的新進展。值得注意的是，在校園詩的歷史發展中，始終貫穿著新詩現代化的基本主題。如果說，抗戰爆發前的校園詩著重的是個人生存現代化的探索，充分反映了「五四」青春期的時代精神，那麼，西南聯大時期的校園詩人所關注的不僅是個人的現代化，他們把國家和民族精神的現代化也納入到自己的藝術視野之中。他們筆下出現的經過抗日民族解放戰爭洗禮的「現代的哈姆雷特」形象，顯示了新詩現代化主題的新的探索。他們比前幾代詩人更為清醒地意識到，新詩應該「追求一個現實、象徵、玄學的綜合傳統」[7]。

---

[7] 袁可嘉：《新詩戲劇化》，《詩創造》，第 12 輯，1948 年。

第二節　穆旦：新詩現代性的衝突與整合

「雪萊式的抒情」／藝術觀念的「現代性」轉變／「現代哈姆雷特」式的自我分析與人格分裂／穆旦詩歌的幾個特徵／現代主義詩歌在他身上所顯示的成熟

穆旦（1918-1977），原名查良錚，祖籍浙江海寧，生於天津。1935 年考入清華大學外文系。抗戰爆發後，隨清華、北大和南開三校師生從長沙步行至千里之外的邊城昆明。1940 年畢業留校，任西南聯大外文系助教。1942 年 5 月至 9 月毅然加入了中國遠征軍赴緬甸作戰，隨後大撤退至印度，「他的身體經受了一次大考驗，但終於活著回到昆明」[8]。這兩次不尋常的人生經歷，促使他的生活態度和創作風格發生了很大變化。

穆旦最早寫詩是在他的少年時代。在這些被人稱作「雪萊式的抒情詩」[9]裡，少年的幻想和激情，與遠比這個年齡階段成熟的對事物的沉思已初露端倪。但這種純粹的色調很快被抗戰的烽火遮蓋了。戰爭使穆旦的心靈和肉體受到雙重的考驗，長沙至昆明的艱苦之旅，在詩人眼前展開的不僅是烽火連天、山河破碎的現實，更有對民族生存現狀的痛苦記憶。這種見聞和經歷引起詩人對堅忍不拔的民族性格的深

---

[8] 王佐良：《論穆旦的詩》，《穆旦詩全集》，北京，中國文學出版社，1996 年。

[9] 王佐良：《論穆旦的詩》，《穆旦詩全集》，北京，中國文學出版社，1996 年。

思，如他對戰時中國農民非凡忍耐力的注意。但他與人不同的是，在憂傷與希望的雙重變奏中，對人在現實生活中的真實境況，他常常又抱著「哈姆雷特式」的懷疑。在行動的個人與思想的個人之間，寄寓著穆旦人格深層次的搏鬥和衝突。於是人們發現，穆旦詩作充溢著對堅忍的民族生存力的禮讚：「一個農夫，他粗糙的身軀移動在田野中，／他是一個女人的孩子，許多孩子的父親，／多少朝代在他身邊升起又降落了／而把希望和失望壓在他身上／而他永遠無言地跟在犁後旋轉，／翻起同樣的泥土溶解過他祖先的，／是同樣的受難的形象凝固在路旁。」（《讚美》）同艾青筆下主觀色彩強烈的中國農夫形象稍有不同的是，穆旦的感情色調裡明顯增添了理性的成分。民族的憂患感與個人存在的真實性，成為詩人思考的焦點之一，它們以獨具心裁的言說方式進入了詩句：「藍天下，為永遠的謎迷惑著的／是我們二十歲的緊閉的肉體，／一如那泥土作成的鳥的歌，／你們被點燃，卻無處依歸。」問題的觸目之處還在於，生活中的真實性原來被遮蔽在生活當中：「勃朗寧，毛瑟，三號手提式，／或是爆進人肉的左輪，／它們能給我絕望後的快樂。」（《五月》）現代意識與歷史感，被組合在「歷史的扭轉的彈道裡」這種奇妙的想像之中。短短數行，寫出了一個當代知識分子真實的處境和心情。

穆旦詩歌觀念的「現代性」轉變是在 1942 年。在緬甸前線，他親眼目睹了人的肉體是怎樣在現代鋼鐵中頃刻間被摧毀的殘酷現實；透過燕卜蓀的課，艾略特，尤其是奧登十四行詩和《西班牙，1937》的新的題材與技巧，更是帶給他一種思考世界的角度和異樣的現代感覺。燕卜蓀在理論上給穆旦的主要啟示是，「歧義」是語言的固有特徵，科學符號與語言符號的根本區別就在語言符號的這種「歧義」性質。它使穆旦意識到，對語言「歧義」的把握和應用，實際上就是開放語言自身。它也使穆旦明白了，為什麼偉大和不朽的詩篇對不同時代或同一時代的讀者來說，總會滋生出不同的意義。奧登的現代詩無疑是語言「歧義」性的典型例證，他那戲劇性、獨白的場景和書寫方式，把現代人的深刻性和複雜性極大限度地呈現了出來。穆旦詩歌明顯受到上述詩歌觀念的影響，有一段時間，他的作品甚至較多地留下了奧登的痕跡。但他的思維卻是中國的、東方式的，如最為人稱道的《詩八首》：

你底年齡裡的小小野獸，
它和春草一樣地呼吸，
它帶來你底顏色，芳香，豐滿，
它要你瘋狂在溫暖的黑暗裡。

我越過你大理石的理智殿堂，
而為它埋藏的生命珍惜；
你我底手底接觸是一片草場，
那裡有它底固執，我底驚喜。

這裡有現代人情與理之間的衝突和人的分裂，又透露出希望溝通的心靈矛盾；有堅定的冷酷和犀利的洞察力，但也夾雜著深刻的迷惑和遲疑。「靜靜地，我們擁抱在／用言語所能照明的世界裡，／而那未成形的黑暗是可怕的，／那可能和不可能的使我們沉迷。」1942 年以後的一個時期，穆旦從語言的歧義走向人性的歧義，同時返回到語言自身，從而形成語言與人性充滿矛盾的循環過程。例如，他在《傷兵之歌》中一方面深省到兵士對城市的破壞；另一方面，又意識到兵士復員回到城市中的尷尬境遇。它既是人性的「歧義」，也是描述這種人生處境的語言的「歧義」。正是在這根本充滿無法解決的生命衝突和矛盾中，透露出 40 年代中國一部分敏銳的知識分子對「生存環境」難以言狀的感受。這種關於人的現代性的思考，被帶入到這一時期陸續問世的詩集《探險隊》、《旗》和《穆旦詩集》中。

現代性是一個內涵繁複、充滿矛盾的西方概念。它一般是一種時間概念，一種直線遞進，不可重複的歷史時間意識。40 年代初，當它進入西南聯大青年詩人的藝術視野時，在多數詩人的心目中，它體現著的是現實與未來、外在與內在之間充滿焦慮的矛盾。40 年代是一個為未來而生存的時代，一個向未來的「新」而敞開的時代，必然會帶著否定過去，同時又在今天與未來之間痛苦衝突的思想特徵。在一篇題為《詩的新生代》的文章裡，唐湜乾脆把穆旦及同時代詩人朋友稱作「現代的哈姆雷特」，認為他的詩最醒目的特點是「豐富的而痛苦」，是一種「詩人的自我分析與人格分裂，甚至自我虐害的抒情」，其詩歌意象之所以充滿了死亡、恐怖的氣息，原因即在穆旦的心靈「永遠在自我與世界的平衡、尋求與破毀中熬煮」[10]。對穆旦而言，所謂的「現代性」

10　唐湜：《詩的新生代》，《詩創造》，1 卷 8 輯，1948 年。

追求，根本上是對「主體的自由」的追求與拷問。正由於它並不都是在傳統／現代的二元對立之中，也不完全都是人與時代環境的不協調所致，因此，它本身不僅充滿了緊張與矛盾，充滿對社會的批判和個人生存的尖銳反省，更成為現代文學中關於人的一種新的歷史敘事。這種對中國新詩審美空間的新拓進，使穆旦成為西南聯大校園中一位最具思想深度和創造性的詩人。更值得注意的是，他把自 20 年代開始的新詩現代化的藝術實驗，帶進了一個相對成熟的歷史階段。

女詩人陳敬容（默弓）在一篇文章裡認為，詩的「現代性」是一種「綜合」的要求：「現代是一個複雜的時代，無論在政治、文化、以及人們的生活上、思想上和感情上，作為一個現代人，總不可能怎樣單純」。詩人還認為，中國新詩史上存在著「兩個傳統」：「一個盡唱的是『愛呀，玫瑰呀，眼淚呀』，一個盡吼的是『憤怒呀，熱血呀，光明呀』，結果是前者走出了人生，後者走出了藝術」。而現代詩需要的正是對「這一切的綜合」；「得用複雜錯綜的情緒，多方面地（而也就更有力地）發揮詩的功能」，創造「多樣的」、「只有各個成就差異，而無本質上高低之別」[11]的美。如果說李金髮、聞一多（後期）等人對現代性的追求，主要是集中在對詩歌形式的實驗上，戴望舒、卞之琳雖有所發展，但仍未脫「象徵派的形式，古典派的內容」的格局，也即未脫掉傳統文人的氣質的話，那麼可以說，穆旦則是那種唐湜所評價的「自覺的現代主義者」[12]，在他的頗富現代特徵的人

---

11 唐湜：《詩的新生代》，《詩創造》，1 卷 8 輯，1948 年。
12 默弓：《真誠的聲音》，《詩創造》，1 卷 12 輯，1948 年。

格裡，有一種前幾代詩人所缺乏的驚人的自省力和徹底性。同時，又由於它是建立在對個人生存的世界充滿自虐特徵的懷疑上，因此，他把詩歌真正帶入到現代人那種焦慮、不安，在自我分析中自我否定的悲劇性的靈魂狀態之中。在這樣的敘事中，穆旦的詩歌寫作充滿了象徵意味；在社會歷史的生活裡，人的死是絕對的，無可挽回的，充滿了靈與肉的劇烈衝突和掙扎；與此同時，語言卻進入了一個意想不到的開放自身的過程，它在對自己的否定狀態中保有新的張力。在燕卜蓀所言的「歧義」裡，詩歌的語言被證明是能夠創造這樣的奇蹟的：在詩所創造的多幕場景中，既有哈姆雷特式的內心自白，也時時處處充滿反諷的意味；語言自身顯示出令人驚訝的戲劇性，詩人一方面是語言的操縱者，另一方面也成為語言所描述的對象。

在朝向未來而敞開的過程中，40 年代又是一個充滿著知識者的衝突、懷疑與自省的時代。這種背景為穆旦詩歌藝術的開放性提供了契機，同時也對他提出了重新整合各種複雜的詩歌因素的要求。

在對死亡和恐怖的關注中，穆旦詩中有一種殘酷和冷靜的自我分析。在近於哈姆雷特式的「活著，還是死去」的人生選擇裡，人格的二重性不僅表現在無法把握的死的結局上，它更觸目的出現在與死亡不對稱的關係中，如《詩八首》：

那窒息著我們的
是甜蜜的未生即死的言語，

它底幽靈籠罩，使我們游離，
游進混亂的愛底自由和美麗。

在這裡，人生又一次遭到了嘲弄，因為它神聖的意義「游離」在幽靈的恐怖和混亂的人生秩序之間。

他的作品另一引人注意的特點是，在充滿現代意識的詩行裡，又伴隨著歷史感；肉體的感覺常常和玄學的思考結合起來，因而在閱讀上實現了「複調」的效果。如《五月》：

而五月的黃昏是那樣的朦朧！
在火炬的行列叫喊過去以後，
再也不會看見的
被恭維的街道就把它們傾出，
在報上登過救濟民生的談話後，
誰也不會看見的
愚蠢的人們就撲進泥沼裡，
而謀害者，凱歌著五月的自由
緊握一切無形電力的總樞紐。

舊的感傷在愛情場面被政治徹底地制伏，其中的工業性形象（無形電力的總樞紐）和典型化的人物（謀害者）宛如奧登的詩所呈現的現代場景，但它實在又是 40 年代社會歷史的真實寫照。又如《詩八首》中現代性的兩性關係：「我越過你大理石的理智殿堂，／而為它埋藏的生命珍惜；／你我底手底接觸是一處草場，／那裡有它底固執，我底驚喜。」這裡有肉體的戰慄，不妨也深含著對人性的品悟。

穆旦的詩歌語言常帶戲劇性，然而又是明亮的、靈活的，能適應他情緒的不斷變化。他使用詞彙是簡單的，但它們搭配則不尋常，形象更叫人驚訝，如「你給我們豐富，如豐富的痛苦」；「水流山石間沉澱下你我」；「我縊死了我的錯誤的童年」，等等——這些詩句不是一讀就懂，由於它們所表達的不是思想的結果而是思想的過程，所以儘管有時不免深澀，仍顯得深沉和富有啟示性。

穆旦的魅力在於幾種詩歌因素在他的作品中實現了高度的「契合」。他具有比其他人更為凸出的現代派詩人的氣質，正如有人所評價的，「畢竟，他的身子骨裡有悠長的中國古典文學傳統……他對於形式的注意就是一種古典的品質，明顯地表露於他詩段結構的完整，格律的嚴整，語言的精粹」[13]。這些表明，現代主義詩歌在穆旦身上所顯示的高度成熟，有其複雜的原因。

第三節　聯大時期的詩學與創作

簡單的歷史回溯／命題的醞釀、準備與提出／馮至詩作和「中年人」的情調／接受里爾克、奧登影響與回到自己／與聯大學生詩風接近的幾位青年詩人／結束或開始

---

[13] 王佐良，《論穆旦的詩》，《穆旦詩全集》。

30 年代末到 40 年代中後期，地處西南邊陲的西南聯大，出現了新詩創作的興盛與繁榮。這一階段，被人稱為新詩史上的「聯大時期」。

如前所述，這一時期聯大詩歌創作的成就，得益於兩代詩人的共同努力。20 年代就以蜚聲詩壇的老詩人朱自清、聞一多，這時雖專注於古典文學的學術研究，但依然不忘當時的詩壇。朱自清發表了《詩與哲理》、《詩與感覺》等一批有影響的詩論文章，它們既是對 20 年代、30 年代新詩創作得失的回顧與總結，也是對當前詩歌創作的某種針砭。他對詩歌格律化、散文化問題發表的見解，仍不失新鮮的詩學意義。在此前後，聞一多寫出了《詩的戲劇化》、《詩的人民性》和《艾青與田間》等文，見解深透，論說精闢。他的所謂「詩應當作小說、戲劇來寫」的主張，以及「人民至高無上」的詩學命題，在風雲際會的 40 年代顯得頗為醒目，有明顯的建設性意義。但給詩壇帶來新氣象的，仍然是年輕學生們的藝術探求。其中最為活躍的當是袁可嘉和唐湜。袁可嘉是一位詩人，對詩歌貢獻較大的卻是理論色彩濃厚的詩學文章，如《新詩戲劇化》、《新詩的現代化》等等。他的詩學思想一定程度上受到艾略特的啟發，如比較關注詩的現代化問題、詩與傳統的複雜關係等等，既與新月派浪漫主義傾向表現出某種游離，也同革命現實主義詩歌流派乃至七月派的某些主張，保持著一定距離。由於他喜歡從「40 年代新詩現代性」這一特殊角度來看問題，這使得他的詩學理論不僅對新詩史的藝術規律帶有「回顧」與「綜合」的意味，對當時聯大的青年詩界，也有積極的建設性作用。在詩與現實的關係上，袁可嘉主張既要表現自我心靈與大時代的內在感應，又要有「不可或缺的透視或距離」，詩人的目的不是要「黏於現實，而產生過度的現實寫法」，一味地宣洩「激情」，而是應該追求「表現上的客觀性和間接性」，即所謂「客觀對應物」[14]。在此基礎上，提出了「新詩戲劇化」這一重要詩學命題。「新詩戲劇化」曾在早期新月派的創作中有所嘗試，在此前後，聞一多也有「把詩寫得不像詩，而像小說與戲劇」的見解。但如此明確、完整地表述這個問題，並把它當作新詩現代性的核心概念來認識並大力闡揚的，則是袁可嘉。另外，袁可嘉還明確提出，40 年代新詩的要務在於「追求一個現實、象徵、玄學的傳統」。雖然新詩一開始就標榜過反傳統的現代主義，但新詩後來的發展一直為主情與主張寫實兩條主線所左右，現代主義實際並未得到充分發展，某些主張還停留在胚胎或實驗狀態。之後，戴望舒發表了「詩是內在的、情緒的」的看法；艾青力倡「散文化」的寫詩方法；卞之琳也認為，詩歌的旨趣是「客觀化」的，它不一定非得以抒情為主要目的。這些不失精采的詩學思想或因抗戰的烽火所擱置，或因它的片斷化和語錄體最終沒有形成系統的理論。眾所周知，建立現代詩「現實、象徵、玄學的傳統」的命題，是艾略特在《傳統與個人才能》、《玄學的詩人》等文中最先提出來的。它的要旨是反對西方維多利亞的浪漫主義傾向，要求詩人適應現代社會複雜、立體與多層次的思想變化，並促成詩歌在觀念、文體、語言上的現

[14] 袁可嘉：《新詩戲劇化》，《詩創造》，1948 年 12 期。

代化。在這個意義上，袁可嘉的上述主張可以說是艾略特詩學思想的「中國化」，顯示了青年詩人對中國新詩現代性的執著探索。袁可嘉的理論主要表現為以下幾個方面：其一，肉體的感覺，玄學的思考和熱烈的情緒不再是彼此分離的詩歌因素，應該也可能被整合在同一首詩裡，形成互動性的張力關係。其二，象徵和聯想不是單向度的，應該是主、客體的結合，它們借助於聽覺、視覺在詩中的作用，在具體可感的意象上呈現出來，即所謂「思想的知覺化」、「知性與感性的溶合」[15]。其三，與古典詩歌相比，意象失去了固有的穩定性而出現了較大跨度的跳躍，含意不同的意象被「用蠻勁硬拉」在一起，從中產生出令人驚訝的「陌生化」效果。唐湜是透過對穆旦作品的文本闡述提出其詩歌現代性主張的。他認為，穆旦所以被稱為「現代式的哈姆雷特」，是由於他個人秉性氣質裡有一種「自我分析與人格分裂」的冷酷和清醒。在他的內心世界裡，充滿既迥異於傳統士大夫，也迥異於新詩人的「豐富的痛苦」；在他的作品中，不同類型的意象經常被出乎意料地結合在一起，異質的語言被安排在同一首詩裡。這使得穆旦在外形式上最為接近西方的現代派詩歌，在內容上卻呈現的是 40 年中國知識分子異常焦慮的精神狀態。於是唐湜提出的結論是，穆旦是那種「永遠在自我與世界的平衡、尋求與破毀中熬煮」[16]的現代詩人。

在這一時期，詩歌創作也呈現出空前活躍的氣象。在「師長輩」中，創作上引人注目並產生影響的，是馮至的《十四

---

[15] 袁可嘉：《序》，《九葉集》，南京，江蘇人民出版社，1981 年。
[16] 唐湜：《詩的新生代》。

行集》。早在 20 年代，馮至曾因《蛇》等詩作被魯迅譽為「中國最優秀的抒情詩人」，其實他同時期的《北游及其他》，亦是當時的深沉、成熟之作，顯示了詩人沉思與早熟的敏感氣質。馮至留學德國時深受海德格爾、雅斯貝斯的思想影響，並深深迷戀充滿存在主義氣息、追求內在沉靜和執著的德語詩人里爾克。可以說，幾位哲人和詩人的精神氣韻滲透於《十四行集》的寫作中，它們與詩人在 40 年代的處境和心境發生了一種奇妙的結合，使這部詩集成為新詩史上並不多見的個人的「精神筆錄」。在這部「山間之作」中，大自然的萬物生靈，生活中瑣屑的細節都被詩人納入視野，成為他觀察時代、檢討自己精神世界的豐富的詩歌素材。另一方面，意象的精警與自然，語言的節制與沉厚，又令人想到步入中年的作者在藝術上日臻圓熟，心情漸入化境。正如朱自清所評論的，這些詩作是「從敏銳的感覺出發，在日常的環境裡傳味出精微的哲理」[17]，「在平淡的日常生活裡發現了詩」[18]。並援引聞一多的話說：「我們的新詩好像盡是些青年，也得有一些中年方好，馮先生這一集大概可以算是中年了。」這種「中年人」的情調，不單是那種里爾克式的哲學意味、沉思氣氛和孤寂感，而是反映了大時代背景下中國知識分子對操守和人格的省思與堅持。「中年人」的境界與眼光一直是追求新意的新詩史所缺乏的，它之開始出現於馮至筆下，說明了新詩已開始走上藝術的自覺，也說明了知

[17] 朱自清：《詩與哲理》，見《新詩雜話》，作家書屋，1947。
[18] 同上。

識者不再是以流行的觀點，而開始以獨特的眼光來冷靜審度歷史的滄桑巨變。

鄭敏是較多從馮至那裡傳承了里爾克氣質的一位女詩人。她在這一時期出版了詩集《詩集 1942-1947》，被人稱道的詩作有《雕像》、《水塘》等。鄭敏的詩有雕塑的質感，新穎和沉靜的意象中有耐人尋味的哲思。例如在《雕像》中，那有如遠山一般靜默的「農婦」背影不只滲透著對鄉下婦女命運的詠嘆，更滲透了對民族命運的深沉憂慮。內在和具有穿透力的關於人的思考與抒情，使鄭敏的作品有種絲毫不遜於男性詩人的深邃感。杜運燮的《追物價的人》充滿了奧登式的機智和諧趣，但他歌頌在現代化工業建設中體現出堅韌的民族性格的《滇緬公路》，對當時讀者有一種審美上的震撼力。在這首被朱自清譽為「歌詠現代化」的「現代史詩」[19]裡，印象深刻的還有詩人對戰時建設生活的「現代性」的深刻觀察，作品中有爆發力的詩句，以及它們深長的寓意。

值得說到的還有一些雖不是西南聯大的學生，但因詩風接近而後來被稱作「九葉詩人」的辛笛、陳敬容、唐祈、杭約赫等人。辛笛在這些人中年齡稍長，出版有《珠貝集》、《手掌集》等。辛笛的詩樸實、質厚，在平常之中深蘊詩味。陳敬容、唐祈當時在上海辦詩刊，與聯大學生遙相呼應，構成 40 年代現代主義詩歌的呼應之勢。正像陳敬容在《和唐祈談詩》一文中所說的，她詩中的「現實」是雙重的、有著開闊的時空背景：既有時代生活，也注意對人內心真實的開

---

[19] 朱自清：《詩與建國》，見《新詩雜話》。

掘，含蘊著自我與社會相融合的「現代化傾向」[20]。陳敬容的作品往往給人想像之外的「驚訝感」。她的藝術世界開闊，語言有力度且十分警策。如《雨後》中的詩句：「當一隻青蛙在草地跳躍，我彷彿看見大地在眨著眼睛」，一瞬之間，個人的命運與大地的存在融為一體，在有限的人生悲劇中，又迸發出了無限的詩意。杭約赫的作品延伸著對現代文明的思考，都市中人的失落、扭曲與尋找，呼應著西方現代文學中的人性主題。但詩人的追求又使人相信，它與中國現實生活的情狀有著緊密的聯繫。（如《復活的土地》等詩）。唐祈早先有透露出草原新鮮氣息和異域情思的作品。他後來移居上海，在這座「冒險家的樂園」裡敏銳地感應到西方式的世紀末氣氛，以及個人存在的荒誕感。在《女犯監獄》裡，他發現「世界」原來是「一個乞丐」；在貌似現代世界的另一面，是「老妓女」「深凹的窗，你絕望了的眼睛」（《老妓女》；人深陷在自我謊言之中無以自拔，彷彿臨近了「最末的時辰」（《最末的時辰》）。由於這些詩人的創作事實已成為 40 年代現代主義詩歌運動的一個重要組成部分，他們中大部分人的藝術旨趣與聯大學生可謂異曲同工、珠聯璧合，因此人們視其為同一個現代詩潮流，稱之為「中國新詩派」。80 年代復出詩壇後，又被稱為「九葉詩人」。

1946 年夏，西南聯大宣告結束。部分師生復員返回京津等地的北京大學、清華大學和南開大學；亦有部份詩人留學英美，如穆旦、鄭敏等人。有些詩作雖在昆明寫就，因種

20　成輝（陳敬容）：《和唐祈談詩》，載《詩創造》。

種緣故，直到 1947 年、1948 年才刊行於世，但風格一如從前。因後來形勢劇變，歷史處境與人心情皆異於昆明時期，因此，一些人的詩與聯大時期略有不同，個別詩人的作品甚至出現了異變。這一時期雖不再是西南聯大詩歌創作的鼎盛期，但仍應該在新詩史上有一席地位。

第二十章

國統區的歷史劇和諷刺喜劇

第一節　《屈原》及歷史劇創作

歷史劇運動誕生的社會環境／《屈原》呈現的意義／陽翰笙／阿英／歷史劇創作的兩種傾向

「皖南事變」以後，抗戰前期蓬勃發展的救亡戲劇受到挫折。國民黨發動第二次反共高潮，實施政治和文化的高壓政策，抗戰戲劇運動的中心被迫西移，重慶、桂林等地以及「孤島」淪陷區話劇的演出活動空前活躍。特定的國際國內環境使得這時期創作和上演的話劇主要以歷史劇居多，作家們透過這種相對隱蔽的方式，以古喻今，呼應現實的時代主旋律，鼓舞人民的抗日鬥志。同時，許多戲劇工作者也力圖透過歷史劇的創作在回顧與研究歷史的同時，探討中國社會的發展方向問題。因此，在抗戰後期，歷史劇的創作蔚然成風，甚至形成了一個歷史劇運動。

郭沫若後期歷史劇便是其中的卓越代表。從 1941 年底至 1943 年初，郭沫若連續寫下了《棠棣之花》（1941）、

《屈原》（1942）、《虎符》（1942）、《高漸離》（1942）、《孔雀膽》（1942）、《南冠草》（1943）六部歷史劇，它們標誌著中國現代歷史劇創作高峰的到來。這六部歷史劇取材歷史的角度不同，從不同側面反映了現實社會，但與黑暗反動勢力進行頑強不妥協的鬥爭，堅決維護民族和祖國的根本利益則是貫穿於這些劇本中的共同精神實質。六個劇本都凸出反映了這樣一個鮮明的主題：反對侵略，反對賣國投降，反對專制暴政，反對屈從變節，頌讚愛國愛民，主張團結禦侮，高揚堅守氣節。在藝術風格上，以《屈原》為代表的郭沫若後期歷史劇更加氣勢浩瀚，構思新奇，在歷史與現實的融合方面均達到了出神入化的境地。

《屈原》是郭沫若歷史劇的主要代表，同時它也標誌著現代文學史上歷史劇創作的最高成就，至今仍有著不朽的藝術生命力。全劇分五幕六場，寫於 1942 年 1 月。該劇取材於戰國時代楚國愛國詩人屈原一生的事蹟，集中描寫了以屈原為代表的聯齊抗秦的愛國力量與以鄭袖、靳尚等為代表的投降勢力之間的矛盾衝突。在劇中，屈原敏銳地識破了秦國吞併六國的野心，力主聯齊抗秦；但南后鄭袖、上官大夫靳尚等人貪圖私利，暗中與秦使張儀勾結，促使楚懷王做出親秦絕齊的決策。結果，屈原的正確主張不僅沒有被楚懷王採納，他自己反而遭到南后、靳尚等人的迫害。屈原並沒有屈服於黑暗邪惡勢力，他置個人安危於不顧，始終堅持鬥爭。在最黑暗的時刻，他高吟《雷電頌》，呼喚風雷閃電，呼喚正義和真理，向昏聵和黑暗發出憤怒的詛咒，表明自己堅定不移的鬥爭意志。

該劇成功地塑造了豐富多彩的人物形象，如屈原、嬋娟、鄭袖、宋玉等。其中屈原的形象寄託著作家的理想，鮮明生動，滿懷激情，感人至深。郭沫若沒有將筆墨過多地用於描寫屈原的悲痛、絕望，而是強調了他的鬥爭精神。賦予他雷電般的性格。雖然屈原形象也並不是完美無缺的，他無法擺脫時代的和階級的局限，但可貴的是，郭沫若在創作歷史劇《屈原》時，儘管將屈原作為一個理想化的人物來刻畫，傾注了強烈的理想色彩，但他還是有意識地注意到了史實的客觀性，將屈原所固有的各種局限性也揭示出來。如劇中對屈原雖凜然難犯卻屈從王權的描寫，就將屈原性格中恪守封建忠義倫理的一面展示給了讀者和觀眾。屈原是胸襟坦誠、見解深刻的偉大政治家和詩人的藝術典型，蘊涵於這個形象之中的那種深切的愛國愛民思想和英勇無畏的鬥爭精神是具有高度的現實意義的。可以說，屈原的性格即是抗戰時代裏中國勇於抵抗帝國主義侵略的無數大眾的性格的總代表，而屈原也便成為爭取自由、反抗侵略、捍衛真理、奮不顧身的中華民族的化身。對屈原性格的讚美，一方面是對整個中華民族的讚美，同時也是對國民黨當局賣國投降罪行的無情揭露和鞭撻。

以《屈原》為代表的郭沫若的歷史劇創作，形成了獨特鮮明的藝術風格和魅力。

首先，在史劇的選材和剪裁方面，充分顯示了郭沫若獨到深刻而富有創造性的見解。郭沫若多次表明自己是「喜歡研究歷史的人」，也喜歡用歷史的題材來創作。他對歷史題材的喜好和選用，並不只是因為歷史題材可以映現現實，他還發現在歷史題材中有許多可以由作家自己去發掘、發揮和創造的東西，他生動而準確地把歷史研究和史劇創作的根本區別概括為「實事求是」與「失事求似」。因此他強調史劇家應該是一個「凹面鏡」，不僅要匯集無數歷史的線索，而且要把這些史實擴展開去，創造一個「虛的焦點」。這個焦點就是史實與創造的結合。[1]郭沫若不僅把握了歷史與現實的關聯，更把握住了歷史與創造的契機。郭沫若從不機械被動地描寫歷史事件和歷史人物，即使是為反映現實所作也沒有被所反映的現實限制住，他總是自我投入，能動地挖掘和創造歷史，並以一種整體的全局性的眼光來進行創造。他在史劇中對王昭君、卓文君性格的根本改造，對嬋娟形象的大膽虛構，特別是對屈原形象從思想個性到整個命運的重新塑造，雖然與歷史原貌有所差別，但這些人物形象是郭沫若所理解和獨創的。在這些人物形象身上我們看到的不只是歷史，更是現實，尤其是作者獨特的藝術個性。因此這些人物更貼近藝術的真實，更富有鮮明的藝術感染力。郭沫若創作史劇特別注重選取與現實社會密切相關的歷史題材，使讀者和觀眾從歷史中很自然地聯想到身邊發生的重大現實問題。《屈原》所取材的戰國時代合縱抗秦的歷史故事與 40 年代初期中國當時抗日戰爭的特定形勢有著極為相似和相通的精神內涵，而主人公屈原的性格和氣質也正是當時中華民族迫切需要弘揚光大的。正因為如此，郭沫若的歷史劇既有作者獨立人格和獨特感受的創造力，又有鮮明的現實啟發性和強烈的時代戰鬥性。

1　參見郭沫若：《歷史・史劇・現實》，《戲劇月報》，1943 年 4 期。

第二，在歷史人物的重塑方面，郭沫若始終遵循著「並不是想寫在某些時代有些什麼人，而是想寫這樣的人在這樣的時代應該有怎樣合理的發展」[2]的原則，這給歷史人物的塑造留下了很廣闊的自由發揮空間。郭沫若的歷史劇立足於刻畫人物性格，並以人物命運來構造中心衝突，通過人物強烈的自我表現來揭示主題，帶動全劇。這就打破了現代話劇以劇情發展為主要線索的基本格局。郭沫若在《我怎樣寫五幕史劇〈屈原〉》一文中表明，他對歷史人物刻畫的根本依據並不全是史實，甚至沒有一定的線索和步驟，最重要的是他自己內心情感的起伏和他所認定的人物性格應該發展的方向。因此，屈原不再是歷史上那個鬱鬱不得志，最後投汨羅江而死的三閭大夫，而是一個具有火一般剛強熱烈性格的鬥士；為增加子蘭內心的醜惡把他寫成跛子；而「讓嬋娟誤服毒酒而死，實在是在第五幕第一場寫成之後才想到的」，「所以又不得不把鄭詹尹寫成壞人」；「祭嬋娟用了《橘頌》這個想法，還是全劇寫成之後」才出現的，原有劇情的發展在創造過程中「完全打破了」，「各幕及各項情節差不多完全是在寫作中逐漸湧出來的。不僅寫第一幕時還沒有第二幕，就是第一幕如何結束，都沒有完整的預念」，任憑「自己的想像就像水池開了閘一樣，只是不斷地湧出，湧到了平靜為止」。從這段自述，我們可以看出，郭沫若所創作的歷史劇，其情節的推進完全是作家自身主觀情感的起伏變化以及人物性格「合理」發展的產物，劇情的發展已經退居到次

2　郭沫若：《獻給歷史的蟠桃——為〈虎符〉演出而寫》，《沸羹集》，上海，上海大學出版公司，1947 年。

要的位置上。也就是說，一切情節線索都是為人物性格和命運的塑造而設置的。正因為如此，郭沫若史劇中的每個人物形象性格都很鮮明，都有很強的獨立性和分量很重的思想內涵。並且，這些形象通常栩栩如生，仿佛他們不是歷史舞臺上的角色，而是活的人，是活在作家頭腦中的人，更是活在現實中的人。郭沫若創造性的發揮和解釋，使得屈原等一系列歷史人物形象具有了更加崇高偉大和深沉悲壯的藝術感染力。

第三，郭沫若的歷史劇始終洋溢著濃烈的抒情色彩並貫穿著一種沉鬱的悲劇氣氛。郭沫若的歷史劇中，往往穿插著大量的民歌和抒情詩，有的根據劇情的發展反覆出現，有的則直接由主人公反覆吟誦，如《屈原》中的《橘頌》和《雷電頌》，《棠棣之花》中的《北行詩》，《南冠草》中的《大哀賦》，《虎符》中的讚頌歌等等。這些抒情的詩和歌不僅渲染了氛圍，凸出了人物性格，強化了劇本主題，而且其本身已經融為整個劇本的一個不可分割的有機組成部分。可以想像，如果沒有《橘頌》和《雷電頌》，整個《屈原》一劇將大為減色。郭沫若還善於在歷史劇中運用富有韻味的長篇獨白以充分揭示人物豐滿複雜的內心世界，而劇中人物的對白以及作者的敘述語言也充滿了音樂的節奏和詩的激情，這種詩化的語言顯示了郭沫若獨有的詩劇合一的特色。

除郭沫若的歷史劇，抗戰時期比較著名的歷史劇創作有歐陽予倩的《忠王李秀成》（1941），陽翰笙的《李秀成之死》（1937）、《天國春秋》（1941），阿英的《碧血花》（1939），陳白塵的《大渡河》（1943），于伶的《大明英烈傳》（1940）等。與郭沫若相似，這些劇作家的創作也多選取民族矛盾和階級矛盾尖銳的時代，謳歌愛國主義，批判投降變節，表彰民族正氣。值得一提的是，太平天國時期的歷史素材為許多作家所看中，這從某種角度上印證了當時歷史劇創作興盛的一個重要原因：現實的要求需要在歷史中找到寄託，而歷史劇恰好傳達了這種精神。正如作家們選取太平天國時期的史料進行創作，是因為太平天國內訌造成失敗的歷史教訓，對抗戰的現實具有極強的借鑒意義，與當時人們希望團結禦侮，共同對敵，反對分裂投降的呼聲相一致，因而容易引起共鳴。

陽翰笙（1902-1993）是本時期歷史劇創作比較重要的一位作家。陽翰笙原名歐陽繼修，筆名華漢，四川高縣人。畢業於上海大學，在黃埔軍校做過共黨的組織工作，並參加了北伐及南昌起義，1928 年加入創造社，開始文學創作活動。曾擔任左聯領導工作，抗戰前後在國統區擔負統一戰線及共黨的地下工作。從抗戰初期開始，他致力於戲劇創作，並取得了較高的成就。

1936 年冬，陽翰笙完成了他的第一部劇作四幕劇《前夜》。這個劇本以抗日戰爭為題材，描寫了愛國青年與漢奸、走狗作鬥爭的故事。寫於 1938 年的《塞上風雲》，描寫了蒙漢兩族人民團結抗日、粉碎漢奸特務破壞的鬥爭生活，歌頌了蒙漢人民的勇敢和高度的愛國主義情操。完成於 1943 年的《兩面人》則揭露了表面抗日實則妥協投降的兩面派的醜惡行徑。這些劇作上演後都曾引起了強烈的反響，但成就更大、更有影響的劇作還是以《李秀成之死》、《天國春秋》、《草莽英雄》等為代表的歷史劇。

《李秀成之死》（1937），描寫了忠王李秀成率領太平天國軍民誓死保衛天京，最後以身殉國的英雄事蹟。李秀成忠貞剛強、智勇雙全，他英勇抗敵、寧死不辱氣節的崇高精神在當時極大地鼓舞了國人的抗日鬥志。作者表面歌頌李秀成，實際是在為抗日軍民高唱讚歌。「皖南事變」發生後，陽翰笙懷著滿腔怒火創作了他的主要代表作《天國春秋》。《天國春秋》圍繞著「楊韋事變」，描寫了太平天國革命的失敗過程，反映出內部分裂是導致革命失敗的根本原因。作者通過歷史事件以古喻今，間接地揭露了蔣介石在國內搞分裂破壞抗日的罪行。劇本通過複雜的矛盾衝突，成功地塑造了楊秀清、韋昌輝、洪宣嬌、傅善祥等栩栩如生的人物形象。楊秀清有統帥之才，善於用兵，為建國立下了卓越功勳，擁有軍權、政權及神權，但他剛愎自用、恃功驕矜、獨斷獨行的作風，終因遭人嫉恨而身陷陰謀，招致殺身之禍。韋昌輝陰險奸詐，投機革命又背叛革命，造成太平天國的慘重失敗。他的得逞在於阿諛諂媚、進讒言於洪宣嬌。洪宣嬌是劇中塑造得最成功的人物形象，她性格豪邁，武藝超群，馳騁疆場，屢立戰功。但她缺少文化，性格褊狹。她的驕橫、妒忌、處事隨心所欲，給韋昌輝的陰謀以可乘之機。傅善祥同愛楊秀清的糾葛，使她妒心蒙目，造成不可挽回的悲劇，斷送了太平天國。傅善祥身為天國狀元，才華絕代、博古通今，楊秀清的信任和重用，使她遭人嫉恨，最終含冤而逝。這四個人物共同構成了戲劇矛盾衝突的主線，太平天國的命運與這四人密切相關。作於 1942 年 10 月的《草莽英雄》主要描寫了四川人民保路運動的鬥爭，對清政府喪權辱國的可恥行徑給予了猛烈的抨擊。這部劇在人物形象塑造、藝術風格和語言運用上都很有特色，它所闡發的深刻的主題思想啟發人們去思考農民革命的勝利果實被篡奪的歷史教訓。

陽翰笙的歷史劇非常注重從對現實鬥爭的深刻思考去反觀歷史，尋找具有現實意義的主題，以振奮民族精神。其劇作充滿激情，氣勢雄渾，但在人物形象塑造方面，往往因缺乏深度挖掘，而顯得有些單薄。

阿英（1900-1977），即錢杏村，原名錢德賦，安徽蕪湖人。1927 年開始從事文藝工作。抗戰時期，在淪陷區上海「孤島」，以魏如晦為筆名，連續創作了《碧雪花》（1939）、《海國英雄》（1940）、《楊娥傳》（1941）等八部宣揚愛國主義、高揚民族氣節的作品。阿英的歷史劇十分注重藝術氛圍的營造，在「孤島」公演中，對於喚起民眾的愛國意識與抗敵情緒，發揮了巨大的作用。四幕話劇《碧雪花》，以秦淮名妓葛嫩娘為主人公，讚揚了她蔑視邪惡的凜然正氣。葛嫩娘在清兵南侵、國家危急之際，毅然拿起武器參加義軍，苦戰數年，終因力量過於懸殊而兵敗被俘，落入清帥博洛手中。面對敵人的引誘和威脅，她毫不動搖，誓死不從，最後咬斷舌頭，從容就義。該劇以明末的忠臣烈士來鼓舞中華民族的忠貞之氣，用靦顏事敵的亂臣賊子來影射威脅毒害人民的漢奸敵偽，慷慨激昂，具有極強的現實針對性和藝術感染力。《海國英雄》描寫的是民族英雄鄭成功悲壯殉國的史實。為了挽救國家的命運，鄭成功勇敢地擔當起抗清復明的重任。雖然因寡不敵眾而屢遭挫敗，但仍不屈不撓，抗戰到底，表現出崇高的民族氣節。《楊娥傳》寫的是明朝末年，一位名叫楊娥的女子在投敵受封的平西王吳三桂府外開設酒店，密謀刺殺背叛民族的漢奸敗類，不幸未及行事重病身亡，壯志未酬，遺恨千古。劇作凸出歌頌了楊娥的俠膽義氣，讚揚了她誓報國恨家仇的執著鬥爭精神。阿英在上海「孤島」時期創作的歷史劇通常被稱作「南明史劇」，以上提到的三部就是「南明史劇」中的系列作品。這些劇作上演後引起了強烈的反響，奠定了阿英在現代戲劇史上的重要地位。

為推動歷史劇的創作及理論建設，《戲劇春秋》雜誌曾出版「歷史劇問題」特輯，對歷史劇創作的原則、歷史與現實的關係等問題發表過座談記錄。《戲劇月報》也刊出過「歷史劇問題專輯」，發表了郭沫若、陳白塵、葛一虹、張駿祥、劉念渠等人的文章，探討戲劇理論及創作。關於歷史劇創作的原則，大致上有兩種傾向：一種傾向強調歷史劇是對現實的反映，另一種則傾向於強調歷史劇只反映歷史本身。有人把這兩種傾向分別概括為「歷史鏡子論」和「歷史水晶球論」。應該說，這兩種類型的歷史劇對現實而言都是十分需要的。

總而言之，1937 年至 1949 年間的歷史劇創作，其價值已經遠遠超出了文學本身的範疇，這些劇作的發表及公演在突破國民黨文化專制主義的統治，弘揚優秀的民族文化，服務於當時的抗戰需要等方面都取得了凸出的成績。

第二節　諷刺喜劇的潮流

「喜劇」時代的產物／陳白塵／吳祖光等

從抗戰後期到解放戰爭時期，諷刺詩和諷刺劇的盛行，成為國統區文學創作的一大特色。許多作家都拿起諷刺和暴露的武器，抨擊國民黨的黑暗統治，以喚醒國人的良知，鼓舞他們與敵人戰鬥到底。在戲劇創作中，諷刺喜劇尤其令人矚目，出現了一大批頗具藝術價值的傳世之作。如陳白塵的《升官圖》、《禁止小便》，吳祖光的《捉鬼傳》，宋之的的《霧重慶》、《群猴》，袁俊的《美國總統號》，瞿白音的《南下列車》等。這些劇作有的暴露國民黨官場的醜惡腐敗，有的揭示官僚資本主義對中小企業的扼殺，有的表現人民的苦難生活和反抗意識，尖銳地諷刺和鞭撻了黑暗的社會現實，具有強烈的時代性和現實性。喜劇的大量出現正是社會上喜劇因素增加的反映，當統治者走向末路，變成歷史的丑角時，「喜劇」時代的來臨便是一種正常現象。

陳白塵（1908-1994）祖籍福建，生於江蘇淮陰。原名陳增鴻，後改陳征鴻。早期從事小說創作，諷刺喜劇《恭喜發財》、歷史劇《金田村》的創作，標誌著他由小說向戲劇的轉向。抗戰時期是陳白塵從事戲劇運動與戲劇創作的活躍時期，他積極參與抗日救亡的戲劇運動並成為骨幹，為抗戰戲劇做出了卓越的貢獻。在這一時期創作的主要劇本有：諷刺喜劇《魔窟》（1938）、《亂世男女》（1939）、《未婚夫妻》（1940）、《禁止小便》（1941）、《結婚進行曲》（1944），歷史劇《翼王石達開》（又名《大渡河》，1943）以及悲劇《歲寒圖》等。

《魔窟》以飽蘸民族義憤之筆，毫不留情地描出了一幅漢奸賣國賊的群醜圖。實際上是對當時汪精衛的公開投降、蔣介石的消極抗日進行了辛辣有力的鞭撻。它雖然還算不上是陳白塵的代表性劇作，但它對其以後的創作，做了思想和藝術方面的準備。

「大時代的小喜劇」——《亂世男女》被公認為是抗戰初期的一部佳作。作品勾畫了一群由南京逃難後方的都市男女形象，著重揭露了他們的醜惡德行，對這些混迹於亂世的「特產」給予了「沉重的一擊」。故事在從南京逃難去後方的火車車廂裏開始，全劇沒有複雜或統一的情節，只是在作者精心構思的「亂世」背景中，人物一一出場亮相。「看樣子像可又有點像大學生，又像電影演員，又像文學青年之流，新聞記者，但又全都不是」的無聊之人蒲是今；終日不忘飲酒及與女人廝混，有所感則寫下一首內容不詳的詩的中國名士王浩然；熱中於婦女運動，張口「山育娜拉」（日語「再見」），閉口「得死龜哦大尼亞」（俄語「再見」），對任何人都一見如故，隨時在朗誦、表演的「女詩人」紫波；他們性格各異、特點凸出，窮形盡相地活躍在紛亂的舞臺上，生活在污穢的環境裏。《亂世男女》以犀利的筆觸，暴露了黑暗的現實，嘲弄了這類「都市的渣滓」，同時，也開始顯示出作家超凡的諷刺藝術才華。

《禁止小便》是陳白塵獨幕劇的優秀代表。全劇圍繞著上面將派王委員來巡查，局長、科長為應付門面亟須一塊「禁止小便」的鐵牌掛在墻上這一衝突展開情節，將後方城市某官僚機關一群卑瑣的小官僚安置於其中，在一片喧鬧中開場，又在同樣的鬧劇中結束。該劇在一塊「禁止小便」的牌子上大作文章，以小見大，以誇張的手法從荒唐可笑的小事件中發掘出令人震撼的嚴肅主題，讓人在捧腹之後不禁會搖頭，慨嘆，並更加深入地思考社會，它的思想及藝術魅力並不亞於一齣大劇。

五幕劇《結婚進行曲》是在獨幕劇《未婚夫妻》的基礎上加工擴充而成的。該劇主人公黃瑛是一個有著美好幻想，聰明、天真的少女。她為反抗父親的包辦婚姻，逃出家門，但與她相愛的劉天野因遭母親的干涉也無力將她安置在自己家裏。黃瑛憤而去租房另住，但房主不接受未婚青年；要找到職業安身立命，聘人機關又不要已婚女子。要租房必須結婚，要工作必須未婚，這就是活生生的社會矛盾。戲劇圍繞著這樣一個衝突逐步展開，其結果就是將黃瑛這樣一個有個性、渴望獨立的青年女子逼得走投無路。劇本的結尾，極端疲憊的黃瑛，在夢中喃喃自語：「我有行動的自由，我有獨立的人格！」「我只要一個職業呀！」整部作品沒有說教式的議論，卻充滿了喜劇性的笑料和令人回想的韻味。

1945 年 10 月，抗戰剛剛勝利不久，陳白塵完成了他最重要的一部代表作，政治諷刺喜劇《升官圖》。這部劇作除了序幕和尾聲，中間分三幕五場。它主要描寫了民國初年兩個強盜為逃避官方追捕，在一個淒風冷雨的深夜，躲進一所古老的住宅。在一盞昏黃的油燈下，在一間陰暗的客廳裏，他們走進了一場升官發財的黃粱美夢。在夢中，兩人渾水摸魚，冒充知縣和秘書長，與原知縣夫人，各局局長既互相勾結又互相傾軋，貪贓枉法，營私舞弊，幹盡了罪惡的勾當。最後，在省長與假縣長聯合舉行的婚禮上，一群憤怒的群眾衝進來把他們統統地抓走了，兩個強盜遂從夢中驚醒，最終被官役捕捉。故事寫的雖然只是強盜所做的一場「升官」夢，但讀者和觀眾一看便能心領神會——這是現實社會醜劇的真實寫照。

以《升官圖》為代表的陳白塵的喜劇創作，一般都具有奇妙的藝術構思，生動詼諧的人物和辛辣犀利的對話。作者通過運用誇張手法，製造許多離奇怪誕的笑料，引得讀者發笑，同時又引得讀者在笑聲中深思，進而挖掘並展示出作品的主旨，揭露社會的政治本質。除此以外，作者還善於將象徵、誇張、諷刺等藝術手法與戲劇的矛盾衝突有機地融合成一個整體。《升官圖》就是在這方面具有獨特藝術魅力的一部作品。

《升官圖》採用時間推移手法，表面上寫歷史，劇本在夢境中展開情節，夢中的官僚互相勾結、橫徵暴斂、敲詐勒索、包庇走私、買賣壯丁，實際上寫盡了當時官場的黑暗、腐朽。在尾聲中，看門的老頭兒一邊彈著灰塵一邊念叨著：「雞叫了，天快亮了！」其內涵是不言自明的。至於那古老的住宅與中國當時的社會有著諸多相似點，而從整個劇情中又彷彿可以看到某種舊官僚機構的縮影，則正是在象徵意義下，作者與讀者達成的默契。象徵手法的運用，給作家的想像留下廣闊的馳騁空間。誇張往往是喜劇藝術不可或缺的重要元素。通過誇張，將從生活中提煉出來的具有喜劇性的素材放大或縮小到變形甚至荒誕的程度，是獲得喜劇性效果的重要手段。《升官圖》中用金條治療省長大人頭痛病的辦法就很奇特：「左邊頭痛，一根金條就夠；右邊頭痛，要兩根；前腦痛，三根；後腦痛，四根；左右前後都痛呢？那就要五根！」「第二次如果痛起來可要換新的才行。」世間竟也有如此怪異的藥方！通過誇張，省長大人的「隱蔽」的生財之道被放大了，很容易被讀者看清楚。陳白塵的喜劇，因其精妙的諷刺手法而被稱為諷刺喜劇。在《升官圖》中，諷刺的利劍無處不在。例如用色調鮮明的諷刺語言使劇中人物互揭老底，工務局長攻擊警察局長：「你是四條腿的馬，一拍就跑，當然快！」對方則反唇相譏：「女人是你的命，又給裙帶子扣住了！」工務局長號稱「品花能手」，教育局長則為「持久戰」的名將（可以連打 120 圈麻將）。但攻擊歸攻擊，在沒有利益糾葛時他們又動輒便是「老兄的德政」、「閣下的功勞」，互相吹捧，用虛偽的假相掩蓋起曾經的互相傾軋。陳白塵也善於運用言行的背離及自我暴露的手法來達到諷刺的目的。口稱廉潔，而自己卻大肆貪污受賄。言行相悖，現象與本質不相符產生了喜劇性效果，這有利於作家創作意圖的傳達，也容易使人留下深刻的印象。陳白塵喜劇創作不僅吸收了我國傳統戲曲中的有益成分，而且也大膽地學習和借鑒了外國戲劇創作的思路和藝術手法。從《升官圖》中，我們明顯地可以看到果戈理《欽差大臣》的痕迹。陳白塵的繼承傳統與融會西方特長的完美結合以及對中外諷刺藝術的融合創造，使他在戲劇創作上取得了巨大的成就。《升官圖》將「五四」以來逐漸發展成形的諷刺喜劇推進到了一個新的高度。

與《升官圖》同樣產生很大影響的，還有創作於 1944 年的劇本《歲寒圖》。這是一部現實主義悲劇，它以抗戰時期後方某城市私立醫院為背景，塑造了忠於職守，克己為人的醫師黎竹蓀的形象，歌頌了主人公在嚴寒如冬的社會環境中的堅貞自守。通過病人求醫，黎竹蓀廢寢忘食為病人診治的一連串感人細節，對黎竹蓀美好的心靈作了細膩的刻畫，同時也猛烈地抨擊了冷酷的舊社會。

陳白塵之外，吳祖光和宋之的的諷刺喜劇也取得了相當的成就。

吳祖光（1917-2003），原籍江蘇武進，生於北京，出身於官宦世家。1937 年發表第一部劇作時只有 20 歲。他的劇作風格多樣，有正劇、悲劇、諷刺劇、抒情劇，但無論哪一種形式，字裏行間都洋溢著詩情。他創作的諷刺喜劇以取材於神話故事的《捉鬼傳》（1946）和《嫦娥奔月》（1947）最為著名。《捉鬼傳》借助於民間傳說「鍾馗捉鬼」的故事，發泄了作者對「盟友、長官、將軍、惡霸」當道的社會的憤懣，發出了「加倍的反抗才有生路」的呼聲。該劇主要寫鍾馗捉盡人間鬼怪，痛飲大醉一千多年，醒來時卻發現人間又「遍地是鬼」，且道法高深，自己已經無力與他們抗衡，只好大敗而歸，退隱山林。時空的交錯拉近了古今的距離，鍾馗既是神話的，又好像就活在現實社會裏。這樣一個家喻戶曉的捉鬼能手竟然無法戰勝人間鬼怪的魔法，這個社會已經荒謬到何種程度，自是可想而知。該劇揭露了當時社會的黑暗，同時對國民黨勾結帝國主義殘害百姓，掀起內戰的罪行也進行了有力的諷刺和鞭撻，令廣大讀者和觀眾嘆為觀止。

《嫦娥奔月》則通過寫嫦娥為反抗國王后羿的獨裁暴行，偷吃仙草飛進月宮追求自由幸福生活的故事，痛斥了國民黨反動統治的凶殘，表達了人民對和平、民主生活的嚮往。

宋之的（1914-1956），原名宋汝昭。1930 年後參加左翼戲劇運動。抗戰時期，他創作了《烙痕》等六部獨幕劇和《霧重慶》等六部多幕劇。抗戰勝利後，宋之的於 1946 年創作了諷刺喜劇《群猴》。在這部喜劇裏，宋之的一改以往的創作風格，通過描寫國民黨在競選國大代表過程中，一群代表各派系的男男女女耍猴式的種種醜態，尖銳地諷刺了國民黨政治的腐敗，揭露出所謂「民主憲法」不過是各派系之間的鬥爭而已，取得了較高的藝術成就。

第二十一章

國統區的長篇小說

第一節　40 年代小說概貌

主題的變異與分歧／諷刺暴露和體驗追憶的兩大創作潮流／感受方式和審美格調的變化／兩個焦點：知識分子和人民性／反思小說中的「家庭」模式

抗戰的爆發，中斷了現代小說二、三十年代以來開始的探索，使作家們捲入長期的戰亂當中。這對中國現代小說的發展，影響甚大。不過，雖然最初的抗戰小說風靡一時，因積極宣傳抗戰而為人欣賞，但藝術水準的明顯下滑也是公認的事實。一般認為，1941 年抗戰進入相持階段後，作家的創作心態由熱情高漲轉為深沉凝重，由此成為「抗戰初期」小說與「40 年代」小說的一個「分界」。但實際上，由於地域和流派的不同，40 年代小說在總體上本來就是存在著差異的，表現為「眾聲喧譁」的豐富的創作形態。

到了 40 年代初，大規模的正面戰爭一度減少，文人的疏散流浪狀態基本結束，隨著戰時文化中心的確立，作家群體和文學雜誌完成了集結。在胡風主編的《七月》、《希望》周圍，出現了七月派小說群。由於《文藝陣地》和茅盾等人大力扶持，一批「新生代」作家也開始受到文壇的注意。這一時期，因為西方文學譯介的增多，出版業的恢復和發展，刺激了長篇小說的創作，不少擱筆有年的老作家重新拿起筆來，一些青年作家也加入這一行列，開始透過長篇小說巨大的敘述空間反思抗戰生活，也有的把想像延伸到抗戰以前的各個階層的生活中去，一時間出現了為人矚目的長篇小說「創作熱」。僅本時期和後來引人注目的中長篇，就有茅盾的《霜葉紅似二月花》、《腐蝕》，巴金的《憩園》、《寒夜》、沈從文的《長河》，老舍的《四世同堂》，蕭紅的《呼蘭河傳》、《馬伯樂》，丁玲的《太陽照在桑乾河上》，周立波的《暴風驟雨》，林語堂的《京華煙雲》，沙汀的《淘金記》，馮至的《伍子胥》，徐訏的《風蕭蕭》，錢鍾書的《圍城》，張愛玲的《金鎖記》，路翎的《財主的兒女們》，趙樹理的《李有才板話》等。40 年代中後期，由於大後方開始向內地「復員」，上海、北平重新成為文學的「中心」。同時，文化生活出版社等一批重要出版社，以《文學雜誌》、《文藝復興》、《文藝春秋》、《文藝先鋒》、《中國新詩》、《大眾文藝叢刊》等雜誌為中心，開始了與抗戰時既有聯繫、又有所不同的文學生產。它們對 40 年代中後期小說的構造、組織和傳播，均產生了十分廣泛的影響。

40 年代的國統區小說，在取材上顯示出多樣化的態勢。諷刺和暴露，成為一部分作家創作的主要視角。民眾抗戰的熱情逐漸沉澱之後，國民黨政府官僚專斷的面目日漸露骨，陳腐的社會體制阻礙著進步的呼聲，在這種情況下，作家與當局的對立情緒加劇。但是，由於環境和檢查制度的限制，不可能形成公開的批判，於是，諷刺時弊便成為不少作家的選擇。與諷刺詩、諷刺喜劇相比，諷刺暴露小說更趨活躍，形成了一股不可忽視的創作潮流。張天翼的短篇小說《華威先生》，1938 年 4 月在《文藝陣地》上發表。這是抗戰以來，最早突破戰爭浪漫主義創作模式，暴露抗戰時期社會陰暗面的作品。戰前作者既是左翼文學「寫實小說」的代表性作家，曾有短篇《皮帶》、《包氏父子》，中篇《清明節》、《一年》等個性鮮明的作品問世。《華威先生》以作家慣用的幽默筆法，漫畫式的人物特寫效果，辛辣地勾勒了一個整日忙於開會、不做實事的「抗戰官僚」的喜劇形象，並因此在文學界引發了一場關於「暴露與諷刺」的爭論。張天翼另外還有《譚九先生的工作》、《新生》兩篇小說，對留學生和藝術家與抗戰工作的「格格不入」也進行了諷刺。由於作者較早敏銳地發現了隱藏在抗戰大背景下的社會積弊，且顯示出比一般「抗戰小說」更趨冷靜的創作態度，寫作風格也比較獨特，因此，這些小說不僅開拓了 40 年代小說的新領域，而且在讀者中產生了廣泛影響。但張天翼的小說存在著「臉譜化」的問題，在開掘的深度上似有不足。將這一題材引向深入的是沙汀。沙汀關注的人物形象，是戰時四川地方幫會首腦、聯保主任、土財主和縣治官吏，這些人的陰暗、醜惡心理及其行為，在當時社會階層中有普遍的意義和代表性。作者的藝術表現冷峻、客觀，因而顯得格外尖銳、沉鬱，令人讀後能產生豐富的思考。《防空——在堪察加的一角》

寫圍繞爭奪縣「防空協會會長」一職而發生的一場鬧劇。《在其香居茶館裡》通過一個小鎮抽壯丁過程中，當地頭面人物紛紛爭權奪利、勾心鬥角的醜態，「由點及面」地暴露了所謂「整頓兵役制」運動中的各種黑幕，甚至在中國下層社會所普遍存在、卻無法「根除」的「問題」。而作者對這些現象和問題的思考，與「五四」思想傳統和魯迅的諷刺傳統有更深的精神聯繫。「對話」，是作者依託一個小茶館來展現人物性格和心理時的一個精采手段，它在整個過程中起伏變化，頗具藝術張力，這篇小說因此被視為沙汀的代表作。最具影響力的，是作者的「三記」——長篇小說《淘金記》、《困獸記》、《還鄉記》。《淘金記》以開採金礦事件為中心，多維度、多層次地展現了地方上的各種勢力，例如地主、士紳、流氓、幫會頭子和下層官吏的陰險、狡詐和誣賴等行徑，對複雜的矛盾、衝突做了充分的描寫。小說有濃厚的地方色彩和時代氛圍，顯示了作者駕馭較大題材豐富的現實生活的能力。艾蕪在流浪小說《南行記》之後，創作興趣轉向了暴露小說。在《山野》、《春天》、《故鄉》等長篇中，《故鄉》較為人們所稱道。它描寫了一位大學生在返鄉過程中所目睹的社會病態和腐朽現象，展示了一般抗戰小說所迴避的某些「陰暗面」。另外，騰出手來寫諷刺小說的張恨水，這時也有《八十一夢》、《牛馬走》和《五子登科》奉獻給讀者。在二三十年代，他曾是言情小說的大家，其《啼笑因緣》、《金粉世家》在市民讀者中風靡一時。人生的困頓與現實的醜陋，使這位通俗小說家轉向了對社會的尖銳批判。《五子登科》對重慶社會的烏煙瘴氣、腐敗黑暗，做了全方位的描寫和揭露。由於「接收大員」的腐敗在戰後成為一個「社會公害」，小說發表後，它在廣大讀者中激起強烈反響是不難理解的。

非常年代動盪的生活，改變了作家的時空意識，引起觀察方式和感受角度上一系列的變化。一些作家選擇「客觀主義」的取材方式，另一些作家則主張「主觀戰鬥精神」，凸出強調作家主體性對生活的干預或擁抱，由此引發以胡風為領袖的七月派小說群與中共主流派文人之間關於「現實主義」的一場大論戰。實際上，儘管七月派小說群的文藝主張比較接近，但具體創作仍然存在著差別。前期以丘東平為代表的描寫戰地的小說，偏向於對戰場的「真實」紀錄，有強烈而直接的「現場感」。例如《第七連》、《我們在那裏打了敗仗》，由於近距離表現的生活過近、題裁上強調紀錄性和真實性，所以被許多人誤為是報告文學。1941 年丘東平在蘇北反「掃蕩」時不幸犧牲。這時期他的小說，如《友軍的營長》、《茅山下》（未完成）等，表現新四軍與國民黨消極行為的鬥爭，同時也交錯著階級、民族和革命內部矛盾的多重敘事空間。雖然丘東平的創作強調紀錄與真實，但作品仍明顯附著他的主觀感情氣質，不在意細節生活的刻畫，而注重審視人的精神狀態。這些特點，已顯露出七月派小說的主要特色和發展的趨向。相比之下，後來路翎等人的創作更能體現七月派小說的「體驗現實主義」的審美取向。他的大量自我擴張式的、有著諸多情緒積澱的中長篇小說，把七月派小說推向了一個新高潮，其感受方式和藝術形式，對40 年代小說產生了相當大的衝擊波。

不帶有「群體性」特徵的作家的創作，也引起了人們的關注。這些作家創作的興奮點，與抗戰生活沒有必然聯繫，「回憶」構成了他們處理題材和文學想像的重要視角。此時沈從文，繼續著他 30 年代對生命形態和形式，以及在現代文明過程中傳統社會日益崩潰的思考，未完成的長篇《長河》就是這一過程中的產物。遙遠的湘西，在作家的「回憶」中被重新呈現。然而，在對這一即將消逝的傳統聞名的悲嘆性的注視中，一種不可克制的寂寞也深深滲透其中，成為作品特有的抒情氣質。沈從文對人的別樣的思考，以及對文體的特殊嗜好，也影響到後期某些京派作家的藝術表現。例如汪曾祺。這位年輕作家運用意識流的手法，客觀地呈現了他故鄉高郵的小鎮、水鄉和各色生活，從而把京派文學的創作推向了一個新階段。蕭紅的《呼蘭河傳》是 40 年代小說創作的一個重要收穫。作者從「童年視角」中，揭示了呼蘭河小城的日常生活和精神的麻木狀態，它的別致的抒情格調，讓讀者與其一起回到了「過去」的歲月之中，從而喚起對傳統世界的種種溫馨和傷感的記憶。這部小說的特異之處，不僅在於它追憶童年生活時的語言和結構方式，還在於深化了二、三十年代同類小說的兒童的心理世界，變成對人性問題的探討。

這一時期的小說，還表現出對知識分子和人民性的關注。在 40 年代，一方面是抗戰生活對於全民族精神世界的震盪和影響，另一方面則是文學作品中知識分子意識的重新覺醒，而在「知識分子」的思想視野裡，人民性問題被提升為時代性的話題之一。姚雪垠的《差半車麥秸》，為讀者提供了一個綽號叫「差半車麥稭」的農民出身的游擊隊員的藝術形象。與 30 年代被動性的農民形象不同的是，這個人物的眼光、心態超越了過去的同類人物。他開始從家庭圈子走出來，透過「同志」的特殊含義，感受到個體與千百萬中國人之間生死與共的密切關聯，「人民性」不再是一個缺乏主體性的象徵符號，而具有了某種人的自覺。另外，作者的鄉土氣息也比較濃厚，對當地的口語有較為敏感的感知和表現，這樣就使「人民底原始的強力」更為具體和形象化了。巴金的《寒夜》、夏衍的《春寒》、李廣田的《引力》等，或是表現知識分子在離亂生活中的弱點和苦悶，或反思抗戰勝利後的知識分子人性的變異，或直接擺脫幻想後奔向人民的「引力」新天地，從不同角度展現了作家在特殊年代的嚴肅思考。但是在解放區文學中，以丁玲、蕭軍、艾青等為代表的對「知識分子」問題的再思考，最後終於遜位於知識分子「思想改造」的強大主題，這也說明在 40 年代小說的空間中，存在著不盡相同的作家姿態和創作態勢。而這些現象，足以證明「40 年代」的多元性、分裂性，它是時代豐富性和歷史道路曲折性的最有說福利的證詞。

第二節　老一代作家的創作

對凝重和複雜的中年寫作風格的展示／觀察的深入與悲劇氣韻／茅盾／巴金／老舍／沈從文

在 40 年代，一些成名於二、三十年代的老一代作家在兼顧社會性工作之餘，仍熱情地投入文學的創作，寫出了一批重要的中長篇小說，但是，由於歷史總體語境的變化，離亂生活的磨難，以及踏入中年後心態的變化，使其開始調整創作與現實的關係，變過去熱情的吶喊為冷靜的觀察，這使他們的創作姿態都呈現出與過去不同的更趨複雜、凝重和中年化的特徵。

茅盾二、三十年代的長篇小說主要是以時代為主軸，以武漢、四川、上海三地為描寫對象而展開的鴻篇巨製。雖偶有幻滅情緒夾雜其中，其作品的「主旋律」仍是昂揚的、樂觀的。對「時代」的專注與敏感，是他前期小說創作的主要價值追求。這一時期，作家的創作興趣轉向「長時段」的社會歷史生活，對資本家和時代女性的批判性反思，自然帶上了某種「回溯」和「總結」的意味。他本時期受人注意的，有長篇《第一階段的故事》、《腐蝕》、《霜葉紅似二月花》、《鍛煉》，中篇《走上崗位》，話劇《清明前後》等。

《第一階段的故事》帶有為抗戰「服務」的某種痕迹，敘述框架令人想起《子夜》，人物和基本情節有似曾相識的印象。小說敘述抗戰爆發後，一群上海的民族資本家、政治投機家、金融商人、大學教授和一些青年男女的精神狀況，各式各樣的社會活動，全景觀地展示了中華民族的覺醒和抗敵意志。由於作者當時生活極不穩定，一些篇章寫於旅途，因而小說結構比較鬆散，人物缺乏鮮明特色——這在精於冷靜構思、寫作從容的作者創作生涯中，是不多見的現象——然而，有些人物心理的分析還算細膩、深入，對全書不失為一種彌補。與此有著相似「命運」的，還有《鍛煉》、《走上崗位》等。後者走的仍然是反映上海各個社會階層生存狀況和生活方式變化的創作路子，透過冷靜觀察展開數十年間中國社會變遷，以收到「史詩般」描寫歷史生活的效果。雖然作者熱情可嘉，但作品藝術上並不理想，諸多評論者也不太看好。

《腐蝕》的出版，使茅盾終於走出抗戰初期創作的「低谷」。它透過歷史反思的角度，把對時代女性的檢視和反省提高到了一個新的高度，其深度也超出了作者自己早期的同類小說。女特務趙惠明，早年曾是理想而浪漫的熱血青年，上街遊行，背叛家庭，與小昭自由結合。後來誤入國民黨特務機構，經歷了一連串的曲折與挫敗。她與醜惡、卑鄙的特務同事相互勾結，對許多無辜者施以殘酷迫害，陷入可恥、陰險與汙濁的深潭而不能自拔。當她被派往監獄審訊革命者時，才發現對方是過去的戀人小昭。她企圖設計套出小昭的口供，但遭到他的嚴詞拒絕，小昭最後被殺。小昭的死使她終於幡然醒悟，進一步看清了自己的墮落。於是，當她後來「打入」一所大學搞特務活動時，冒險幫助女學生 N 逃脫，自己的精神也因此獲得自救。《腐蝕》實際是一部「懺悔之作」，它因為深刻寫出一代人精神的創傷和曲折道路，而獲得廣大讀者的歡迎。小說運用日記體的形式，通篇有陀斯妥也夫斯基那種強烈而扭曲的心靈描寫，以及精神上自我搏鬥的極深痕迹，加之作者發揮了他擅長觀察與挖掘青年女性心理的藝術功力，所以，讀來雖然曲折複雜，但也淋漓酣暢，頗具藝術的震撼力。有論者認為，《腐蝕》的問世，標誌著作家的歷史視野發生了變化，他不再單單看到新女性與時代方向的同一性，而且也注意到她們身上的某些固有的弱點，也即「日常性」的一面。隨著茅盾浪漫主義激情的減弱，傳統女性的價值和形象，開始進入他關注的範圍。

鑒於上述心態的變化，《霜葉紅似二月花》開始與「現實」明顯保持了審美距離。出現在小說舞臺上的，是「五四」時代江南的某個縣城世界。中國在近、現代之交社會轉型過程中交錯雜陳的情狀，在這座小城新舊勢力的矛盾、衝突中，得到了複雜而曲折的展現。圍繞積善堂存款的處理問題，以大地主趙守義為代表的守舊勢力與資本家王伯申為中心的新興商人集團，展開了激烈的爭奪，雖然最後以妥協方式解決了雙方的爭端，但它作為一個歷史時期的縮影仍然給人們提出了許多值得深思的命題。一是老中國向現代中國轉化的複雜和艱難超出了人們的預期，正因為這種「中間狀態」，才會引起人們進一步思考與探索的熱情。二是在這場戲劇中，農民永遠是局外人和看客的身份，他們精神的麻木雖然不是茅盾小說關注的中心，它在小說敘述中出現，是應該引起注意的。小說的標題具有象徵意味，它引起人們豐富的聯想是不奇怪的，不過，作品蘊涵的中國古典白話小說的某些藝術成分，卻讓有的研究者發生了興趣。例如他文字上的民族特色，細密，典麗，詩詞與成語在文中的靈活運用，等等，這都使小說宛若雨中的江南，別有一番與朦朧之中意緒翩然的感受。小說原來設計為三部，因戰爭原因影響僅寫了一部，整個故事沒有充分展開。後來作者幾次提筆，都因繁重的社會事務所打斷。

在二、三十年代，由於受到無政府主義、進化論思潮影響，社會批判與青年控訴成為巴金整個小說創作的「焦點」和藝術情結，《家》、《春》、《秋》正是這一高潮中的作品。「七七」事變後，他從上海遷移到重慶，經歷了戰爭和亂離生活的考驗，眼光和心態發生了意料之中的變化。他開始檢視過去的創作，調整自己的藝術視角，這期間一些短篇零零星星的發表，已讓人看出某種變動的痕迹。

《憩園》、《第四病室》和《寒夜》，構成了巴金 40 年代小說的基本陣容，它們對人性和民族文化心理的探索，顯示出作者已走出「大家庭」的敘述模式，開始向曲折與深沉的方面發展。但這一過程並不是一次完成的。《憩園》發表後，有人就指出，雖然該小說的「觀察」又進了一步，但總的講是不盡如人意的，「它的內容猶如它的筆調，太輕易，太流暢，有些滑過的光景。缺的是曲折，是深，是含蓄。」[1]《憩園》透過「我」返鄉後的見聞，敘述了一個舊式家庭在時代轉折之際的沒落。小說是在兩條線索上展開的：公館的新主人姚國棟是一個「奧勃洛摩夫」式的人物，他整天無所事事，沉緬於幻想，過著養尊處優、不思進取的生活。公館的舊主人楊夢痴是一個依賴祖上遺產混日子的敗家人物，他任意揮霍，終至傾家蕩產，死於獄中。作者透過兩種人物的不同命運，揭露了大家族不可挽回的沒落趨勢，以及其弟子的懶惰和墮落。與過去作品不同的是，《憩園》沒有採取激情四溢的抒情方式，而力圖在敘述上予以節制，它平淡、詩

[1] 長之：《憩園》，《時與潮文藝》「書評副刊」，第 4 卷第 3 期，1944 年 11 月 15 日。

意的氛圍，反而使整個作品籠罩在一種古典式的、挽歌的格調之中。

《第四病室》在取材上顯然受到陀斯妥耶夫斯基某些小說的影響，它將主要舞臺搭建在「醫院」——這個象徵著近代中國以來社會狀況的特殊符號之上，已經暗示了作者的創作意圖。敘述者陸懷民是該醫院的病人，透過他的眼睛，這座內地設備陳舊、落後的三等醫院，二十多張病床，在陰森、黑暗、病態和痛苦中掙扎的各色病人，讓讀者盡收眼底。在敘述者「三天」的日記中，儘管這個環境非常壓抑、汙濁，令人感到難以忍受，但楊木華大夫的出現，又使這個沉悶的世界顯出了一線光明。顯然，小說的象徵意味大於它寫實的意義，從構思、醞釀到寫作的整個過程，都滲透了巴金的氣質和他對四十年代的基本認識。但作者對環境的無奈已與早年的抗議大異，給人留下極深的印象。進入中年的作者，對現實世界的洞察，已遠比過去單純的幻想顯得深厚，這使作品的視角和觀察的敏銳度都深入了許多。

用華裔美籍學者夏志清的說法，《寒夜》是巴金一生創作中最為出色的小說。它之所以重要，不光是作者在敘事方式、題材處理和藝術表現等方面發生了一系列驚人的變化，而且由於它把鏡頭拉向二次世界大戰之後的中國，首先在題材上占了「地利」之先。因此，它對歷史的敏感，對戰後知識分子群體心靈世界的剖析，都達到了不僅作者本人、包括中國現代文學所少見的深度。小說主人公汪文宣和曾樹生都是受「五四」熏陶、且思想先進的新式人物，他們受過現代大學教育，有過理想和熱情，也是靠自由戀愛而走到一起來的。在現代中國人的想像，這本是一個「志同道合」的理想型的家庭模式。然而，抗戰勝利後，由於貪汙遍地，醜陋橫行，卻使這個小家庭在一夜之間走向了崩潰。汪文宣清白正直，但優柔寡斷，充滿矛盾，他可以承受日益加重的生活負擔，卻無力化解他所愛的母親與妻子之間的尖銳衝突，以至吐血而死。曾樹生的性格比較立體和複雜，她愛汪文宣，珍惜兩人美好的過去，但在貧困的生活中，又無法拒絕虛榮心的誘惑；她富有活力，朝氣蓬勃，希望透過自己的打拚，為小家庭贏得新的生機，卻厭惡與婆婆之間無休止的私鬥。最後，她懷著對丈夫的愧疚離開，遠走蘭州，做了上司的花瓶。小說的長鏡頭，一直從抗戰前的汪文宣回溯到他的死，在抗戰八年的時代大背景上，再現了一個小人物無辜的悲劇，從而構成對「抗戰勝利」之歷史效果的一個最尖銳的諷刺。「寒夜」是貫穿全書的基本氛圍和情緒，也是作者對 40 年代的感受。讀者感覺到，至此，作家實際等於為自己的前期創作畫上了一個頗有意味的句號。

老舍二、三十年代因《離婚》、《老張的哲學》和《駱駝祥子》等優秀的中長篇而名世，但他與「新文學」陣營始終有一個若即若離的距離。1938 年，他在擔任中華全國文藝界抗敵協會總務主任，事實上負擔起該協會的日常運轉工作之後，這種局面有了很大轉變。抗戰初期，為宣傳的需要，他寫了一些不太成功的大鼓詞、宣傳劇，一定程度上影響了作者的聲譽。於是，其後數年，他潛心思考、構思和寫作，終於在 1946 年拿出八十餘萬字的長篇《四世同堂》的前兩部《惶惑》和《偷生》，以文化反思的角度，對抗戰前與抗戰中的北平做了全景觀的描寫和剖析。

《四世同堂》是老舍傾心而為的長篇力作。經歷了世事滄桑和民族巨變，他的心境更加沉潛，早年作品中喜劇幽默的成分蕩然無存，一變而為冷靜的思索和觀察。某種意義上，《四世同堂》不單純是寫北平市民的「抗戰史」，還是透過這個非同尋常的平臺，進而觀察和檢驗他們在歷史大變局中的文化心理及其矛盾。居住在「小羊圈」胡同的是一個祁姓的四代同堂的大家庭，祁老太爺已屆七十，他平生的驕傲是擁有一個自家的舊四合院，能夠兒孫滿堂，所以，抗戰一起，他滿以為用裝滿石頭的一口水缸頂住大門，就可以自保平安，萬事大吉；長子祁天佑是一家布店老板，他性情溫和，舉止得體，有著傳統的中國人的生活態度和處世方式，後來因不堪日本人的羞辱而自盡；長孫祁瑞宣雖是正派的讀書人，但懦弱無能，他的全部矛盾就在於，既目睹且未阻止瑞豐落水當漢奸，以便求得大家庭的安全和完整；同時，也不甘死心蹋地地做亡國奴，又鼓勵瑞全參加抗戰活動。值得注意的是，老舍在塑造三代人的形象時，避免了抗戰小說中那種二元對立式的、臉譜化的傾向，而採取了比較「中性」的方式來處理，這就使得人物形象顯得真實、可信和複雜。冠曉荷、「大赤包」是被作者嘲諷的對象，他們靠告發鄰居來諂媚日本人，行為心態極其庸俗。詩人錢默吟剛直不阿，他富有反抗的精神，在這部令人沉鬱的書中透出一線希望的曙光。這部小說，是老舍過去批判國民性主題在戰時背景下的延伸，抗戰是他作品檢驗中國文化的一塊試金石，作者顯然對民族文化精神是充滿自信心的。通讀全書，令人有一種經歷了生死搏鬥後的從容與寬闊的感受，作者以博大的情懷，表達了他對生死、對民族命運的全新的理解，而這種誤解，正是小說的重心所在。由於寫於戰時重慶，主要情節又透過別人的「講述」虛構而成的，因此作品難免有一些不盡如人意之處，這是可以理解的。

抗戰後，沈從文任教於西南聯大，在授課與輔導學生文學創作之餘，偶有新作。《長河》、《雲南看雲集》、《湘西》和《昆明冬景》等，便是這一背景和心態下的作品。1937年冬，沈從文再次回到湘西，那個世界的破敗、蕭條與他小說構築的美妙圖景形成殘酷對比，它給作家精神上帶來極大的震驚。長篇《長河》即是之後的沉思之作。該書原設計為三部，但僅完成一部，實際是一個殘卷。由於時空的巨大變遷，這裏原先牧歌的氣氛已為悲喜劇的長鏡頭所代替，作者告訴讀者，鄉民與政府、原始文明與現代文明的對峙已由虛幻的想像，演變成了活生生的現實，一種古老的文明，終於走向了崩潰。很顯然，作者是以一種悲天憫人的眼光來看待這一不可逆轉的歷史趨勢的。這部長篇，無疑是一部無法掩卷的歷史場景。

《雲南看雲集》等幾部作品，仍然以山水風俗為主，但成色似不如早先的散文那麼純淨，有世外桃源之感。在一些短篇中，作者的感情、生命也不像過去那麼投入，日顯淡漠和超然。40 年代後期，鑒於時局的變化，沈從文寫過一些時評文章，曾一度捲入文壇人事紛爭當中。

第三節　路翎和七月派小說

40 年代文壇的「異數」／《財主底兒女們》等知識分子問題的繼續探索／七月派小說：直逼主體精神的創傷／丘東平／曹白等／另一支創作潛流

在 40 年代小說界，路翎（1923-1994）顯然是一員「異軍突起」的大將，他的姿態，在眾多小說好手中是非常獨特的。

事實上，路翎走的是二十年代魯迅、郁達夫等開啟的「抒情小說」的路子，而又把這一路向推向了某一極端。作為左翼文學陣營的作家，他的創作與當時關於文藝大眾化、民族化等帶有功利性的主張顯然是「異質」的。他和其他七月派小說家一起，追隨著胡風，以其鮮明地體現「主觀戰鬥精神」的作品，批判「客觀主義」、「機械主義」的文學觀點，這些都使他成為七月派小說、乃至 40 年代最具影響力的作家，同時也遭到了左翼內部最猛烈的批判和攻擊。他的主要作品是中篇《饑餓的郭素娥》、《蝸牛在荊棘上》，短篇小說集《求愛》、《青春的祝福》、《在鐵鏈中》。八十餘萬字的長篇《財主的兒女們》是作家的代表作。

路翎小說創作的「興奮點」，在下層各色人物和知識分子兩個方面。前者包括礦工、破產農民、船工、手藝人、逃兵、商販、妓女和工匠等，但寫得最多、最生動的，還是那些手無一技之長的流浪漢，例如《卸煤台下》裏的孫其銀，《何紹德被捕了》裏的何紹德等人。《饑餓的郭素娥》中的同名女主人公，是一個「強悍而又美麗的農家姑娘」，無家無業，流落途中被一個行為卑瑣的中年男人收留，但是，從肉體到精神都陷入極度「饑餓」的她，在這裏卻得不到她的所愛。「她的修長的青色眼睛帶著一種赤裸裸的欲望與期許，是淫蕩的」，「她爭取生命的基本存在：性和糧食」，固執而絕望地追求著「人」的價值。正如作者所說，他所寫的不是「舊社會的女人」，而是為了揭示「人民底原始的強力」。也如有的研究者認為的，描寫他們幾乎處於絕境的生活遭遇，以及從他們身上迸發出來的強烈的反抗精神，是作家創作的主要注視點。由於郭素娥和路翎筆下的許多人物大多帶著「病態」的欲望，釀成作品躁動不安的氛圍，所以有人評價說，他的小說構築的是與 40 年代許多小說迴然不同的審美旨趣和藝術王國：

> 這是一個狂野、雄放、不同程度地染著原始蠻性的世界。打開他早期作品《饑餓的郭素娥》，人物——鄉村女人郭素娥與她的情人礦工張振山，儼然由「創世紀」一類的傳說中走出來。他們美得醜陋，雄偉得粗野，像希臘神話中的半人半獸，而且也像那些半獸一樣，有捉摸不定異乎尋常的性欲。這無論如何不像那一時代中國人日常的生活世界。這兒是一片原始的榛莽，生命發出震耳欲聾的喧囂，茁壯得驚人。在《饑餓的郭素娥》之後，路翎筆下的生活，愈益靠近人間世。但是形象的雄偉性，仍然構成路翎小說的醒目標誌。儘管漸漸地，由「雄強」而「原始」，到

> 「雄強」而「現代」。人物的生活狀態也在擺脫作者一度酷愛的「原始的山林的性質」。[2]

探索抗戰前後知識分子的心靈道路，是路翎小說的另一重要選擇。短篇《旅途》、《谷》、《人》等，以知識分子內心的衝突和搏鬥的方式，展現了這些人物身上過去／今天、傳統／現代的矛盾。1945 年，他的長篇《財主的兒女們》把這一思考推向了一個新的高潮。正如胡風所說，該小說「所追求的是以青年知識分子為輻射中心點的現代中國歷史底動態」。作品在從 1931 年「一・二八」事變到 1941 年太平洋戰爭，上海—蘇州—南京—重慶這樣廣大的時空背景下，透過蘇州蔣捷三這個大家庭的衰敗、沒落，以及兒女們的不同命運，反映了十年間中國社會的動蕩與知識分子複雜的心路歷程。長子蔣蔚祖耽於幻想，但又無所事事，因此不可能阻止舊世界消逝的步伐。次子蔣少祖接受過「五四」精神的洗禮，曾是這個家庭的叛徒，最後，他的思想又轉向復古與消極的方面。小兒子蔣純祖的生命之路是兩位兄長的聚合，既是社會、現實的，又是個人的、純心理的，留有托爾斯泰《戰爭與和平》中某些知識分子在超越時空中又充滿矛盾的色彩，在今與古、正義與邪惡、理性與瘋狂、反抗與退縮之中，經歷了一系列靈與肉的痛苦衝突，也洞察了大時代的悲喜劇。蔣純祖這種在純精神與心理層面上思考，而無法與民族、大眾實現真正結合的矛盾與猶疑的知識分子典型，在抗戰時代有較大的代表性，而作者對這個人物的「未完成」

2　趙園：《論小說十家》，杭州，浙江文藝出版社，1986 年，191 頁。

性的處理，恰恰體現了他對現代中國政治、文化的敏感和體察能力。這是巴金的《家》之後，又一部敘述大家庭及其兒女們人生道路選擇的鴻篇巨製。

路翎是最能實踐胡風理論的小說家，他透過主觀精神的「擴張」來「突入」客觀世界，以強烈燃燒著的生命力和思想力量觀照、批判現實的冷漠，從而把人的生命納入搏戰過程，並使之得以極大的昇華。他對人的心理的探索，既有原始的、獸性的成分，也包含有現代派的觀念。因為他認為，人的本性必須打破社會表象的遮蔽才能顯示逼人的真實，這樣，他對人物深層意識的挖掘就達到了令人顫慄的程度。在路翎身上，有陀斯妥耶夫斯基的神經性的敏感氣質，同時也具有托爾斯泰小說那種對「心靈史詩」的自覺表現。他對人物心理的刻畫，在揭示人的靈魂的豐富與複雜方面所顯示的深度和廣度方面，在中國現代作家中是比較少見的，集中反映了七月派小說對文體、審美經驗的創作追求。但是，路翎有些作品對人物內心激情缺乏必要節制，略顯蕪雜，一定程度上也影響到讀者對他作品的閱讀，給人生澀的印象。

七月派小說是中國現代文學中一個流派意識濃厚、風格獨異的創作群體。它以胡風文藝理論為旗幟，以詩人的激情為創作動力，在重提「五四」精神、強調「主觀戰鬥精神」上，在揭示「精神底奴役的創傷」等重大命題上，都為 40 年代文學增添了異樣的光彩。同時，七月派小說與胡風文藝理論又形成了「互動」的、「互相激發」的話語關係，它以作家的主體精神回應時代的迫力、時代苦難和心靈探索，構成一種激越、沉雄和悲壯的美感，進一步豐富和發展了胡風文藝理論對現代中國文學的探求和觀察。鮮明地體現了七月派小說狂野、雄放的戰爭浪漫主義風格的，是丘東平、彭柏山、曹白、阿壠、路翎、冀汸、賈植芳等作家。

彭柏山（1910-1968），筆名柏山。1936 年，他的短篇集《崖邊》作為巴金主編的《文學季刊》之一種出版，題材多取自根據地的生活，著重表現新生活對人們精神生活的衝擊。他筆下的人物，無論在戰爭環境中，還是在戰鬥間隙裏，精神上大多處在一種緊張的狀態，而且由於主人公的這種狀態，又營造了作品的特殊氛圍，讀後令人感到心理上的刺激。

曹白（1914-）以描寫難民生活的報告文學而名世。他的作品，大多取自第一手的「採訪」，有逼真的現場感。而且由於在抒情與議論夾雜的風格中，是以平淡的視角向人展示動蕩年代生活氛圍的，所以，讀來往往能收到震撼人心的效果。例如，《楊可中》從一個人的「遭遇」側寫抗戰，主人公熱心難民收容工作，卻遭人陷害，最後在眾人的冷落中死去。

賈植芳（1915-2008）曾用筆名冷魂、魯索等。抗戰時期的作品多發表在《七月》、《希望》和《抗戰文藝》上。1947 年，短篇集《人生賦》作為「七月文叢」之一種由上海海燕書店出版。《理想主義者》透過幾位知識分子的對話，表達了對大後方現實生活的極度失望，但在參與建國與追求個人目標、留學還是堅守國內等問題上，又表現得猶豫徬徨。作品雖是借助小說敘述組織故事的，但感情的投入較多，人物的意識活動滿溢於文字之外，類似於某些抒情性小說。

儘管在表現「原始底人民的強力」的前提下著意挖掘人物心理是七月派小說的共同追求，但因為戰爭環境存在著多樣性，作家的個性特點又千差萬別，所以，有的擅長於抒情，有的偏重於理性分析，有的又在審美上體現出精緻優美的特點，揭示出「戰爭浪漫主義」的豐富性和複雜性。阿壠（1907-1967）的小說充滿詩人的衝動和熱情，例如長篇《南京血祭》就帶有故事性、抒情性和文學報告性等多種特點，是雜語交匯的藝術效果。冀汸（1920-）是詩人出身的小說家，心理的活躍敏感無一不滲透到作品的結構、情節組織和人物刻劃的過程之中。他的小說《走夜路的人們》從抗戰年代「土地與人」的關係入手，敘述了農村三個家庭的矛盾糾葛。其中，女主人公為追求真愛對宗族的反抗，是作品亮麗的一筆。它同時也說明，即使是在戰爭狀態中，人性與傳統秩序的對立也是難以避免的。七月派小說，除獷野、雄放的主要風格外，還存在著長於冷靜觀察、追求溫麗自然和表現心靈追憶的其他一些支流，只是這些支流沒有發展成主體性的小說意象，所以一般不大為人提起。

第四節　風采各異的新生代

由茅盾、胡風推出的一批新人／王西彥／嚴文井／郁茹／于逢、黃谷柳、穗青、汪曾祺

40 年代，在茅盾、胡風等人的大力扶持下，新生代以迅猛的崛起之勢出現於文壇。他們中的一些人，雖然抗戰前已開始文學創作，但對現實生活的深透把握，對時代主題的敏銳捕捉，卻是在戰爭年代逐步獲得的。由於戰時的艱苦環境，雜誌出版和傳播上的諸多困難，一定程度上影響了他們藝術才華的發揮，透過堅韌的努力，這些新生代作家仍然後來以卓越的才識爭取到較大的發展空間，並呈現出不同的風采。這些作家是：王西彥、嚴文井、于逢、郁茹、黃谷柳、易鞏、穗青和汪曾祺等。

王西彥（1914-1999），浙江義烏人。他的創作「開始於三十年代初」，「當我採用短篇小說的形式來描寫社會現實時，浙東家鄉農民的苦難生活，就以一種十分鮮明的形象重現在我的眼前。」[3]鄉村生活的體驗，使他的創作視角首先轉向生活貧困的農民，並在抗戰前後較長一個時期內在這一領域開掘。其為人稱道的鄉村小說，有《魚鬼》、《尋常事》、《眷戀土地的人》、《麻舅舅丟掉一條胳膊》、《死在擔架上的擔架兵》，以及長篇《村野戀人》等。一般情況下，作者是「近距離」地表現鄉村生活的，他筆下的農民有著悲哀、痛苦的命運際遇。例如《村野戀人》描寫了庚虎和小金蘭的愛情悲劇，以此又輻射到安隆奶奶等「命運的犧牲者」，揭示了抗戰時期鄉村社會的現實真相和演變。在 40 年代中後期這個歷史轉折關頭，知識分子的分化愈來愈急劇，它在作家的創作中留下了鮮明的印迹。《鄉下朋友》、

3 《王西彥小說選・序》，北京，人民文學出版社，1982 年。

《病人》、《靜水裏的魚》、《古屋》等，從不同角度傳達出這一群體中複雜的心聲和精神探索。王西彥這些頗具藝術個性的小說，受到評論界的讚揚。

嚴文井（1915-2005）生於湖北武漢，抗戰前即有作品發表。1938 年，從國統區去延安，不久轉入魯迅藝術學院任教。嚴文井最早寫散文，後在兒童文學上取得較大成績。這一時期，他比較引人注目的是揭示知識分子心路歷程的長篇《一個人的煩惱》。小說敘述了青年知識者劉明抗戰初期的個人經歷，抗戰爆發後，他毅然投身民族救亡的活動當中，但在嚴酷的現實面前，軟弱自私、敏感猶豫的個性又使他從時代激流中退卻，退向社會的邊緣。劉明的形象中，隱現著一部分知識者在時代衝擊與個人抉擇之間充滿矛盾、徬徨的長長的身影，他之所以激起讀者心靈的共鳴，與作品敏銳把握著這一精神「焦點」，並能深入挖掘人物內心世界的真實成分有很大的關係。當然，作者批判了知識分子的軟弱和動搖，表示要與自己的「過去」訣別，與他當時的立場應該是比較吻合的。

黃谷柳（1908-1977）生於越南海防。二十年代末，他在香港報紙工作時，開始接觸新文學作品並嘗試寫作。1947 年，他以流浪兒為主人公的長篇通俗小說《蝦球傳》在《華商報》連載，受到讀者熱烈的歡迎。小說以流浪兒蝦球的漂流生涯為中心，展現了 40 年代後期香港和珠江三角洲多變、複雜的生活長卷，從一個特殊視角，傳達了一種對前途懷著憂慮的普遍的社會情緒。全書受中國傳統章回小說的表現手法影響，具有傳奇色彩和很強的故事性。在作品的敘述中，蝦球的個人歷險可以說是「一波三折」、「驚心動魄」的，他先是誤入香港的黑社會，沾染了一些不良行為，但後來，他加入游擊隊，潛入鱷魚頭內部消滅了保安團，使讀者在一驚一咋中獲得了閱讀的快感。流行性、市民趣味和文字的大眾化，是這部長篇的顯著特色，它在 40 年代小說創作中獨占一席是應在情理之中。

汪曾祺（1920-1997）生於江蘇高郵，三十年代末進入西南聯大讀書，師從作家沈從文學寫小說。40 年代後期，開始在《文藝復興》、《文學雜誌》、《文藝春秋》等雜誌上發表小說，他對意識流小說技巧的嫻熟運用，對故鄉小鎮、寺廟和民俗生活的逼真狀寫，受到人們的普遍好評。1949 年出版的《邂逅集》，把作者的創作帶入一個新的階段。其中，《老魯》、《雞鴨名家》、《復仇》、《異秉》等，既繼承了京派的小說意識和審美觀念，又展現出汪曾祺本人對現代小說技巧的過人才華。這些小說結構上較為鬆散，類似中國傳統筆記小說的文體特點，但他的眼光是現代的，在非常自然、鬆弛的筆調裏，經營了一種詩意濃厚的藝術氛圍。由於作者對傳統鄉村社會及其風俗人情有潛在的回溯和讚美，所以有人又把它們稱「文化小說」。汪曾祺雖是京派文學最後一個傳人，但他顯然創造了該流派後期創作的一個小高潮。

第二十二章

都市通俗文學的新局面

第一節　走向新文學的張恨水

通俗小說理論的新視野／得到新文學的承認／「國難」視角中的三類題材／通俗小說的改良之路

抗戰爆發所造成的民族意識空前統一的文化局面，使現代通俗小說的進一步變革由可能性轉化成了現實性。

1938 年 3 月 27 日成立的中華全國文藝界抗敵協會，張恨水名列理事之一。他拋棄了北平舒適安逸的物質條件，輾轉來到重慶，過著艱辛窘迫的生活。作為國統區章回小說的唯一重鎮，張恨水不負眾望，抗戰以後寫出了二十餘部長篇小說，成為大後方銷行最廣，銷路最大的文藝作品。

張恨水在抗戰期間，對通俗小說進行了相當深入的理論思考。他通過下鄉調查，發現「鄉下文藝和都市文藝，已脫節在五十年以上。都市文人越前進，把這些人越摔在後面。」[1]因

[1] 張恨水：《趕場的文章》，重慶《新民報》，1944 年 4 月 11 日。

此他反對脫離大眾的象牙塔裏的「高調」，希望自己的作品「有可以趕場的一日」。[2]張恨水一方面堅持「抗戰時代，作文最好與抗戰有關」，另一方面又清醒地認識到：

> 文藝品與布告有別，與教科書也有別，我們除非在抗戰時期，根本不要文藝，若是要的話，我們就得避免了直率的教訓讀者之手腕。若以為這樣做了，就無法使之與抗戰有關，那就不是文藝本身問題，而是作者的技巧問題了。[3]

張恨水的通俗小說理論，第一強調「服務對象」。他指出「新派小說，雖一切前進，而文法上的組織，非習慣讀中國書，說中國話的普通民眾所接受。」[4]第二他強調「現代」，他指出浩如烟海的舊章回小說「不是現代的反映」，[5]因此他力圖在新派小說和舊章回小說之間，踏出一條改良的新路。

張恨水的改良取漸進之法。在具體的改良手法上，張恨水仍喜歡「以社會為經，以言情為緯」，因為這樣便利於故事的構造和文字的組織，這表現了張恨水「戀舊」的一面。同時，他又注意增加風景描寫和心理描寫，注意描寫細節等西洋小說技法，這表現了張恨水「求新」的一面。

---

[2] 同上註。

[3] 張恨水：《偶像》，自序。

[4] 張恨水：《總答謝，並自我檢討》（中），重慶《新民報》，1944 年 5 月 21 日。

[5] 同上註。

張恨水關於通俗小說的理論思考，既有與新文學陣營不謀而合之處，也有他自己的獨見之處。而新文學陣營更看重的是張恨水的「氣節」和「立場」。1944 年 5 月 16 日，張恨水五十壽辰，重慶文化界聯合發起祝壽。數十篇文章盛讚張恨水，主要強調的是他「堅主抗戰，堅主團結，堅主民主」的立場和「最重氣節，最重正義感」的人格，[6]這對張恨水的通俗小說改良產生了相當大的指導作用。

張恨水從創作之初，就有一條對通俗小說的「雅化」思路。他一方面在思想內容上順應時代潮流，另一方面在藝術技巧上花樣翻新。他先以古典名著為雅化方向，精心結撰回目和詩詞，後來發現現代人對此已不感興趣，便轉而學習新文學技巧，更注重細節、性格和景物的刻畫，在思想觀念上也逐漸淡化封建士大夫立場，接受了許多個性解放意識和平民精神。這使他成為二三十年代通俗小說的第一流作家。但在抗戰之前，張恨水的順應潮流也好，花樣翻新也好，主要出於使人「願看吾書」[7]的促銷目的，儘管他有著個人的痛苦和對社會的憤慨，但他的創作宗旨並非是要「引起療救的注意」[8]，更多的是把文學「當作高興時的遊戲或失意時的消遣」[9]。所以不論他寫作「國難小說」還是改造武俠小說，一方面在通俗小說界顯得過於時髦，另一方面在新文學陣營看來卻是換湯不換藥，依然屬於「封

6　潘梓年：《精進不已——祝恨水先生創作三十周年》，重慶《新民報》，1944 年 5 月 16 日。

7　張恨水：《金粉世家》，自序，貴陽，貴州人民出版社，1985 年。

8　魯迅《我怎麼做起小說來》，《南腔北調集》。

9　《文學研究會發起宣言》，《小說月報》，12 卷 1 期。

建毒素」。直到抗戰時期，張恨水通俗小說的雅化才飛躍到一個新的階段。

在創作宗旨上，張恨水把寫作從謀生的職業變成了奮鬥的事業。他宣稱要「承接先人的遺產」，「接受西洋文明」，「以產出合乎我祖國翻身中的文藝新產品」[10]。他吸取新文學的現實主義創作理論和方法，接受新文學的批評和鞭策。這使得他抗戰期間的創作呈現出新的面貌。

張恨水抗戰以後的中長篇小說共有二十多部。按題材可以分為三類。第一類是《巷戰之夜》、《大江東去》、《虎賁萬歲》等抗戰小說，第二類是《八十一夢》、《魍魎世界》、《五子登科》等諷刺小說，第三類是《水滸新傳》、《秦淮世家》、《丹鳳街》等歷史、言情小說。他的抗戰小說追求「寫真實」，多以民眾自發組織的游擊隊為主要描寫和歌頌對象，因此引起當局注意，經常連載到中途就被「腰斬」。這類小說由於倉促求成，往往因為拘泥於生活真實而忽略了藝術真實，平鋪直敘，又急於說教，故而藝術性平平，其中《巷戰之夜》寫日寇狂轟濫炸，《大江東去》寫日寇滅絕人性的南京大屠殺，很有控訴力量。《虎賁萬歲》寫常德會戰中國軍某師在日軍四面包圍下苦戰不屈，全師八千餘人只有 83 人生還的可歌可泣的事蹟，因為以真人真事為依據，發表後引起了較好的反響。

相比之下，他的諷刺小說取得了較大成功，並且得到了新文學解的高度肯定。與民國初年的黑幕化小說和張恨水早

---

[10] 張恨水：《郭沫若、洪深都五十了》，重慶《新民報》，1943 年 1 月 5 日。

年的新聞化小說不同，這一時期的諷刺小說貫穿著統一的敘事立場，即從人民大眾根本利益出發的正義感和深切的民族憂患意識，這是此前的通俗小說所達不到的境界。如《八十一夢》，《魍魎世界》，揭露貪官汙吏巧取豪奪，武力走私，社會腐敗，全民皆商；發國難財者花天酒地，威風凜凜；知識分子朝不保夕，心力交瘁；下層百姓饑寒交迫，怨聲載道，這與新文學中巴金的《寒夜》，沙汀的「三記」等作品一道，共同構成了一部文學中的國難史。

《八十一夢》連載於 1939 年 12 月至 1941 年 4 月的重慶《新民報》，1943 年由新民報社出版。小說借鑒了《西遊記》、《鏡花緣》、《儒林外史》及晚清譴責小說的筆法，用十四段荒唐的夢來抨擊大後方的腐敗荒淫和空談誤國等惡劣現象。其中的《天堂之遊》寫警察督辦豬八戒勾結奸商，走私偷稅。西門慶開辦了一百二十家公司，做了十家大銀行的董事和行長，他的太太潘金蓮身穿坦胸露背的巴黎時裝，駕車亂闖，還打警察的耳光。而孔夫子卻絕糧斷炊，不得不向伯夷、叔齊借點薇菜糊口。《在鍾馗帳下》裏有個「渾談國」，只知空談，不做實事，國破族滅之時，還在成立「臨渴掘井討論委員會」。張恨水在《尾聲》中說：「我是現代人，我做的是現代人所能做的夢。」這部書的悲憤和大膽引發了讀者強烈的共鳴，也引起了國共兩黨的重視。周恩來認為這是「同反動派作鬥爭」的好辦法，[11]而國民黨方面則對張恨水發出了威脅，迫使張恨水匆匆結束全書。小說史家認

11 張友鸞：《章回小說大家張恨水》，見《張恨水研究資料》，天津人民出版社，1986 年，136 頁。

為，「這是繼張天翼《鬼土日記》、老舍《貓城記》、王任叔《證章》之後，現代文學史上的一部奇書。它表明作家已同一批優秀的新文學家一道，對民族命運、社會陰影進行慧眼獨具的省察和沉思。」[12]

《魍魎世界》原名《牛馬走》，連載於 1941 年 5 月至 1945 年 11 月重慶《新民報》。小說描寫了兩類牛馬，一類是奉公守法，甘赴國難的牛馬；一類是被金錢驅使，寡廉鮮恥的牛馬。兩相對比，反映出大後方嚴峻的生存現實。書中有句名言：「當今社會是四才子的天下，第一等是狗才，第二等是奴才，第三等是蠢才，第四等是人才。」這樣的一個世界，當然稱得上是「魍魎世界」。

《五子登科》寫於 1947 年的北平，揭露的是抗戰勝利後，國民黨政府的「接收專員」趁機敲詐勒索，大發橫財，到處侵吞「金子、女子、房子、車子、條子」，變「接收」為「劫收」的醜惡內幕。至此，張恨水的政治立場已經十分鮮明，他所在的北平《新民報》因常有「反動言論」而一再受到國民黨當局的壓迫。

張恨水此一時期的歷史、言情類小說，也自覺凸出了時代性和政治性。《水滸新傳》寫的是梁山英雄招安後抗擊金兵，為國捐軀的悲劇。《丹鳳街》等讚頌民眾的「有血氣，重信義」。總體看來，張恨水的雅化過程是逐漸由消遣文學走向了「聽將令文學」，在創作宗旨和思想主題方面日益靠近新文學，而在具體的藝術技巧上，則不如抗戰之前用力更

12 楊義：《中國現代小說史》，第 3 卷，北京，人民文學出版社 1998 年，728 頁。

多。《八十一夢》的結構頗有獨到之處，《魍魎世界》的心理刻畫也比較自覺。但他的敘述語言不如以前流暢精美，生動的人物形象也不多。張恨水的通俗小說改良之路，其取捨得失，在現代文學史上給人們留下了深深的思考。

第二節　後期浪漫派：現代化的通俗小說

雅俗之間的新類型／徐訏／無名氏／作家創作與世俗讀者群的形成

在國統區新舊兩種小說的發展中，出現了一些介乎雅俗之間的新的類型。其中以徐訏和無名氏為代表的「後期浪漫派」，已經是相當成熟的現代化的通俗小說。

徐訏（1908-1980），本名伯訏，筆名還有徐于、東方既白、任子楚、迫迂等。浙江慈溪人。1931 年畢業於北京大學哲學系，又在心理學系修業兩年。30 年代中期，在上海與林語堂等人編輯《論語》、《人間世》、《天地人》等刊物。1936 年前往巴黎大學研究哲學，1938 年返回上海孤島。1942 年到重慶，任職於中央銀行和中央大學，1944 年任《掃蕩報》駐美國特派員。50 年代後在香港和新加坡寫作任教，在海外被譽為「文壇鬼才」和「全才作家」。

徐訏在大學期間就嘗試多方面的創作，早期作品關注社會的不公和人民的苦難，表現出「為人生」的現實主義傾向和社會主義思想的影響。30 年代中期以後，對馬克思主義產生了懷疑，轉而信奉自由主義思想，加上法國藝術的熏陶，使他創作出了《阿拉伯海的女神》、《鬼戀》、《禁果》等充滿浪漫氣息的「別樣格調」的小說。

《阿拉伯海的女神》寫「我」在阿拉伯海的船上與一位阿拉伯女巫談論人生經歷和阿拉伯海女神的奇遇，而後與女巫的女兒發生戀愛。但伊斯蘭教不允許與異教徒婚戀，於是一對戀人雙雙躍入大海。結果最後是「哪兒有巫女？哪兒有海神？哪兒有少女？」原來「我一個人在地中海裏做夢」。小說的幾個層次都彌漫著一種虛無縹緲的感覺，既有奇異的故事，又有哲理的氣息。

《鬼戀》寫「我」在冬夜的上海街頭偶遇一位自稱為「鬼」的冷艷美女。「我」被她的美麗聰敏博學冷靜所深深吸引，但交往一年之久，她始終以人鬼不能戀愛為由，拒絕與「我」戀愛，使「我」陷入萬分痛苦。直到「我」發現她確實是人不是鬼後，她才承認：「自然我以前也是人……還愛過一個比你要入世萬倍的人。……我們做革命工作，秘密地幹……我暗殺人有十八次之多，十三次成功，五次不成功；我從槍林裏逃越，車馬縫裏逃越，輪船上逃越，荒野上逃越，牢獄中逃越。……後來我亡命在國外，流浪，讀書，……我所愛的人已經被捕死了……但是以後種種，一次次的失敗，賣友的賣友，告密的告密，做官的做官，捕的捕，死的死，同儕中只剩我孤苦的一身！我歷遍了這人世，嘗遍了這人生，認識了這人心。我要做鬼，做鬼。」當「我」勸她一同做個享樂的人時，她離開了「我」。「我」大病一場，痊癒後去住到她曾住過的房間，「幻想過去，幻想將來，真不知道作了多少夢。」小說情節撲朔迷離，氣氛幽艷詭譎，人物的命運和歸宿令人久久難以釋懷。

抗戰以後，徐訏在蟄居上海孤島期間，創作了《荒謬的英法海峽》、《吉布賽的誘惑》、《精神病患者的悲歌》等中篇，集中體現了他對理想人性的追求，確立了自己獨特的藝術風格。

《荒謬的英法海峽》寫「我」在英法海峽的渡輪上，感嘆資本主義國家把大量金錢用於軍備和戰爭，突然輪船被海盜劫持。在海盜居住的島上，沒有種族、階級和官民之分，人人平等，首領也要在工廠上班，沒有商店和貨幣，一切按需分配。「我」在島上經歷了一場奇異的愛情，最後發現又是南柯一夢，不禁嘆息：「真是荒謬的英法海峽！」小說以夢境和現實的對照，表達了對現代文明的批判和反省，並顯露出對夢幻藝術的偏愛和依戀。

《吉布賽的誘惑》寫好奇的「我」在馬賽聽從吉布賽算命女郎羅拉的指點，去觀看一場美中之美的時裝表演，並對模特潘蕊一見鍾情。幾經屈辱誤會磨難之後，終成眷屬，共回中國。但潘蕊與「我」的家人和中國的環境格格不入，日漸寂寞和憔悴，「我」又與潘蕊重返馬賽。潘蕊擔任廣告模特兒後如魚得水，容光煥發，而「我」卻陷入孤獨和妒忌之中。這時，又是吉布賽人樂觀樸素的生命哲學啟發了他們，他們與一群吉布賽人一道遠航南美，以流浪和歌舞享受著大自然的藍天明月，感受著人世間的喜怒哀樂。在此所謂「吉布賽的誘惑」，就是自由的誘惑，自然人性的疑惑。

《精神病患者的悲歌》寫「我」應聘去護理一位精神變態的富商的獨女。這位小姐受家庭沉悶的空氣的壓抑，不相信人與人之間有無私的愛，常常出入下等舞廳酒館以求發泄。「我」按照醫師的指示，表面上是富商的藏書整理員，暗中接近小姐，取得她的信任。侍女海蘭為治癒小姐的病，積極與「我」配合，並與「我」產生了愛情。不料小姐也愛上了「我」，海蘭為成全他人，在與「我」一夕歡愛之後服毒自盡。小姐深受震動，病癒後入修道院做了修女，「我」也矢志不婚，到精神病院就職，把靈魂奉獻給人群。小說情節波瀾起伏，宗教式的人格升華出一種淨化的藝術氛圍，在解剖人物心靈方面也頗見功力。

1943 年，徐訏在重慶《掃蕩報》開始連載 40 萬字的長篇小說《風蕭蕭》，立刻風靡一時，「重慶江輪上，幾乎人手一紙。」[13]加上這一年徐訏的作品名列暢銷書榜首，故而 1943 年被稱為「徐訏年」。

《風蕭蕭》仍然以作者慣用的獨身青年「我」為故事的視角和核心。「我」是生活在上海孤島的一位哲學研究者，在上流交際圈裏結識了白蘋、梅瀛子、海倫三位各具風采的女性：白蘋是姿態高雅又豪爽沉著的舞女，具有一種銀色的淒清韻味，好像「海底的星光」；梅瀛子是中美混血的國際交際花，機敏幹練，具有一種紅色的熱情和令人「不敢逼視的特殊魅力」；海倫是天真單純的少女，酷愛音樂，像潔白的水蓮，又像柔和的燈光。「我」與幾位女性產生了複雜的

13　陳乃欣等：《徐訏二三事》，臺北，爾雅出版社，1980 年。

感情糾葛，詭譎的人物關係和激烈的內心衝突使小說懸念迭起。而小說的後半部，忽又別開洞天，原來白蘋和梅瀛子分別是中國和美國方面的秘密情報人員，她們幾經誤會猜疑，弄清了彼此身份，遂化干戈為玉帛，聯手與日本間諜鬥智鬥勇，獲取了寶貴的軍事機密，白蘋為此還獻出了生命。「我」和海倫也加入到抗日的情報隊伍中，在梅瀛子為白蘋復仇後，「我」毅然奔向大後方，去從事民族解放戰爭的神聖工作。

《風蕭蕭》將言情小說與間諜小說成功地糅合在一起，浪漫、神秘、驚險，既能滿足讀者的好奇，又能啟發讀者的思考。抒情而典雅的語言，飛動而奇麗的想像，使這部小說產生了長久的藝術魅力。

徐訏 50 年代後著有《彼岸》、《江湖行》等小說，比前期減少了浪漫氣息，「開始了對人生境界的哲學思索與形而上追問，文風也更為凝重深刻了。」[14]他的多種創作對港臺和東南亞文學產生了比較大的影響。

徐訏由於學養豐富，經歷又多，所以能夠把各種類型的小說因素綜合運用，既有「人鬼奇幻與異域風流」，又有「民族意識與人性焦慮」，「逶迤於哲理、心理和浪漫情調之間」[15]。可以說，他所創作的已經是一種十分高雅的現代通俗小說。

無名氏，原名卜寶南，後改名卜乃夫，筆名還有卜寧、寧士等。1917 年生於南京，抗戰前在北京大學旁聽及自學，

14　吳義勤：《漂泊的都市之魂——徐訏論》，蘇州大學出版社，1993 年，113 頁。

15　楊義：《中國現代小說史》第三卷第六章第三節。

抗戰後當過記者和職員，在韓國光復軍中生活過一段時間。抗戰勝利後隱居寫作，1982 年去香港，1983 年到臺灣。

無名氏 1937 年開始發表作品，早期的《逝影》、《海邊的故事》、《日爾曼的憂鬱》等小說，感情淒切，用語鋪陳，表現出文學上潛藏的過人才華。40 年代以後，無名氏創作了一系列與韓國抗日鬥爭有關的小說，如《騎士的哀怨》、《露西亞之戀》、《荒漠裏的人》、《北極風情畫》等，充分顯示出作者巨大的浪漫情懷和奇絕的藝術想像，其中 1943 年底創作的《北極風情畫》，引起極大轟動，使無名氏聲望大振。

《北極風情畫》寫「我」在美如仙境的華山養病，除夕之夜，忽有一粗豪獰厲的怪客奔上雪峰絕頂，瞭望北方，發出「受傷野獸的悲鳴」般的歌唱。經過「我」的苦苦追詢和激將，怪客在酒後講述了一段淒慘哀艷的痛史。原來怪客本是一位韓國軍官，十年前是抗日名將馬占山的上校參謀，隨東北義勇軍撤退到西伯利亞的托木斯克，除夕之夜意外結識了「美艷得驚人」的少女奧蕾利亞。二人相互傾慕於對方的氣質和才華，產生了熱烈的愛情。後又得知奧蕾利亞是波蘭軍官的遺孤，兩個亡國青年在「同是天涯淪落人」的情懷中更進一步成為知音情侶。他們度過了一段甜蜜到極頂的愛情生活。但上校突然接到命令，部隊要調回中國，在離別前的四天中，他們把每小時當作一年，瘋狂而又淒絕地享受和發泄著生命。當上校途經義大利回國時，接到奧蕾利亞母親的信，告知奧蕾利亞已引刀自殺。信中附有奧蕾利亞的傷慘的遺書，要求上校「在我們相識第十年的除夕，爬一座高山，在午夜同一時候，你必須站在峰頂向極北方瞭望，同時唱那首韓國『離別曲』。」上校講完了他的十年痛史後，就不辭而別了。小說在戲劇化的情節布局中融入了反抗侵略壓迫的民族意識，描繪了奇寒異荒的西伯利亞風光，探究了天地萬物的哲理，因此具有一種立體的綜合的藝術魅力。

《北極風情畫》問世不久，無名氏接著推出號稱「續北極風情畫」的《塔裏的女人》，在讀者中再掀波瀾。

《塔裏的女人》寫「我」創作完《北極風情畫》後，重返華山排遣鬱悶和孤獨，發現道士覺空氣宇不凡，又發現覺空深夜在林中「如醉如狂地」拉琴。覺空知道「我」對他產生了興趣，在經過一番對「我」的考察後，將一包手稿交給「我」，手稿中覺空自述的身世就構成了小說的主體。原來覺空本名叫羅聖提，16 年前是南京最著名的提琴大師和醫務檢驗專家，在出席一場晚會演奏時，認識了南京最美麗的女郎黎薇。黎薇身邊有無數男子追求，但羅聖提只以一種審美的態度與她保持淡淡的友誼。即使後來黎薇跟羅聖提學琴，二人也只是平淡的師生關係。「不過，在這拘謹與沉默中，我們說不出的覺得接近，默契。」三年之後，黎薇再也忍耐不住對羅聖提深深的愛慕，她把記錄自己內心秘密的四冊日記交給羅聖提，於是，兩人的情感洶湧決堤，他們「好像兩片大風暴，大閃電」一樣地熱烈相愛了。但在天旋地轉的狂熱之中，羅聖提仍然用理智克制住了情欲衝動。原來羅聖提在家鄉已有妻室，他既不忍心拋棄家鄉的妻子，又不忍心讓黎薇為自己犧牲。於是，三年後，羅聖提把一個「無論就家世，門第，財產，資格，地位，政治前途，相貌風度，這個人都比我強得多」的方某介紹給黎薇。黎薇為了成全羅聖提的道德完善，毅然答應了與方某結婚。然而方某其實是個粗俗跋扈之人，他對黎薇很不好，後來又喜新厭舊，遺棄了黎薇。羅聖提痛苦漂泊了十年，好容易在西康一個山間小學找到了黎薇，而此時的黎薇已經容貌蒼老，言行遲滯，連說：「遲了！……遲了！……過去的已經過去了。」羅聖提從此過起粗簡的生活，「變賣了一切，來到華山，準備把我殘餘的生命交給大自然。」羅聖提把手稿給「我」後，就不辭而別。「我」整理好手稿準備出版之時，覺空忽來搶走稿本，並把「我」打倒在地，原來這又是一個長夢，「哪裡有什麼覺空？我又哪裡再到過華山？」最後，「我」希望讀者「能真正醒過來！」小說多層的結構和變幻的視角，增加了對人物心理的透視力以及對榮辱悲歡的夢幻感。悔恨交加的敘述方式，把對舊式婚姻的反省和人物心靈的拷問結合起來，寫出了美和善、福和禍的變化無常。而所謂「塔裏的女人」，是說「女人永遠在塔裏，這塔或許由別人造成，或許由她自己造成，或許由人所不知道的力量造成！」

無名氏把自己 1945 年以前的寫作稱為習作階段，以後的稱為創作階段。創作階段的代表作是七卷系列長篇《無名書初稿》，包括 40 年代的《野獸・野獸・野獸》（初名《印蒂》）、《海艷》、《金色的蛇夜》和 50 年代後的其他幾卷。《無名書初稿》結構龐大，具有探究人類社會、歷史、情感、生命的宏大氣勢，但主要精華還在於主人公印蒂的浪漫而曲折的人生經歷。印蒂在「五四」時期走出家庭，曾加入共產黨，參加過北伐，「四一二」被捕，出獄後受同志懷疑而憤然脫黨。經歷了一場狂熱又失落的戀愛之後，印蒂又去東北參加義勇軍抗日，潰散後回到上海參與黑社會走私，在醉生夢死中企圖以墮落來拯救自己的靈魂……小說上天入地，激情奔瀉，將通俗驚險的故事與現代主義的沉思融為一體，使人得到極為複雜的藝術感受。

徐訏、無名氏的創作，開拓出一種與世界通俗小說接軌的暢銷書。他們的作品中有世俗讀者所好奇和渴慕的一切：艷遇、歷險、戰爭、革命、藝術、宗教。它有十分高雅的一面，挖掘人性，追覓哲理，文風清新華麗，技巧全面現代。但它又有俗的一面，即故意過分地製造傳奇，以「超俗」的面貌來滿足現代讀者企圖擺脫現實煩惱和生活欠缺的烏托邦心理。40 年代的中國，受「五四」現代教育成長起來的讀者群已經形成，現代大眾需要一種現代形式的通俗小說作為精神食糧，後期浪漫派的小說，就正是此中的精品。他們把中國的都市通俗小說，提高到一個相當成熟的階段。

第三節　武俠小說的繁榮

新文學空間的轉移與武俠小說的再度勃興／白羽／鄭證因、王度廬、朱貞木、還珠樓主／陳慎言、予且、秦瘦鷗／偵探小說的本土化努力／滑稽小說對社會意義的深化／幾大類型構成的新格局抗戰爆發後，新文學陣營幾乎全部轉移到國統區和解放區，於是，通俗小說在淪陷區獲得了寬廣的空間和較大規模的發展。其中武俠小說界湧現出一批成就卓著的作家，他們中有早已成名的還珠樓主，加上白羽、鄭證因、王度廬、朱貞木，合稱為「北派五大家」。他們的創作，給現代武俠小說帶來了第二個繁榮的時代。

白羽（1899-1966），原名宮竹心，學名萬選。筆名宮幼霞、杏呆、耍骨頭齋主等，「白羽」為寫武俠小說所用名，亦稱宮白羽。祖籍山東東阿。生於天津馬廠，父為北洋軍官，曾隨父移駐東北。19 歲喪父後陷入困頓，做過小販、編輯、教師、書記、稅吏、郵差等。自幼喜歡文學，受五四新文學影響亦深，曾與魯迅、周作人兄弟通信來往，多承教誨。在投稿生涯中被《世界日報》張恨水賞識，1927 年在《世界日報》連載武俠處女作《青衫豪俠》。1937 年開始研究金文、甲骨文。1938 年以《十二金錢鏢》成名，同年創辦正華學校，1939 年創辦正華學校出版部，40 年代創作了大量武俠小說。1949 年以通俗文學作家、天津代表身份參加全國第一次文代會。50 年代後，繼續其甲骨文、金文研究。後經有關部門批准，為海外報刊撰寫武俠小說。1966 年 3 月 1 日因肺疾逝世。重要作品還有《偷拳》、《聯鏢記》、《武林爭雄記》、《摩雲手》、《血滌寒光劍》、《大澤龍蛇傳》和自傳《話柄》等。

《十二金錢鏢》1938 年開始連載於天津《庸報》。小說寫江南大俠俞劍平以太極拳、太極劍和十二枚獨門金錢鏢稱雄武林，開設鏢行，晚年本想封劍退隱，不料老友借用他的「十二金錢鏢旗」所押送的二十萬鹽鏢被一豹頭老人率眾劫奪，並拔去鏢旗，逼迫俞劍平出面決戰。於是俞劍平約請各路豪傑，與劫鏢者鬥智鬥武。但那豹頭老人來歷不明，神出鬼沒。小說寫過了一半，俞劍平僅知他綽號「飛豹子」，寫到大半，才間接得知此人是「關外馬場場主袁承烈」，幾經周折，方弄清袁承烈就是俞劍平 30 年前的師兄，他因師父越次傳宗而一怒出走，30 年後特來比武雪恥。故事並不複雜，卻寫得一波三折，起伏跌宕，令讀者大吊胃口，直到終篇，俞袁二人仍未分出高下。一時在讀者中成為熱點話題，以致書鋪門前曾貼出「家家讀錢鏢，戶戶講劍平」的對聯[16]。

《武林爭雄記》是《十二金錢鏢》的前傳，寫三十年前俞袁師兄弟結怨的始末。加上《血滌寒光劍》等內容互有關聯的作品，構成「錢鏢系列」。

白羽小說最受推崇的當數創作於 1939 年的《偷拳》。小說以清末太極拳楊派創始人楊露蟬的故事為素材，寫楊露蟬痴心學武，不是碰壁，就是受騙，但他苦心孤詣，裝成啞丐，在陳派太極拳掌門家中作僕人，偷偷學藝，終於感動了師父，得到真傳，成為一代宗師。小說的布局極見匠心，楊露蟬從第五章離去後，久不露面，敘事視角一直在陳家。直到第十七章才點明啞丐就是楊露蟬，此時距楊露蟬離去已經過了八年，然後又倒敘楊露蟬漂泊五載的江湖經歷。小說寫出了江湖社會的險惡和一個年輕人學習真實本領的艱辛。

16　馮育楠：《淚灑金錢鏢》，引言，南京，江蘇文藝出版社，1986 年。

白羽的武俠小說具有明顯的「反武俠」意味。他筆下的俠客大都是現實生活中的普通人，他們除了身具武功之外，並無超凡的人格光彩。他們懦弱，世故，胸無大志，經常丟乖露醜。這是白羽「武俠不能救國」思想的自覺表現，也是他對現代社會道義淪落、俠義不張的沉痛批判。白羽本來立志從事新文學創作，卻為生活所迫寫了大量武俠小說，於是他在武俠小說中滲透了大量的新文學精神和技巧，他以寫實化的風格開拓出一種「社會反諷」派的武俠小說。另外，白羽的武打描寫層次分明，注意視覺美，他還發明了許多蘊涵文化色彩的武功招數，「武林」一詞用來概括武俠世界，也為白羽首創。白羽的創作提高了武俠小說的現代性，在現代武俠小說史上起著承前啟後的作用，對 50 年代以後的新派武俠小說產生了多方面的影響。

鄭證因（1900-1960），原名鄭汝霈，天津西沽人。自幼家貧，廣讀詩書，曾任過塾師，後開始向報刊投稿，並結識白羽。曾在「北平國術館」學太極拳，能使九環大刀，曾公開表演獻藝。故白羽邀他代寫《十二金錢鏢》初稿。寫至一回半，去另謀生路，因經營失敗，又協助白羽經辦正華出版部。其《武林俠踪》經白羽校改後，始露鋒芒。後以《鷹爪王》一舉成名，其所作武俠小說八十餘部多半與《鷹爪王》有聯繫，形成「鷹爪王系列」。另還寫過偵探小說及社會小說。50 年代初在北京通俗讀物出版社工作，後調至保定，工作於河北省文化藝術學院圖書館。1960 年病逝。

《鷹爪王》1941 年始載於北京《369 畫報》，全書 73 回，一百多萬字。小說寫淮陽派和西岳派的兩名弟子先被官府誤捕，後又被鳳尾幫劫走。淮陽派掌門人——江湖人稱「鷹爪王」的王道隆，聯合西岳派等各路豪傑，奔赴鳳尾幫總舵，與鳳尾幫連番鏖戰，最後鳳尾幫因大規模販鹽被官軍剿滅。整個故事並不複雜，但情節緊張起伏，扣人心弦。武打場面的密度極大，人物所用的武功五花八門，精采紛呈。對於江湖組織的描寫虛實結合，引人入勝。小說展示出一個廣闊而又現實的江湖世界，充滿陽剛粗豪之氣。作者所發明的許多「紙上武功」、江湖術語，都為後來的武俠小說家所繼承發揮。鄭證因的質樸的文字，帶有天津韻味的語言，也成為其小說的一大特色。

王度廬（1909-1977），原名葆祥，後改為葆翔，字霄羽，生於北京貧苦旗人家庭。七歲喪父，無力求學，只斷續讀過幾年書，但勤奮好學，練寫詩詞。中學未畢業便做小學教員和家庭教師。經常到北京大學旁聽，到北京圖書館自學。因投稿被邀任編輯。開始發表偵探小說，形成「賽福爾摩斯」魯亮系列。後到晉豫陝甘漫遊，1937 年赴青島。抗戰爆發後，以「度廬」為筆名創作武俠小說《河岳遊俠傳》，又接連創作《鶴驚昆侖》、《寶劍金釵》、《劍氣珠光》、《臥虎藏龍》、《鐵騎銀瓶》這一套「鶴鐵五部作」，躋身武俠小說名家之列，另寫有言情小說多部。1949 年後移居遼寧，先後在大連、瀋陽等地任教。1956 年加入「中國民主促進會」，當選瀋陽市政協委員。1977 年春病逝。

王度廬對武俠小說最傑出的貢獻，公認為是「悲劇俠情」。他的代表作「鶴鐵」系列，將情放到與俠有關的各種觀念的網絡中加以「千錘萬擊」。《鶴驚昆侖》中，昆侖派掌門鮑昆侖出於狹隘的觀念和一己的私情，冷酷地殺害了私有艷遇的徒弟江志升，後又斬草除根，欲殺江志升之子江小鶴。江小鶴出逃，學成絕藝歸來報仇。為對付江小鶴，鮑昆侖強令與江小鶴青梅竹馬的孫女阿鸞另擇夫婿。一對情侶，卻因兩家之仇，愛恨交織，終於情不敵仇，阿鸞自刎而死，鮑昆侖也懸梁自盡，江小鶴一片茫然失落，遂雲遊歸隱。

《寶劍金釵》和《劍氣珠光》中，江小鶴義兄之子李慕白與俞秀蓮兩相愛慕，只因秀蓮已於幼年訂親，許給孟思昭，加上孟思昭為成全他們二人赴敵身死，李、俞二人遂以「大義」為重，終身以兄妹相稱。《臥虎藏龍》中，玉嬌龍與羅小虎早年私訂終身，只因羅小虎弄不到一官半職，始終是個強盜，玉嬌龍便不能以貴小姐之身下嫁。《鐵騎銀瓶》中，玉嬌龍與羅小虎的私生子被調包成一個女嬰，一男一女長大後分別叫韓鐵芳和春雪瓶。韓鐵芳先後與玉嬌龍和羅小虎結為忘年交，並與春雪瓶互生愛慕。玉嬌龍和羅小虎都死在韓鐵芳的面前，最後，一對情侶查明了自己的身世，終成眷屬，算是完成了先輩的心願。

在王度廬的筆下，情的探討達到了相當的深度。在仇、義、名的面前，情往往是十分脆弱無力的。這裏主要不是外力阻撓主人公成為眷屬，而恰恰在似乎可以自己選擇的時候，人才發現不存在「自由」。但僅此還不能說明悲劇的震撼力。可以發現，這些情人們對「情」在心底都懷著深深的恐懼感。他們深情、摯情，可一旦情夢即將實現，他們非死即走，退縮了，拒斥了。他們捨棄現實的所謂「幸福」，保持了生命的孤獨狀態。而俠的本質精神，正是孤獨與犧牲！

阿鸞用小鶴之劍自刎，小鶴九華山歸隱，李慕白、俞秀蓮終身壓抑真情，玉嬌龍與羅小虎一夕溫存即絕塵而去，這些儘管有「封建觀念」在作祟，但卻恰恰成就了人物的「大俠」形象，令人感到同情與嚮往、感動與惋惜、寂寞與悲涼。一種帶有本體詢問意義的悲劇被作者筆酣墨飽地展示出來。什麼是俠？什麼是情？什麼是俠情？王度廬將這些問題提到了空前的高度。

朱貞木（約 1905-？），名楨元，字式顒，浙江紹興人。20 年代在天津電話局任文書股課員，公餘作畫、治印、撰文。後與還珠樓主共事相識，乃作《鐵板銅琶錄》和《飛天神龍》、《煉魂谷》、《艷魔島》武俠三部曲，影響一般。後另闢蹊徑，以詭異筆法融武俠、言情、冒險為一體，寫出《虎嘯龍吟》、《千手觀音》、《七殺碑》、《蠻窟風雲》、《羅剎夫人》等名作。其小說不拘傳統格式，博採眾長，多用新名詞，講究推理和趣味，多被後人模仿和繼承，甚至被稱為「新派武俠小說之祖」。其代表作當推 1949 年問世的《七殺碑》，寫明末四川奇人楊展文武雙全，俠情並茂，情節曲折，語言流暢，將傳統章回體的對仗回目，改作新文藝體的隨意短語，把人物的理想化和細節的寫實化相結合，的確可說開新派武俠小說之先聲。

上述五大家之外，還有徐春羽、望素樓主、鄧羽公、高小峰等人。武俠小說到 40 年代已經成為通俗小說的主力類型，名家名作輩出，「紙上武學」充分地系統化、藝術化，對俠義的探尋，對文化的融會，對人性的挖掘，都在現代化的道路上有明顯的飛躍，這一方面直接開啟了五六十年代港臺新派武俠小說的創作，另一方面從整體上提高了中國通俗小說的審美品位。

第四節　其他類型的深化

社會言情類小說／秦瘦鷗與《秋海棠》／偵探小說／滑稽小說

抗戰以後，社會言情類通俗小說在淪陷區始終保持著比較旺盛的勢頭。與張恨水齊名的劉雲若在戰前就以《春風回夢記》、《紅杏出牆記》等贏得盛名。抗戰爆發後，因張恨水轉入大後方，劉雲若遂成為淪陷區社會言情小說之王。他此時創作出版的小說主要有《花市春柔記》（1940）、《翠袖黃衫》（1940）、《春水紅霞》（1941）、《燕子人家》（1941）、《情海歸帆》（1941）、《小揚州志》（1941）、《舊巷斜陽》（1942）、《迴風舞柳記》（1943）、《粉黛江湖》（1943）等。他的小說筆墨酣暢，情感淋漓，感人之深甚至強於張恨水的小說。所以在華北淪陷區有很多劉雲若迷。

華北淪陷區另一位著名社會言情小說作家陳慎言此時作品有《名士與美人》、《花生大王》、《幕中人語》、《情海魂斷》、《熱中人》、《恨海難填》、《雲烟縹緲錄》等。其中《恨海難填》寫父子二人分別愛上了同一個女子，由此構成複雜的心理矛盾和情節起伏，引發了讀者對人性和情愛問題的深入思考。陳慎言文筆老練、功夫全面，一直受到各種報刊的歡迎。另外，華北文壇此類小說的名家還有李薰風、左笑鴻等。

南方淪陷區的社會言情類通俗小說，基本由兩代作家共同創作。老一代的包天笑、周瘦鵑等，此時產量不低，但藝術水準大體維持原貌。而新一代的予且、丁諦、譚惟翰等，則以十分接近新文藝的筆法寫出一種具有時代氣息的通俗言情小說。

予且（1902-1989），原名潘序祖，字子瑞，早年曾用筆名水繞花堤館主。安徽蕪湖人。1925 年左右開始創作，30 年代任教於上海光華大學附屬中學，以長篇小說《菊》、《鳳》、《如意珠》，短篇集《兩間房》、《妻的藝術》，散文集《予且隨筆》等奠定了在文壇的地位。40 年代進入創作高峰，寫有長篇《女校長》、《乳娘曲》、《金鳳影》、《心底曲》、《淺水姑娘》和短篇集《七女書》、《予且短篇小說集》等。另有幾十篇以《XX 記》命名的小說，是他「百記」創作計畫的一部分。淪陷期間曾任《中華日報》主筆，出席大東亞文學者大會，《予且短篇小說集》獲大東亞文學獎。50 年代後一直任教於中學。

予且的作品大多描寫上海市民的婚戀生活和觀念，追求趣味和巧智，不僅採用新文藝筆法，而且很注重主題的社會意義和哲理深度，已可說是十分「現代化」的通俗小說，他的一些短篇單獨看來，與新文學小說已無甚區別。予且筆下沒有那種毫不考慮衣食住行，生活在愛情虛空裏的浪漫男女。予且大力探討夫婦之謎，兩性之謎，婚姻戀愛之謎，他的《乳娘曲》、《金鳳影》、《淺水姑娘》等長篇和大量短篇中的女主人公，都從物質生活的實際利益角度來調整自己的婚戀方向，經濟砝碼在感情的天平上顯得格外沉重。這些人不是不懂感情和生活趣味，而是發現和懂得了還有比愛情更重要的東西。殘酷而庸俗的日常生活教會了他們先要穩定的溫飽，而後才能談情說愛。予且小說一方面可以視作是對浪漫純情派的矯正，另一方面則是普通市民婚戀觀念在社會言情小說中的體現。這種十分現實的愛情觀其實並沒有玷汙愛情的本質，倒是加深了人們對愛情及其社會基礎的思考。

社會、言情類通俗小說若以單部作品論，應首推 1941 年連載於《申報》的秦瘦鷗《秋海棠》。該書連載未完，即有人想把它編為戲劇，搬上舞臺。1942 年，秦氏親自執筆改為話劇劇本的《秋海棠》，轟動了大上海，連演五個多月。滬劇、越劇也紛紛改編。1943 年該書又搬上銀幕，擴大了在全國的影響。這在通俗小說界，是張恨水《啼笑因緣》之後十年間罕見的盛況。

秦瘦鷗（1908-1993），原名秦浩，筆名劉白帆、萬千、寧遠、陳新等。江蘇嘉定人。自幼醉心戲曲，熟悉藝人生活。1928 年發表長篇小說《孽海濤》，後任報社編輯、主筆等，兼任大學講師，專授中國古典文學。30 年代翻譯美籍滿族女作家德齡的宮闈小說《御香縹緲錄》和《瀛台泣血記》。抗戰時期發表其代表作《秋海棠》，被改編成多種藝術形式，影響空前。1949 年後歷任香港《文匯報》副刊組組長、上海文化出版社編輯室主任、上海文藝出版社編審等職。文革結束後寫有《劫收日記》和《秋海棠》的續篇《梅寶》，另有大量雜文和讀書筆記。《秋海棠》的主人公——藝人秋海棠，因與軍閥的姨太太羅湘綺真心相愛，被軍閥在臉上刻下了十字，他隱居到鄉下，撫養女兒梅寶，後來軍閥死去，秋海棠父女又到梨園艱苦謀生，在臨終之際，才又與羅湘綺相逢。這本來是 20 年代末的一件真實新聞，作者醞釀構思十餘載，確定了「揭露社會／人生無常」的雙重主題，跳出素材本身的新聞性、玩賞性，圍繞人的命運、人的尊嚴這樣的大問題展開淒婉深摯的筆墨，歌頌了高尚的愛情、友誼、事業心和犧牲精神等人類品質中的真善美，控訴和鞭撻了對這真善美的摧殘玩弄。在寫作手法上，刪繁就簡，條理清晰，重描寫，輕故事，情節密度小，以塑造性格為主，注重環境、氣氛和特定境況下的人物心理，具有很強的話劇感、電影感。《秋海棠》的人道主義精神、現實主義筆法以及它所引起的連瑣轟動實已超越了張恨水當年的《啼笑因緣》，在現代通俗小說革新史上寫下了重要的一頁。

抗戰以後的偵探小說在本土化方面進行了較多的努力。首先是社會視野得到了拓展，由簡單地講述破案故事，變為通過故事展現社會問題。其次是打破了傳統的封閉式結構布局，加強了對人物的心理分析，情節發展富有彈性。三是引入了武俠和言情的因素，使人物和故事都更加精彩好看。40 年代最有成就的偵探小說家是孫了紅，他筆下的俠盜魯平做事不按法律，而是按照「公平」，他劫富濟貧，但「首先要濟自己之貧」（《血紙人》），他總是跟紳士們過不去，舉動怪異，具有自嘲和反諷意味。這樣的形象縮短了與讀者的心理距離，從而加強了對社會的批判力。孫了紅這一時期的重要作品有《紫色游泳衣》，《血紙人》，《三十三號屋》，《一〇二》，《囤魚肝油者》等。

滑稽小說在抗戰以後也提高了滑稽趣味，深化了社會意義。徐卓呆的《李阿毛外傳》以匠心獨運的誇張手法揭露了日偽統治下的經濟蕭條，畫出了一幅上海下層市民在貧困線上的掙扎圖。耿小的的《滑稽俠客》，《摩登濟公》大寫俠義精神與時代風氣的不諧和。他們的滑稽中透出許多苦澀，有時已近乎諷刺小說的題旨了。

通俗小說發展到 40 年代，已全面完成了從古代向現代的過渡與轉變，確定了社會、言情、武俠、偵探等幾大類型所構成的新格局，它與新文學小說的雅俗互動對整個現代小說的進程產生了舉足輕重的影響，使中國的小說得以在更寬闊的領域內與世界小說進行接軌和對話。

第二十三章

趙樹理：文學轉型的一個標誌

第一節　「文藝大衆化」的繼續與進展

來源與前提／對「五四」以來文學格局的突破／《在延安文藝座談會上的講話》在小說界的成功實踐

「五四」新文學一開始就標舉文學的平民化大旗，但中國文學傳統向來缺乏平民意識，「文學革命」以後也很少有真正平民出身的作家，因此要在短時間內產生平民大眾的文學，實屬不易。文藝大眾化從 20 年代一直爭論到 40 年代，才漸漸有了結果。這首先當然是由於「五四」新文學本身的自覺意識，許多非平民出身的作家積極創作反映平民生活並且為平民讀者所易懂的作品，雖然未能立刻成功，但積累了許多可貴的經驗。其次，20 年代中期以來「革命文學」的呼聲不斷增高，最初的嘗試儘管不盡成熟，但畢竟顯示著無限生機，吸引了眾多後繼者。新文學的平民意識和「革命文學」在 30 年代相匯合，30 年代初期的「左翼」文學勃興，抗戰爆發以後進步文藝界又提出了「文章下鄉、文章入伍」

的口號，文藝平民化和大眾化於是進入了新的歷史階段。從 20 年代開始，中國共產黨人就一直將文學理解為整個革命運動的重要組成部分，他們對文學的詮釋在 30 年代末已基本成熟，40 年代初終於產生了具有普遍指導性質的文件，即毛澤東 1942 年 5 月發表的《在延安文藝座談會上的講話》（下稱《講話》）。《講話》對一貫以文藝大眾化為單純政治策略的人來說也許不過多了一個更有力的宣傳的憑藉，而對自覺地追求文藝大眾化的作家來說，則無疑是莫大的支持和鼓勵。在這以前，即使革命作家內部對文藝大眾化也並未取得一致意見，即使看到文藝大眾化的必要性與重要意義，關於大眾文藝的性質、目的、內容、形式、創作方法和批評標準，也不可能有《講話》那樣完整而具體的規定。單靠新文學作家的自覺意識和持續努力而沒有共產黨人的積極倡導，文藝大眾化不可能結出實際的果實，40 年代解放區乃至全國也不可能繼二、三十年代之後出現又一次小說創作的高潮並由此走上新的政治文化軌道。

30 年代上海文藝界討論文藝大眾化時，對這個問題抱有濃厚興趣、熱心呼籲倡導但同時又深感困難的魯迅就曾明確指出：「若是大規模的設施，就必須政治之力的幫助，一條腿是走不成路的」[1]，這確乎是先見之明。但「政治之力」促成的文藝大眾化很容易演化成文藝政治化，即使個別文學現象本身並不如此，也無法改變它們政治化的客觀效果。趙樹理便是其中一例。

1　《文藝的大眾化》，《魯迅文集》，第 7 卷，350 頁。

趙樹理（1903-1970），原名趙樹禮，山西省沁水縣人，出身貧寒。他靠父親借債讀了幾年書，但並沒有因此擺脫貧困。青年趙樹理由於「五四」新文化的熏陶，思想左傾，迭遭迫害，從 1928 年到 1937 年，蹲過一年國民黨監獄，其他時間則流離失所，到處漂流，在這其中進一步體會到農民的困苦，產生了代他們說話的強烈願望。他通曉農業生產與北方農村風俗習慣，愛好並擅長民歌民謠和多種民間藝術，掌握了豐富的民間語言，為後來從事文學創作積累了大量生活經驗和民間藝術營養。趙樹理熟悉農民的欣賞口味，他曾將自己喜愛的新文學書刊推薦給農民朋友，把《阿 Q 正傳》讀給父親聽，可惜他們不能接受，這使趙樹理清醒地認識以少數知識分子為主體的新文學與廣大群眾特別是農民之間有著深深的隔膜，因此當他在漂流中開始文學創作時，首先就考慮到他的作品至少要讓農民聽得懂，可以「叫農村讀者當作故事說」[2]。他認為當時的文壇「太高了，群眾攀不上去，最好拆下來鋪成小攤子」[3]。他說：「我不想做文壇上的文學家，我只想上『文攤』，寫些小本子夾在賣小唱本的攤子裡去趕廟會，三兩個銅板可以買一本，這樣一步一步地去奪取那些封建小唱本的陣地，做這樣一個『文攤文學家』就是我的自願。」[4]他在漂流中獨自進行文學大眾化通俗化的探索，寫過二、三十萬字的稿子，但大多沒被報刊採用，而且

2　《賣烟葉》，《趙樹理文集》，第 2 卷，北京，中國工人出版社，1980 年，881 頁。

3　轉引自陳荒煤，《向趙樹理方向邁進》，《人民日報》，1947 年 8 月 10 日。

4　轉引自吳調公：《人民作家趙樹理》。

未能保存下來。到 1942 年以前又寫了「幾十萬字的小快板、小鼓詞、小戲、小雜文、小小說以及其他多種形式的小文章」[5]，也幾乎全部散逸。這些早期的大量創作雖都沒有得到承認，卻為他後來一鳴驚人準備了充足的條件。

趙樹理第一部引起轟動的短篇小說《小二黑結婚》於 1943 年 5 月完成，雖然他在中共北方局黨校第一次聽《講話》的傳達是 1943 年夏，但他創作這部小說以至在此之前的默默追求，和《講話》的精神確實是相通的。繼《小二黑結婚》之後，同年 10 月寫成中篇小說《李有才板話》，年底又發表了長篇小說《李家莊的變遷》，此外還有不少優秀的中短篇小說，如《地板》（1944）、《孟祥英翻身》（1945）、《福貴》、《催糧差》（1946）、《小經理》、《劉湘與王繼盛》、《邪不壓正》（1948）、《傳家寶》、《田寡婦看瓜》（1949）等，毫無疑問《講話》給了趙樹理極大的鼓勵與幫助。沒有《講話》以後解放區乃至全國文藝界對文藝創作形成的共識，趙樹理的小說不會引起那麼巨大的影響；《小二黑結婚》如果不是得到八路軍副總司令彭德懷的讚賞，甚還會壓上更長時間才能出版。彭懷德給《小二黑結婚》的題詞是「像這樣從群眾調查研究中寫出來的通俗故事還不多見」。周揚 1946 年 8 月在延安發表《論趙樹理的創作》，全面分析了《小二黑結婚》、《李有才板話》和《李家莊的變遷》，充分肯定它們在思想主題、人物塑造和語言藝術上的巨大成就，稱它們是「真正的藝術品」，「把藝術性和大

5　韓玉峰等：《趙樹理的生平與創作》，太原，山西人民出版社，1981 年，28-29 頁。

眾性相當高度地結合起來了」，是「實踐了毛澤東同志文藝方向的結果」。同時郭沫若在上海《文匯報》副刊《筆會》發表了《板話及其他》：「我是完全被陶醉了，被那新穎、健康、簡樸的內容和手法；這兒有新的天地、新的人物、新的意義、新的作風、新的文化，誰讀了我相信都會感著興趣的」。《李家莊的變遷》發表後，郭沫若又在《讀了〈李家莊的變遷〉》中指出：「這是一棵在原野裡成長起來的大樹子，它扎根得很深，抽長得那麼條暢，吐納著大氣和養料，那麼不動聲色地自然自在……作品本身也就像一株樹子一樣，在欣欣向榮地不斷成長。」1947 年 7 月晉冀魯豫邊區文聯召開了文藝座談會，「大家都同意提出趙樹理方向，作為邊區文藝界開展創作運動的一個號召！」[6]人們一致公認趙樹理是 40 年代解放區最有成就的作家，他的影響迅速從解放區擴展到全國，部分作品還被翻譯介紹到國外，引起了世界的注意。

《小二黑結婚》是趙樹理的成名作，發表後引起解放區和國統區廣大讀者的濃厚興趣，僅太行一地就銷行三、四萬冊。小說如此受歡迎，主要因為它用普通中國讀者喜愛的生動明快高度口語化的樸素形式，講述了一個姻緣好和的通俗故事，又將當時根據地的政治關係巧妙地融在裡面，賦予傳統形式以鮮明的時代內容。代表翻身覺悟追求民主幸福新生活的農村青年小二黑和小芹，反抗二諸葛和三仙姑這兩個或者膽小怕事迷信陰陽或者好逸惡勞輕浮放浪的家長的阻

6　陳荒煤：《向趙樹理方向邁進》，《人民日報》，1949 年 8 月 10 日。

撓，以及混入農村幹部隊伍的地痞流氓金旺興旺兄弟的迫害，最後在民主政權的支持下喜結良緣。地痞流氓在鬥爭大會上受到應有懲罰，糊塗落後的家長備受嘲弄之後也相繼認輸，被迫進行自我改造。二諸葛收起他那一套陰陽八卦，三仙姑則「把自己的打扮從頂到底換了一遍，弄得像個當長輩人的樣子，把 30 年來裝神弄鬼的那張香案也悄悄拆去」。經過這段波折，村里人「也都敢出頭了。不久，村幹部又都經過大改選，村里人再也不敢亂投壞人的票了」。小說與其說是歌誦自由戀愛的勝利，歌誦新一代農民的成長，不如說是借自由戀愛的故事「謳歌新社會的勝利（只有在這種社會裡，農民才能享受自由戀愛的正當權利）[7]。

《李有才板話》圍繞閻家山改選村政權實行減租減息兩件大事，展開抗戰期間中國農村的複雜政治關係。閻家山是閻錫山統治下山西農村的縮影，這裡抗戰後成了共產黨實際掌握的敵後根據地，但地主閻恆元仍用各種手段把持村政權，為非作歹。區上委派的章工作員被閻恆元一夥包圍，脫離群眾，不明真相，反而讓閻家山得了「模範村」的稱號。但群眾畢竟覺悟過來了，農村藝人快板詞能手李有才和接近他的「老槐樹下的小字輩」用自己的方式不斷和舊勢力鬥爭，終於在共產黨優秀幹部縣農會主席老楊同志的帶領下，也是用鬥爭大會的方式發動群眾，扳倒了閻恆元。在鬥爭中成長起來的一班小字輩被選為新的村幹部，閻家山徹底實行減租減息。這篇小說除了和《小二黑結婚》一樣用小標題分

7　《論趙樹理的創作》，《周揚文集》（一），北京，人民文學出版社，1984 年，487 頁。

段結構，敘述簡潔明白有頭有尾以外，還有一個特點，就是配合情節發展，加入大量假託李有才「創作」的清新活潑的快板詞。比如快板詞這樣諷刺閻家山被評為模範村：

模範不模範，從西往東看；
西頭吃烙餅，東頭喝稀飯。

西頭是富裕的姓閻的本家，東頭是外來開荒與家道敗落的雜姓。對閻恆元用假改選的手段連任村長，李有才給編的快板是：

村長閻恆元，一手遮住天，
自從有村長，一當十幾年。
年年要投票，嘴說是改選，
選來又選去，還是閻恆元。
不如弄塊板，刻個大名片。
每逢該投票，大家按一按，
人人省得寫，年年不用換，
用他百把年，管保用不爛。

村農會主席張得貴沒有骨氣，凡事都聽閻恆元的，快板詞諷刺他：

張得貴，真好漢，
跟著恆元舌頭轉；
恆元說個「長」，
得貴說「不短」，

恆元說「方」，
得貴說「不圓」；
恆元說「沙鍋能搗蒜」
得貴說「打不爛」；
恆元說「公雞能下蛋」，
得貴說「親眼見」。
要幹啥，就能幹，
只要恆元嘴動彈！

這些快板有點像舊小說的「有詩為證」，但採用農民易懂上口的語言，表達人物而非敘述者的觀點情緒，直接加入敘述過程使其更見聲色，強化了作品的泥土氣息和民族化風格，則是趙樹理繼承傳統形式時的獨立創造。書中人物李有才把閻家山的事用快板及時反映出來，本身就是小說的一項重要內容。作者稱「這本小書既然是說他作快板的話，所以叫做《李有才板話》」，就像古人「說作詩的話，叫『詩話』」，書名由此而來。

《李家莊的變遷》是趙樹理 40 年代完成的唯一一部長篇小說，敘述太行山區一個村莊從抗戰前八、九年即 20 年代末大革命失敗到抗戰勝利長達十六、七年之間翻天覆地的變化，涉及的歷史事件，有 1930 年蔣介石中央軍和地方軍閥閻錫山的混戰，1936 年紅軍北上抗日，1937 年抗戰開始後「山西省犧牲救國同盟會」和決死隊的活動，1939 年閻錫山破壞抗日民主統一戰線殘殺共產黨人的「十二月政變」，特別是共產黨在廣大農村領導農民抗日，揭露和打擊一切賣國行為，發動群眾建設農村民主政權，實行減租減息。作者將如此繁複的歷史畫卷透過一個村莊的今昔變化徐徐開展，主線是以鐵鎖為代表的不斷自覺的農民與以李如珍為代表的鄉村封建勢力的殊死較量，但作者不失時機地旁逸斜出，展開與主線密切相關的眾多副線。如鐵鎖如何流浪到太原打零工，作匠人，當勤務兵，接觸青年共產黨員小常，以及回鄉路上的一路所見；李如珍一夥如何勾結地方政府反動勢力直至和閻錫山本人互通聲息；共產黨如何在群眾中開展工作，發展黨員；八路軍如何堅持敵後抗戰；等等。保持故事性強調首尾完整的一貫風格的同時，對一些人物，特別是主要人物鐵鎖，還有不少精采的心理描寫。也許因為大多細節都帶有強烈的自傳色彩，所以作者安排這些豐富複雜的內容，錯落有致，指揮若定，顯示了少有的恢弘氣勢和駕馭重大題材的能力。作者後來再也沒有寫出和《李家莊的變遷》水平相當的長篇了。

其他中短篇小說，《邪不壓正》、《福貴》和《催糧差》最充實，藝術上皆有一氣呵成的效果。《邪不壓正》開頭寫「下河村」地主劉錫元強迫農民王聚材把女兒軟英嫁給自己的兒子作繼室，但下河村很快成為八路軍敵後抗日根據地，後來又是解放區，多次實行減租減息，還搞了土改，劉王兩家婚姻糾紛自然結束。但問題馬上又變成農會主任小昌像劉錫元一樣佈置流氓小旦強逼軟英嫁給自己兒子，以及小昌等農村幹部與冒充土改積極份子的地痞流氓一起鑽土改工作的漏洞，假公濟私，巧立名目，侵吞中農利益。作者敏銳而大膽地揭露了當時華北解放區土改運動普遍存在的「左」傾現象，也暴露了農民損公肥私損人利己的劣根性。這一切都在北方農村濃郁的風俗人情和泥土氣息中展開，場景細節真實而豐滿。描寫劉家送聘禮和王聚才一家的苦惱，尤其成功。在作者全部創作中，《邪不壓正》是不可多得的佳作。《福貴》寫誠實勞動青年農民福貴被地主又是族長王老萬盤剝得傾家蕩產，為償還高利貸，只好給王老萬打長工，但年終結算下來，欠王老萬的債反而越來越多。他走投無路，只得拋妻別子，四處流浪，賭博，乞討，給人新死的小孩送葬，當殯儀隊上的吹鼓手，勉強糊口。但這種被逼無奈的求生方式在親手造成福貴「墮落」的王老萬和許多「古腦筋的人們」看來卻十惡不赦。他們認為福貴是「敗家子」、「狗屎」和「忘八賊漢賭博光棍」，有辱「一墳一祖」的臉面，要不是走漏風聲，使得福貴得以連夜逃脫，非將他「活埋」不可（福貴的原型確實被活埋了）。小說的精采之處在於極寫一個被欺詐被冤屈的農民及其家人的痛苦，而非結尾處離家八年的福貴在民主政權支持下憤怒聲討王老萬那一幕。《催糧差》寫抗戰前山西某地仍用前清徵糧制度，農民交不起糧，或忘交、緩交，就要被拘捕受審，已是一奇；在縣裡當了一輩子法警的崔九孩領了催糧拘人的傳票，嫌路遠，賺頭不大，竟然雇用個煎餅鋪伙計代他去辦差事，又是一奇；一戶「有勢頭」的人家不僅不理這個伙計，還賞了他一個耳光，扣下傳票，更奇；崔九孩上門賠禮道歉，百般求饒，才討回傳票，奇上加奇。作者寫到這裡，筆鋒一轉，敘述崔九孩從有勢頭的人家出來，去一戶「種山地的」人家催糧票，「快要上山的地方，他拿出一副紅玻璃眼鏡戴上。這眼鏡戴上不如不戴，玻璃也不平，顏色又紅得刺眼，直直一棵樹能看成一條彎彎曲曲的紅蛇；齊齊一座房能看成一堵高高的紅牆。他到大村鎮不敢戴，戴上怕人說笑話；一進了山一定要戴，戴上了能嚇住人。一根藤手杖，再配上這副眼鏡，他覺得夠味了」。到了目的地，果然把官差架子擺得十足，威逼恐嚇，連矇帶騙，應將窮苦農民孫甲午臨時借來的五塊銀洋裝進腰包，一邊拿錢一邊還笑道：「這我可愛財了！」通篇對崔九孩並無褒貶，只用閑閑一筆收尾：「第二天早上崔九孩又到別處催糧，孫甲午到集上去糴米。」在趙樹理短篇小說中，《催糧差》寫得最具神采，這大概是因為他在實際生活中對崔九孩那樣的二丑式官奴感受最深的緣故吧。

《劉二和與王繼聖》是未完成的一部篇幅較長的中篇，寫長工的兒子劉二和與地主少爺王繼聖解放前後的不同遭遇。另一個主要人物王聚寶似乎是福貴和李有才的合體，他多才多藝，富有正義感和反抗精神，受地主逼迫，背景離鄉十多年，解放後回鄉，是想看看仇人鬥倒了沒有，窮苦鄉親真的翻身了沒有。二和的被屈含冤，繼聖的蠻橫嬌弱，聚寶的深沉正直，都寫得很成功。第三章關帝廟唱戲，頗有福樓拜《包法利夫人》中渲染農展會的聲勢。作者一枝筆同時寫管事的「老領」，打雜的長工，看戲的農民、兒童，看戲兼談事情的地主鄉紳和看戲兼擺威風的太太少爺，以及演出的劇團，正在上演的戲劇，台上台下各色人等的關係、來歷、動作、語言和心理，都照應得周到細密，充分顯示了作者駕馭大場面的能力。寫開戲前幾個地主鄉紳煞有介事地邊吃邊談，順帶關於小地主李恆盛的寥寥幾筆，尤見作者捕捉人物心理的手段：

> 李恆盛是小戶人家，跟人家三個人湊在一起，本來不相稱，可是時時總想跟人家往一起湊；見人家說得很熱鬧，早就想湊幾句，只是一時想不起說句什麼話合適——順著王海說吧，怕趙永福不滿意；奉承趙永福幾句吧，又不合王光祖和王海的意思；不說這個另說個別的什麼吧，又跟人家兩個話連不起來，他猛一想起一句合適的話正要去說，可是已經冷了場，人家都又吃起菜來，話誤了菜可不敢誤，他趕緊也跟著去夾了一塊海參送進嘴裡。吃了一口菜以後，他又覺得費很大勁想好的那句合適話，不說一說實在可惜，就拿了拿勁說：「永福老哥雖說每多吃過好東西，可也沒有——」，他正說著「可也沒有枉花過錢」，可巧遇著王光祖開了口，把這句得意的「合適話」碰散了——李恆盛直到吃了幾碗菜以後還覺著可惜。

這一類妙語是作者的拿手好戲。

第二節　變化的意義

趙樹理式的道德熱情／干預生活與政治認同的深層矛盾／農民立場的單向敘述者／知識分子敘述身份的讓位與退場

趙樹理小說最引人注目處，首先是分明的愛憎。他成功地塑造了一系列善惡迥異的農民和地主劣紳形象，克服了 30 年代一些左翼作家同類題材小說的粗糙幼稚，同時表達了作家對這兩類不同人物鮮明而成熟的價值評判。其次是濃郁的鄉土氣息。趙樹理在繼承中國傳統小說藝術方面比魯迅走得更遠，他全然不去「描寫風月」，在他的小說中，風景描寫是找不到的，但因為趙樹理熟悉北方農村的風土人情、群眾語言和多種民間藝術，熟悉農民的喜怒哀樂，這些在他筆下自然而然地流淌出來，構成了不可重複的個人風格，完整而生動地再現了中國北方農村的生活世界，其中已經包括了在農民的感受中出現的自然環境。鄉土氣息，主要就是指真切細膩的人情世故，這是單純的景物描寫所傳達不出來的。再次是樂觀幽默的情感智慧，這同樣得力於民間生活和文化熏陶（農民深知生活的苦但也加倍地珍惜和敏感於一切實有的快樂）；同時也可以看出「五四」新文學和左翼作家革命文學的影響（進化論思想和政治認同所包含的烏托邦憧憬）。這三種因素以前都有，但第一個將它們熔為一爐，並以明確的政治認同表現出來的靈魂，是趙樹理。

然而這些引人注目之處還不是趙樹理小說的靈魂。趙樹理小說的靈魂，是潛隱更深的趙樹理式的道德熱情，即要求社會絕對平等絕對公正的民間原始的生活理想。他說自己寫的東西都是「問題小說」[8]，「我在做群眾工作的過程中，遇到了非解決不可而又不是輕易能解決了的問題，往往就變

8　《當前創作中的幾個問題》，《趙樹理文集》，第 4 卷，北京，工人出版社，1980 年，1651 頁。

成所要寫的主題」[9]。其實從他的小說的實際描寫看，「非解決不可而又不是輕易能解決了的問題」，往往就是有沒有平等與正義。政治黑暗醜惡當道之時，或者政治清明好人掌權以後，平等公正都須臾不可或缺，這才是趙樹理真正關心的「問題」，是他的分明的愛憎和強烈的政治傾向的落腳點。趙樹理尤其敏感於巧滑之輩利用政治以為濟私助焰之具，舊政治中像李如珍、春喜、小喜、小毛、小旦之流固然如魚得水，新政治裡他們一旦混進來，事情也照樣會弄糟，貧弱善良的人們照樣會被他們任意欺詐凌辱。趙樹理幾部真正有份量的作品，其矛盾的焦點都集中於平等和公正的缺失。特別是《邪不壓正》，作者在小說前後兩部分用了幾乎相等的篇幅，關注在新舊兩種不同政治條件下存在著基本相同的道德問題。在這個意義上，《邪不壓正》可以說是趙樹理全部作品的一個經典。道德與政治的和諧或背離，是趙樹理小說的內在意義結構。二者和諧，小說就洋溢著樂觀歡喜的氣氛；二者背離，小說就籠罩著悲劇的憂患、淒慘與憤恨。

不過這種內在意義結構經常要被掩蓋，因為在趙樹理小說中，一切矛盾包括婆媳之爭（《孟祥英翻身》），最終似乎都得仰仗政治權力的干預，儘管作者已經意識到，更深的道德疑問原本不是政治因素「輕易能解決了的」，他也只能將自己的疑問壓在某個不易覺察的暗角，或乾脆模糊過去，不了了之。原始的道德熱情不能不遷就更加強烈的政治認同，這就造成了趙樹理小說的複雜和矛盾。

---

9 《也算經驗》，同上書，1398 頁。

趙樹理塑造覺醒反抗的新一代農民形象並沒有寫老輩農民那樣成功，但他本著自己的政治認同，確實始終把青年農民置於作品意識的中心，對他們的前途寄予著無限希望。人們因此將翻身農民的形象當作趙樹理對「五四」新文學的根本性突破，把他視為阿 Q 時代已經死去的標誌。其實，作為一個真誠地關心農民喜怒哀樂的作家，趙樹理的小說和魯迅開創的「五四」新文學傳統具有無法斬斷的血緣聯繫（雖然表面上他和魯迅是那樣不同）。50 年代以後，描寫農村新人形象是作家們的一致追求。趙樹理本人卻因為更多地關注農民中的中間落後份子而一再受到責難與批判。這當然不是因為他的政治認同減弱了，而是因為他不能僅僅憑藉單一的政治認同來體察農民的生活實際。他自然不會再寫阿 Q 式的農民了。但也很難成功地寫出和他熟悉的舊式農民在精神上毫無聯繫的新人形象。

趙樹理小說中人物語言撲面而來的鄉土氣息成為後來作家們的榜樣，他在人物語言中偶爾夾雜一些政治術語，也有不少仿效者。政治術語和方言土語的雜揉有利於顯示人物的政治角色，更深一層還可以見出人物和政治的關係情狀：是真誠地信仰政治術語實際包含的政治指令，還是人云亦云隨口道來；是被迫如念符咒，還是利用其來達到和政治相反的隱秘目的，或竟只是一般的調侃與諷刺。現代小說中政治術語的複雜運用，始作俑者是魯迅，比如《采薇》中寫「華山大王小窮奇」由周武王的「恭行天罰」而發明自己的「恭行天搜」，既諷刺了小窮奇的油滑善變，也諷刺了武王的冠冕堂皇。趙樹理讓善良的農民偶爾講一些政治術語時，總是有意識地強調因為不理解不熟練而產生的心虛和羞澀。他沒有違反實際，勉強他們說得流暢自然，這就比較真實地反映了農民在當時歷史條件下的政治覺悟和思想水平。

趙樹理小說清楚明白、但多少有點單調呆板的傳統敘述方式並沒有被廣泛地繼承下來，但他的敘述語言卻得到全面的肯定（這並不限於直接受趙樹理啟發的「山藥蛋派」）。這種敘述語言的特點是盡量和人物語言看齊，盡量避免「五四」以來佔主導地位的知識分子話語主體。其實，誰也不能規定敘述者的語言非要和敘述對象完全一致不可。用什麼樣的敘述語言是作家的自由，它可以和人物語言一致，也可以和人物語言不一致，完全有自己的一套；一定要強求一致，一定要將和人物語言不一致的敘述語言「打掃一翻」，那就是要放逐知識分子身份的獨立敘述者，而代之以單純人物（也就是農民）的觀點或先驗的政治話語主體（借助農民語言出場）。趙樹理小說確實為這種對於文學的整體化要求提供了有力佐證，儘管他的本意或許只是取消知識分子敘述者之後，樹立一個真正合格的農民利益的代言人，但如果徹底放逐知識分子身份的獨立敘述者，這樣的代言人也就無法樹立，因為此時占支配地位的只能是單純的農民意識和具體的政治觀點。

趙樹理小說是複雜的，他的出現也具有多方面的意義，不僅宣告了文藝大眾化在解放區的成功，也不僅意味著一種新的農村題材小說模式的崛起，更重要的是，它標誌著知識分子敘述者全面讓位於政治話語主體，標誌著「五四」以來的中國新文學真正開始了整體結構的轉型。

第二十四章

戲劇、詩歌的新天地

第一節　基本的發展與風貌

走向民間的戲劇／秧歌、新歌劇的活躍與話劇的困難進展／民歌加入敘事詩的創作／解放區詩歌變化的幾個特點

敵後根據地和解放區都處在北方貧瘠、落後的地區，但與地理自然條件形成鮮明反差的，是它有著豐富的民間詩歌和戲劇的資源。由於它最易傳誦、演出等「喜聞樂見」的特點，容易與中國革命重現「組織、動員群眾」的政治和軍事要求一拍即合，所以戲劇和詩歌的發展一直優越於其他文學形式。[1]

在敵後根據地，戲劇是最先受到重視、因此也是最活躍的文藝部門。1937 年至 1942 年 5 月間，光延安一地就有一百五十多個劇目上演，其中有京劇、多幕話劇、多幕歌劇、

1　戲劇和詩歌在 40 年代形成的「特殊地位」，一直延續到 50 至 70 年代的文學過程中，例如「政治抒情詩」的繁盛，規模空前的全國性的「戲劇」調演，「文化大革命」中「八個樣板戲」的廣泛傳播等等。

獨幕劇、小歌劇、秦腔、崑曲等。一部分是自國內大城市流傳過來或翻譯的作品，另一部分則是根據地文藝工作者依據當地素材創作出來的新劇目。除魯藝實驗劇團、人民抗日劇社、陝北公學文工團、延安平劇院等專業性的文藝團體外，各根據地還有大量的隨軍「抗敵劇社」、「戰鬥劇社」，它們在戲劇發展中扮演著不可小看的角色。這一時期，引人注意的有王震之的三幕話劇《流寇隊長》、丁玲的獨幕話劇《重逢》和李伯釗的二幕話劇《老三》等。在最初階段的創作中，由於劇團多，小型作品多，戰時生活的急迫而多變，多數作品都來不及推敲和提煉，普遍存在著公式化、概念化傾向。另外，一些戲劇還由於帶有「即興表演」，在戰鬥間隙中為戰士「娛樂」的性質，甚至還未脫出「媚俗化」的痕迹，因此，在思想意義上就難以避免某種不確定性、搖擺性，無形中減弱了它們的教育價值。

《講話》發表後，一方面是延安「陽春白雪」式的經典話劇不再被提倡，另一方面，在「為工農兵服務」方針的規範和指導下，對民間戲曲和京劇的改革也被提到桌面上來，這樣就促進了秧歌劇、民族新歌劇、京劇等進一步的探索和發展。首先發生變化的是傳統秧歌。秧歌在中國北方廣大地區，是較普遍的農村娛樂形式，農閑時節特別是過年時的「鬧秧歌」便是傳統的娛樂活動。文藝工作者於是對秧歌進行了改造創新，他們刪改了其中「打鬧挑逗」的段子，低級色情的誇張動作，以及純粹娛樂的內容，有意加進去宣傳、教育的成分，使舊秧歌劇的面貌為此煥然一新。自 1943 年 2 月開始，一百多人的魯藝秧歌劇連續在楊家嶺、中央黨校、文化溝等處表演，其中王大化、李波演出的秧歌劇《兄妹開荒》尤其受到了歡迎。毛澤東說：「這還像個為工農兵服務的樣子」。朱德表示：「不錯，今年的節目和往年大不相同了！革命的文藝創作，就是要密切結合政治運動和生產鬥爭啊！」周揚也著文讚揚道：「群眾歡迎新的秧歌，不是沒有理由的。這些秧歌演的都是他們切身的和他們關心的事情，劇中很多人物就是他們自己。」[2]秧歌劇的凸出特點是一種新的生活氣氛的出現，這種愉快、活潑、健康、新生的氣氛反映了根據地翻身農民嶄新的生活面貌。它還吸收了話劇、歌劇的一些表現手法，對曲調做了明顯的改造，因此具有了清新活潑的形式和濃郁的喜劇色彩。這一時期湧現出來的優秀秧歌劇還有：周而復、蘇一平的《牛永貴掛彩》，馬可的《夫妻識字》，蘇一平的《紅布條》，尚之光、王世俊的《小放牛》，謝力鳴的《組織起來》，馬健翎的《十二把鐮刀》，柯仲平的《無敵民兵》等等。在此基礎上，賀敬之、丁毅執筆的《白毛女》，魏風等人的《劉胡蘭》，孔厥、袁靜的《藍花花》，阮章競的《赤葉河水》等，在向著民族新歌劇的發展上又前進了一大步，它們鮮明的民族特色和強烈的時代精神，都給人留下較深的印象。其中，隨著解放戰爭的進展，《白毛女》在之後的演出中終於更顯耀眼。

與秧歌劇的「就地取材」不同，話劇的改革經歷了一個痛苦曲折的過程。基於對話劇與觀眾關係的不同認識，40年代初在延安上演的中外話劇名劇，例如果戈理的《欽差大

2　周揚：《表現新的群眾的時代》，延安《解放日報》，1944 年 3 月 21 日。

臣》、莫里哀的《偽君子》、曹禺的《雷雨》等曾一度受到知識分子的青睞，但也被視作「脫離群眾」的不正常現象。在中外話劇停演之後，由解放區文藝工作者自己創作的反映火熱鬥爭生活的話劇作品，獲得了較大的演出市場。1942 年 7 月，魯藝推出了荒煤的《我們的指揮所》、袁文殊的《軍民之間》、姚時曉的《民兵》等話劇；青年藝術劇院上演了李之華的《劉家父子》；8 月演出的多幕與獨幕話劇，還有莫耶的《豐收》、胡丹佛的《把眼光放遠點》。其中，胡丹佛的作品受到了人們的讚揚。在此前後，吳雷等人的《抓壯丁》，姚仲明、陳波兒的《同志，你走錯了路》，魯煤的《紅旗歌》，胡可的《戰鬥裏成長》，林揚、嚴寄洲的《九股山的英雄》以及陳其通的《炮彈是怎樣造成的》等話劇，先後出現於解放區的舞臺。本時期的話劇除具備為政治、戰爭服務的特點外，還在發展過程中逐步形成了自己的創作風格。例如藝術形式多種多樣，布景美工因地制宜，劇情中時常穿插些民歌小調、方言俚語，地方特色和鄉土氣息都較濃厚，所以容易被一般群眾所接受。但其藝術性難與中外名劇比肩，有些作品過於通俗化、大眾化，也是不容忽視的。另外，戲曲改革也取得了驕人的成績。根據地戲劇運動初期，就十分重視舊戲改革，其中最流行的是「舊瓶裝新酒」的新編京劇，例如王震之的《松花江上》、裴東籬的《白山黑水》等。延安文藝座談會後，中央文委明確提出了「為戰爭生產教育服務」的戲劇運動路線。[3]西北局文委也指出：「我們一方

[3] 參見延安《解放日報》，1943 年 3 月 27 日。

面反對一切宣傳封建秩序的舊劇，另方面又利用各種舊形式（秦腔、平劇、秧歌等）來作為我們的宣傳武器。」[4]1944年元旦，繼楊昭萱、齊燕銘的新編京劇《逼上梁山》在延安演出獲得成功，並受到毛澤東的讚揚後，又有《三打祝家莊》、《紅娘子》、《九宮山》、《九件衣》、《血淚仇》、《一家人》等一批優秀的劇目先後問世，掀起了戲曲改革的一個小高潮。

詩歌的創新也不示弱。1942 年以前，艾青、蕭三、柯仲平、光未然等並沒有「耀眼」的表現。艾青雖寫出了《父親》這樣技巧圓熟、情感複雜的抒情詩，光未然的《黃河大合唱》經過譜曲後傳遍了大江南北，但仍被認為是「知識分子腔」的，與向「工農兵普及」的目標還差了那麼一步。詩朗誦、街頭詩運動實際上也存在著類似的問題。《講話》發表後，民歌資源的發掘和利用成為詩人們普遍的取材方式，但「大詩人」藝術的嘗試沒有「小詩人」們那麼成功，運用起來那麼得心應手。當時還是「小詩人」的李季與阮章競，通過多年對陝北「信天游」和河北民歌的採集以及艱苦的藝術摸索，寫出了充滿民歌風、同時又非常自然展現中國革命歷程與翻身婦女解放內容的敘事長詩《王貴與李香香》、《漳河水》，從而完成了「五四」「新詩」向解放區「敘事詩」的藝術轉型。隨後，張志民的《王九訴苦》、田間的《戎冠秀》等民歌體敘事長詩，也步入了解放區「優秀詩歌」的藝術殿堂。解放區詩歌的藝術創新，首先表現在敘事詩潮流的

4 《西北局文委召集會議總結劇團下鄉經驗獎勵優秀創作》，延安《解放日報》，1944 年 5 月 5 日。

湧動上。它們以中國革命為歌頌對象，以「工農兵」為主人公，開拓了不同於「五四」以來新詩的另一種走向；其次，對詩人主體精神的漠視，對民歌資源的強調和借重，對口語化、平實語言的使用，是本時期詩歌創作的優先的選擇。與此同時，解放區的詩歌在排斥對西方現代詩歌的借鑒和吸收後，實際走到「古典詩歌」加「民歌」的狹窄道路上去，這種風氣和審美選擇，一直影響到 50 至 70 年代當代中國詩歌的開展。

第二節　《白毛女》與民族新歌劇

進程中的提示／《白毛女》革命性的象徵意義／劇本修改與政治功能的加強／歌劇系統和舞劇系統／潛伏著另一種民間話語

在秧歌的基礎上，對民族歌劇的改編、加工、充實和提高也在緊鑼密鼓地進行。1943 年，詩人邵子南從前方回到延安，帶來了一個晉察冀邊區流傳的民間傳說，引起了魯藝師生的興趣。兩年後的 4 月份，根據這個素材改編由賀敬之、丁毅執筆，馬可、張魯作曲的民族新歌劇《白毛女》在延安黨校禮堂正式演出後，獲得了巨大成功。演出的第三天，中央辦公廳傳達了毛澤東等人的三點意見：第一，這個戲是非常適合時宜的；第二，黃世仁應當槍斃；第三，藝術上是成功的。

正如有人指出的：「顯然，《白毛女》的敘事取得了成功。在解放區的土改鬥爭中，在解放戰爭中」，「《白毛女》都發揮了巨大的激勵教育的作用」，「不少地區的土地改革，首先用演《白毛女》來發動群眾，『為喜兒報仇』成為解放戰爭中戰士們的普遍的口號。許多戰士還把口號刻在自己的槍托上，表示時刻不忘對『黃世仁們』的仇恨。」[5]這個劇本之所以後來被視為中國新歌劇的一個里程碑，是它「適合時宜」地講述了一個「經典」的故事：在年關，農民楊白勞被地主黃世仁逼債，無奈之下，用女兒喜兒抵押，然後羞憤自殺。17 歲的喜兒到黃家後受盡欺凌，還被黃世仁糟蹋，逃到山洞躲避三年，因缺少鹽和日照，頭髮全部變白，直到八路軍來後她才重見天日，報仇雪耻。這個戲向觀眾揭示了一個真理：舊社會把人逼成「鬼」，新社會把「鬼」變成人。無產階級只有解放了全人類，才能最後解放自己。

它的成功，還在劇本修改的變動和提升上。最初的劇本，描寫喜兒被奸汙，在悲痛欲絕時自尋短見；但在懷孕七個月後，她又對黃世仁產生了幻想，後來在山洞中生下了一個小孩。因此，在最初的演出中，出現了這樣的表演——喜兒誤以為黃會娶她，於是穿起張二嬸給做的紅棉襖，在舞臺上載歌載舞，表示內心的喜悅。在 50 年代初的定稿本中，這些情節都被刪掉了。在修改本中，喜兒的階級覺悟得到了提升，她不僅沒有上當，最後，還把黃世仁的「本質」看得非常清楚。她這樣唱道：

5　李楊：《抗爭宿命之路》，長春，時代文藝出版社，1993 年，281 頁。

喜兒：（唱第八十六曲）：
我說，我說，我要說——！
我有仇來我有冤，
我的冤仇說不完，說不完，
高山哪——砍不斷，
海水呵——舀不乾
……

在這種變化中，農民不再只是自己命運的被動接受者，而是要真正獲得自己的本質和主體性，成為主宰命運的主人。於是，60 年代被改編成芭蕾舞劇的作品進一步「用高昂的基調，革命的旋律塑造了喜兒的反抗形象。那眼神、那表情，那旋風般的反抗的舞蹈，那憤怒『控訴』的歌聲——『鞭抽我，錐刺我，不怕你們毒打我，我要衝出你們黃家的門，仇上加仇仇更深』，無不燃燒著仇恨的火焰，無不傾訴著階級的反抗。」[6]

《白毛女》在藝術探索上，也有很多值得稱道的特色。首先，它汲取了西方歌劇的創作手法，凸出了歌劇長於抒情的特點，一些精心設計的唱腔非常注意展現藝術的氛圍和人物的性格發展，例如，《扎紅頭繩》、《北風吹》、《我們的喜兒哪裏去了》等。其次，為了適合人民群眾的欣賞習慣，劇中加進了許多明白曉暢的話劇說白，達到了臺上、台下感情呼應和交流的敘事目的，「以新的面目，鼓舞了群眾的鬥

[6] 李楊：《抗爭宿命之路》，288 頁。

爭熱情，收到了很大的教育的效果」。[7]不過，後來也有人指責該劇「話劇腔」太濃，在風格上不夠協調。另外，在劇情安排上，吸收了民間戲曲的某些敘述套路和藝術養料，例如「絕處逢生」的傳奇色彩，「善惡對立」的劇情渲染，同時，戲中插入農民所熟悉的「過大年」的歡慶氣氛，黃世仁、穆仁智對這一日常倫理的破壞等等。這樣，既讓群眾把對舊戲的「審美接受」與《白毛女》很自然地銜接起來，又實現了「民間話語」（翻身解放）與「政治話語」（革命鬥爭）的完美統一。

在民族新歌劇《白毛女》的帶動下，敵後根據地的新歌劇創作也發生了一系列喜人變化。原先的戲劇創作和演出局面是比較沉悶的。有人批評說：「抗戰以來，特別是在延安這樣後方地區，在許多文藝工作者中發生了脫離實際政治鬥爭的偏向。許多文藝工作者用主要的精力去學習外國的、舊時代的作品的技巧，在音樂臺上、舞臺上原封不動地搬上外國音樂、外國戲和中國的舊戲。至於怎樣使我們的文藝工作充滿著革命鬥爭的內容，怎樣根據現實的政治任務來創造新的文藝作品」，「注意的人卻不算多。」[8]1938、1939兩年，出現了李伯釗編劇、向隅作曲的三幕歌劇《農村曲》和王震之等人編劇、冼星海作曲的《軍民進行曲》。兩部歌劇倒是以軍民抗戰為題材，在音樂上注意將西方歌劇和民歌的唱腔

7　艾思奇：《從春節宣傳看文藝的新方向》，延安《解放日報》，1943年4月25日。

8　艾思奇：《從春節宣傳看文藝的新方向》，延安《解放日報》，1943年4月25日。

融為一體，歌詞也通俗易懂，不過，音樂劇情和人物性格結合得不好，因此連作者也承認「這是『山上來的』和『亭子間的』結合的產物。」[9]1944 年後，這一局面有所改觀。柯仲平的《無敵民兵》和水華、王大化的《慣匪周子山》（後更名《周子山》）內容充實，劇情曲折複雜。由於吸收了民歌和陝北道情等地方戲曲的音樂素材，在音樂上有鮮明的西北鄉土風味，開始形成大型歌劇劇情、音樂和表演的雛形。《白毛女》的成功，極大地刺激了文藝工作者的創作熱情。一大批比較優秀、藝術上也較成熟的新歌劇湧現在根據地的舞臺。它們是：《藍花花》（孔厥、袁靜編劇，梁寒光、金紫光作曲）、《劉胡蘭》（魏風、劉蓮池、朱丹原作，嚴寄洲、董小吾改編，羅宗賢等作曲）、《王秀鸞》（傅鐸編劇，艾實愓作曲）、《赤葉河》（阮章競編劇，梁寒光等作曲）、《英雄劉四虎》（王宗元、楊尚武編劇，李耀先等作曲）和《不要殺他》（劉佳執筆，張非、徐曙等作曲）等。這些作品之所以在思想、藝術上比前者更進了一步，一是因為有《白毛女》做「藍本」，劇作者和作曲家們知道應該在哪些方面利用西方歌劇和民間戲曲的長處，實現「革命的內容」與「藝術形式」的完美的結合，這使他們的「創作意識」與根據地的「環境」有了更加貼近的基礎；二是通過下部隊和下鄉，文藝工作者不必再借助「間接」的渠道，而是直接到生活中去提取素材、尋找人物原型，這樣不單發現了群眾「喜聞樂見」的語言，增強了作品的生活氣息，而且這些作品更容易

9　李伯釗：《關於新歌劇》，《新歌劇問題討論集》，北京，中國戲劇出版社，1958 年。

給觀眾一種「現場感」，能夠「身臨其境」的接受革命思想的教育。但是，這些作品的影響都未超過《白毛女》，由於是「成批」生產出來的，有些公式化的傾向就難以避免。

第三節　以《王貴與李香香》和《漳河水》為代表的敘事詩

中國新詩的「歌謠化」背景／《王貴與李香香》敘事的意識型態化及其他／《漳河水》：從單線敘述到多線敘述的結構形式／預示著一個新的詩歌秩序的到來

比起根據地的戲劇和小說來，敘事詩的出現要稍晚一些。主要原因是，雖然「新詩歌謠化」在文學革命初期就已經有人提倡，而且經早期白話詩人之手有過藝術嘗試，30年代中國詩歌會詩人的創作又有所發展，但總的看，新詩中的「精英化」和「貴族化」審美趣味一直壓抑著這一敘事詩的源流，使其得不到充分的擴張。具有知識分子話語特徵的「現實戰鬥精神」的抒情詩和現代主義詩歌，始終是新詩發展中的主要潮流。《講話》發表後，這種「局面」在根據地詩壇有根本的改變；但實際上，艾青的《吳滿有》、《雪裏鑽》和柯仲平的一些詩對新詩「敘事化」的探索，起初進行得並不非常順利。因為，這些來自「都市」的詩人未能找到「本地」的民歌資源，所以他們作品中的「知識分子腔」，一開始並沒有受到人們的歡迎。

《講話》發表後，根據地詩歌創作進入了一個新階段，長期受到壓抑的「敘事詩」追求被提到議事日程上來。這種整體性的「轉變」是自收集民歌開始的。在當時，廣為流傳的是《移民歌》[10]、《咱們的領袖毛澤東》、《十綉金匾》等新民歌，以及戰士詩人畢革飛比較粗糙的快板詩。這些新民歌鄉土氣息濃郁，語言質樸生動，節奏流暢明快，「比興」的手法也運用得非常巧妙、聰明，對詩人們的創作產生了較大的影響，但它們也暴露出手法簡單、層次變化少等藝術上的缺陷。

使新民歌進入新詩的「敘事詩家族」，並在進一步加工、改造和提升的基礎上使之「經典化」的，是李季（1922-1980）、阮章競（1914-）分別創作的長篇敘事詩《王貴與李香香》（1946）和《漳河水》（1949）。《王貴與李香香》採用陝北民歌「順天游」（又稱「信天游」）的形式，「講述」了第一次土地革命時期的一個美麗、動人的愛情故事：王貴與李香香原是一對樸實的農村青年，他們在勞動和生活的接觸中相愛了。沒想到，地主崔二爺卻對香香打起了壞主意。他趕走了王貴，企圖霸占香香，但遭到後者的拒絕。後來，參加紅軍的王貴返回家鄉，鬥倒了崔二爺，並與心上人李香香重續情緣。這樣，一則普通的民間愛情就很自然地納入到革命敘事之中，「不是鬧革命窮人翻不了身／不是鬧革命咱倆也結不了婚」，而鄉村惡霸以強凌弱的故事，也從日常倫理

10　《移民歌》又名《毛主席領導窮人翻身》，係李有源、李增叔侄倆根據民歌原來的「曲牌」集體創作的，其中的第一段，即為著名的《東方紅》前四句歌詞。

層面上被提升到階級對立的宏大敘事模式中來。加之作者對兩位青年形象、心態和堅貞愛情的出色描寫，「一對大眼水汪汪，／就像那露水珠在草上淌」，「烟窩窩點燈半炕炕明，／酒盅盅量米不嫌哥哥窮」，又與一般讀者「憐香惜玉」、「憎恨惡人」的傳統心理產生了強烈共鳴，所以，這首長詩不但完成了對革命文學主題的構造，也有相當成功的閱讀效果，它在發表後很快引起轟動，幾乎是不容置疑的。最先肯定《王貴與李香香》的是陸定一，長詩在《解放日報》載完第 5 天，他就撰文指出，該詩「用豐富的民間語彙來做詩，內容形式都好」，讀了之後，給自己帶來了「極大的喜悅」。[11]郭沫若把這首詩與《李有才板話》、《李家莊的變遷》、《呂梁英雄傳》、《白毛女》相提並論，稱讚它有「意識的美，生命的美，因而也就有形式上的充分的自然和健康」，真正體現了「文學的大翻身」。[12]長詩被稱作「照耀著今天和明天的文壇」的「一顆光輝奪目的星星」，是「一篇優美出色極有價值的敘事詩」。並說它的出現，無疑是「中國詩壇上一個劃時代的大事件」，「新文壇上一個驚奇的成就……」。[13]儘管這些好評有「溢美」之嫌，個別評價還有

---

[11] 陸定一：《讀了一首詩》，延安《解放日報》，1946 年 9 月 28 日。

[12] 郭沫若：《序〈王貴與李香香〉》，香港《華商報》，1947 年 3 月 12 日。

[13] 周而復：《王貴與李香香》，後記，香港，海洋書屋，1947 年；葆璣：《人民的詩歌》，1947 年 3 月《冀東日報》增刊，1947 年 3 月；小凡：《〈王貴與李香香〉》，《聯合晚報》，1947 年 5 月 10 日；胡里：《讀〈王貴與李香香〉》，《聯合晚報》，1947 年 5 月 18 日；靜聞：《從民謠角度看〈王貴與李香香〉》，香港達懿學院《海燕》，1948 年 5 期。

失準確，但可以看出作品在當時時代所處的「位置」和「影響」。在藝術上，《王貴與李香香》有不少可取之處。一是結構上比較開闊、嚴密。作品分三部三十三章，共七百四十多行，雖然篇幅較長，但不顯得累贅。它展現的是 1930 年前後陝北三邊地區農村社會矛盾的長卷，其中有勞資對立、土地問題，情節一波三折，故事也富有變化，主線與各條輔線結合得比較自然。二是「比興」手法的成功運用。受民歌影響，作者在作品中大量使用了一般讀者容易接受的「比興」手法，對人物的塑造起到了「畫龍點睛」的顯著作用。例如，寫李香香出眾的相貌，先用「比」——「山丹丹開花紅嬌嬌」，再以「興」點出意圖——「香香人才長得好」，這就為李香香後來「命運」的挫折做了很好的鋪墊。三是「信天游」形式的運用。信天游兩行一節，每節在最後一行押韻，而且允許在中間換韻，這樣，作品既有鮮明的節奏感，又富有音節和朗誦的變化，使作品不至於過於呆板、乏味。從新詩史看，此前運用民歌的新詩創作的成功例子不多，《王貴與李香香》可以說是一次有益的嘗試；另外，在通過文學作品來「教育民眾」方面，它作為一種「範例」對後來新詩的發展也產生了深遠的影響。

阮章競的《漳河水》是繼《王貴與李香香》之後又一部優秀的長篇敘事詩。在主題上，它與後者略有不同，通過荷荷、苓苓、紫金英三個婦女爭取個人幸福的故事，提出了根據地婦女解放的新的時代主題。在結構上，不是以男女戀愛為主線，而是以三條線索平行地展開了三個人的人生故事，它們有共同點，但也有各自特色，組成了一幅有層次感的、多彩的生活畫卷。《漳河水》汲取了漳河地區流行的多種民歌，同時融入了作者對詩歌意象的提煉，既有北方的蒼勁，也有南方的秀麗和柔美，然而，作品在表現力度上卻不及《王貴與李香香》。此前，作者還有《圈套》問世，但影響不大。

除上述作品外，根據地詩人劉御、李冰、公木、張志民、王搏習、王希堅等人也寫出了有民歌風的敘事詩，形成了敘事詩創作的小小的潮流。例如，張志民的《死不著》(1947)、《王九訴苦》，李冰的《趙巧兒》（1949），也都產生了一定的影響。但是，敘事詩的創作也不是沒有缺點，它儘管補充了新詩偏重抒情詩的欠缺，然而，由於戰時文化和文學觀的影響，它在凸出工農兵的主體性的同時，也造成了作者主體精神的缺失；而且，鑒於它過於強調「生活體驗」，強調喜聞樂見的民間形式，這樣，則限制了它對更大審美空間的追求，被這種藝術形式束縛了自己的手腳。

第二十五章

小說和散文的創作

第一節　孫犁：追求詩意的抒寫者

對流行格局的有條件突破／營造詩意化的境界／對日常生活中人性美的揭示／戰爭的莊嚴與個人趣味之間的藝術策略

40 年代下半期華北文壇最引人注目的作家，趙樹理之外，就是孫犁。

孫犁（1913-2002），原名孫樹勛，河北省安平縣東遼城村人，40 年代下半期（1944-1945）的創作，主要以抗日戰爭為背景，幾乎每篇都寫到「冀中平原」和「晉察冀邊區」（主要是晉西山區）中國軍民的抗戰。1945 年抗戰結束，孫犁作為先遣隊從延安返回家鄉，一面參加早於全國大部分地區的華北解放區的「土改」，一面潛心寫作。國共內戰的烽火並未燃燒到冀中，孫犁沒有親歷「解放戰爭」，所以抗戰之後，他的作品仍然更多地圍繞抗戰主題展開，這種情況一直延續到 50 年代中期長篇《風雲初記》和中篇《鐵木前傳》的問世。孫犁稱自己這一時期的小說為「抗日小說」，是非常確切的。

對自己的作品，孫犁有很清楚的定位，他說，「我的創作，從抗日戰爭開始，是我個人對這一偉大時代、神聖戰爭，所作的真實記錄。其中也反映了我的思想，我的感情，我的前進腳步，我的悲歡離合」，「我最喜歡我寫的抗日小說」[1]。孫犁在這段自白裏一連用了四個「我的」，可見他對主觀個性的強調。孫犁前期小說的凸出特點，就是題材的自傳性和風格的個人性。從 1945 年在延安《解放日報》副刊發表《殺樓》、《荷花淀》、《村落戰》、《麥收》、《蘆花蕩》等作品以來，他就一直根據自己在冀中參加抗戰的親身經歷，深情謳歌戰爭年代的人情美、人性美，而為廣大讀者所歡迎。他的熱情讚美的筆墨，毫不吝嗇地用來描寫那些接受了革命思想、支持共產黨、對未來充滿信心的新型農民，特別是那些既有革命熱情又富於美好人性的鄉村女性。他的作品，在蕭條粗礪的背景下，別具一種豐足的陰柔嫵媚的幽美。

孫犁的幽美多情的作品是否「真實記錄」了中國北方人民抗擊日本侵略的「神聖戰爭」？回答這個問題，關鍵在於弄清向孫犁要求何種意義上的「真實」？孫犁說過，「看到真善美的極致，我寫了一些作品；看到邪惡的極致，我不願意寫」，這句話前半段是指他謳歌抗日軍民美好人情的「抗日小說」，後半段是解釋他為什麼經歷了「文化大革命」卻沒有寫出更多有關「文化大革命」的作品（其實他並非沒有

---

[1] 《孫犁文集》，自序，天津，百花文藝出版社，1982 年。

寫關於「文化大革命」中「邪惡的極致」的作品，《雞缸》、《女相士》、《言戒》、《幻覺》、《小 D》等就都是的），但也可以借用這句話來說明他的「抗日小說」的特點——他的「抗日小說」不就是濃墨重彩地描寫了戰爭年代「真善美的極致」而儘量迴避了「邪惡的極致」嗎？

誰也不能說，孫犁根據主觀趣味和性格從正面描寫戰爭年代「真善美的極致」是缺乏真實性的，因為孫犁所寫的「真善美的極致」不僅客觀存在著，也符合人們的主觀願望。如果真實就是「真善美的極致」，孫犁的作品不僅不缺乏，反而十分充盈。但是，在殘酷的抗日戰爭和同樣殘酷的國內矛盾交織中，「真實」是否就限於「真善美的極致」？有些讀者對孫犁「抗日小說」的真實性的看法，與其說是「懷疑」，不如說是「不滿」，即不滿他只願寫「真善美的極致」而不願寫「邪惡的極致」，因此無法抵達更全面更深刻的真實。

確實，從境界上說，孫犁的小說不是托爾斯泰《戰爭與和平》那樣宏大壯觀的史詩，也不屬於蘇聯作家巴別爾《騎兵軍》那樣混雜著血腥和醜惡的英雄傳奇，甚至沒有達到一生坎坷的女作家蕭紅 30 年代創作的《生死場》以及 40 年代創作的《馬伯樂》的水平。蕭紅前一部長篇被魯迅譽為展現了「北方人民的對於生的堅強，對於死的掙扎」，且多有「越軌的筆致」的力作，後一部長篇更自覺堅持魯迅的傳統，即使在抗戰初期中國軍民浴血抵抗並嚴重失利的情況下，也不放棄「國民性批判」的嚴峻立場。孫犁的「抗日小說」也寫了「北方人民的對於生的堅強，對於死的掙扎」，但風格溫婉、柔和乃至帶著幾分嫵媚，蕭紅式的「越軌的筆致」很少見，像蕭紅那樣從民眾中提出「馬伯樂」式的典型加以辛辣的嘲諷，則絕無僅有。

圍繞孫犁的「抗日小說」，至少有三個問題無法迴避。

問題之一，在孫犁的「抗日小說」中，為什麼沒有出現基於正面把握中華民族內部矛盾而進行的上述蕭紅或 40 年代初期胡風派青年作家路翎的那種不妥協的國民性批判，那種對農民身上數千年「精神奴役的創傷」的無情揭示？抗戰中北方農民真的都那麼單純，那麼可愛嗎？孫犁是否因為政治宣傳而美化了戰爭中的國民？

孫犁在描寫抗戰時期的「北方人民」時，主要挑選那些熱心抗戰、支持共產黨、對戰爭的正義性和必然勝利充滿信心、無私地奉獻一切、相互提攜彼此關愛的底層民眾作為描寫對象，尤其具有上述一切優秀品質而又青春勃發、活潑健康、溫柔多情的農家少女和少婦，始終是孫犁作品的主角，她們熱情支持並積極參與抗戰，熱愛第一線的子弟兵，代表著戰爭年代「真善美的極致」。時代的「政治正確性」，人類亙古不變的美好情性，特別是男女之愛和女性的青春，是孫犁描寫戰爭年代「北方人民」的主要著眼點，也是滿目蒼痍的中華大地僅存的兩大美的源泉，是在詩人艾青反覆吟誦的「北國人民的悲哀」裏唯一能夠鼓舞和激勵人們熱愛生活、熱愛土地、熱愛國家和人民的力量源泉。為了中國的抗戰，「北方人民」、「北國人民」確實做出了極大的犧牲，確實在這種犧牲過程中表現出亙古未見的人性和人情之美，因此，孫犁在反覆歌頌「北方人民」的優秀代表時，並沒有做什麼特別的「美化」。

值得追問的不是孫犁的「美化」，而是孫犁的「選擇」。選擇了「北方人民」的主流和優秀代表作為謳歌的對象，卻較少正視作為集體概念的「北方人民」必然包含的缺陷。

說「較少」，是因為他也並非沒有寫到「北方人民」中的「陰暗面」，比如在短篇小說《鐘》（1946）裏，他寫了風流成性、良心泯滅的老尼姑，和老尼姑通姦又企圖霸占小尼姑的地主林德貴，來歷不明的某漢奸。如果說這些人因為身份關係只屬於「北方人民」的極少數，那麼《光榮》（1948）中的「小五」就有一定的普遍性了。她自己出生貧苦農家，卻嫌貧愛富，不喜稼穡，只圖眼前利益，不理解、不支持、不肯等待出門抗日的未婚夫，把眾人眼裏保家衛國的「光榮」看得一錢不值。這等「閑人」和「落後分子」，雖然始終處於孫犁小說世界的邊緣，然而就像陰影一樣侵蝕著光明，孫犁並沒有把他們從「北方人民」中剔除。

如果說孫犁在描寫「極少數」壞人和像陰影一樣占據背景的一大批「閑人」和「落後分子」時，嚴格按照戰爭年代的政治標準將他們劃入「敗類」，或歸為「另類」，因而還是沒有觸及「北方人民」本身的缺點，那麼，小說《鐘》寫「抗日村長」大秋的糊塗思想，性質就不同了。

在地主林德貴的鋪子裏打工的大秋和村裏的小尼姑慧秀有私情，後來老尼姑死了，敵人趕走了，大秋慧秀成為一對恩愛夫妻，這是故事的結局。這以前，大秋始終不敢公開自己和慧秀的私情，一夜苟合令慧秀有了身孕後，大秋再也沒有露面，也沒有給憂愁絕望的慧秀任何幫助。慧秀在林德貴和老尼姑的責罵和奚落中痛苦而屈辱地生產、忍著巨大的悲哀掩埋她和大秋的私生子，這些事大秋明明知道，還是忍心不去看望。那時日本人並未「掃蕩」，身為抗戰積極分子的大秋沒有理由隱蔽自己。抗戰提高了北方農民的思想覺悟和道德水平，這是包括孫犁在內的眾多革命作家共同的敘述模式，但是抗戰並沒有一下子抹去大秋心裏的歷史積詬，相反，他忍心不去看望正在生產的無助的情人，理由是他既然參加了抗戰組織，受到同志們和領導「看重」，就必須「自重」，「一切都積極，一切都勇敢，一切都正確，不要有一點對不起上級」，當他聽到尼姑庵的鐘聲而想去看望慧秀時，「他又想：這不正確的，不要再做這些混帳事」。如果僅僅因為礙於小尼姑出家人身份而不敢公開自己與她的私情，那還是「舊道德」在作怪；但用從共產黨所領導的抗戰學到的道理和「積極」、「正確」、「勇敢」、「不要有一點對不起上級」的標準來繼續棄絕在困境中的情人，甚至把看望她說成是「不正確」、「混帳」，就不能不說是大秋的糊塗思想了。慧秀後來在日本人刺刀下掩護「抗日村長」，大概正是這一點「積極」、「正確」、「勇敢」的表現，使大秋覺得她已經在村裏人面前改變了先前作為小尼姑的形象，這才「提出來和她結婚。組織上同意，全村老百姓同意」。大秋最後「接受」被他長期棄絕的慧秀，主要理由還是他自己意識中的「政治正確性」，以及來自「組織上」和「全村老百姓」的認可，而不是兩人之間私下的愛情。《鐘》裏面個人感情的被壓抑被曲解以及在集體意志中被公開和被承認，和《光榮》中描寫思想積極並尊敬老人的秀梅代替落後的小五，光榮地成為抗日英雄原生的妻子，具有異曲同工之妙；中國古代戲曲小說中「奉旨完婚」的敘事模式，隱然可見。

不過，在孫犁「抗日小說」所塑造的人物形象中，像大秋這樣正面人物卻又隱藏著微妙的缺陷的畢竟並不多見，孫犁走筆的方向，更多的是像在寫《邢蘭》（1940）中的邢蘭時那樣，著重刻畫其貌不揚乏善可陳的平凡的北方農民如何在戰爭的錘煉中煥發出驚人的美好，或者就像《光榮》中的原生、《澆園》（1948）中的李丹、《「藏」》（1946）中的新卯、《小勝兒》（1950）中的小金子那樣毫無缺點可言的抗日戰士。至於女性形象，占絕對優勢的則是《荷花淀》、《囑咐》（1946）裏的「水生嫂」、《「藏」》中的淺花、《蒿兒梁》（1949）中的「主任」那樣積極上進的少婦，以及《光榮》中的秀梅、《吳召兒》（1949）中的吳召兒、《小勝兒》中的小勝兒、《山地回憶》（1949）中的「女孩兒」那樣美麗、溫柔、進步、勇敢的少女。她們是孫犁正面描寫的「北方人民」的精華，《荷花淀》、《囑咐》（1946）中的「水生嫂」和《光榮》中的秀梅，則是這一群女性形象的代表。

孫犁正式走上文壇是 1944 年到達延安以後。這時的延安剛剛結束「清查」和「整風運動」不久，孫犁作為「清查」、「整風」以後從敵後抗日根據地來延安的知識分子，沒有經過那番革命組織內部的嚴酷洗禮，思想包袱不多，但 1944 年延安文壇正處於「清查」、「整風」後的蕭條期，以《野百合花》等雜文直率地揭露邊區內部缺陷而被指為國民黨奸細、「托派分子」並遭逮捕的王實味，仍然關押在邊區監獄，許多受到「批評」和「幫助」的來自「亭子間」的小知識分子身份的作家紛紛放下手中的筆，或下基層，或上前線，希望通過改造自己的思想而在創作方面尋找和工農兵相結合的新的出路，1944 年已經發表了《小二黑結婚》、《李有才板話》、《李家莊的變遷》的趙樹理，暫時還沒有獲得廣泛的認可。對於這種政治氣候，在冀中即以文學理論開始其文字生涯的魯迅藝術學院研究生孫犁，不可能完全隔膜，他在延安的窰洞裏寫《荷花淀》時，也不可能一點沒有創作禁區。他之所以寫出了幾乎洗淨塵埃的幽美的抒情作品《荷花淀》，固然因為在延安受到「貴賓待遇」，因為 31 歲的他對遠在家鄉的年輕妻子的思念，因為特別愛美、特別崇拜年輕貌美的女性的「天性」，因為身在黃土高原而倍加懷念冀中平原的山水——但政治因素的作用也許更加重要，只不過他呼應政治的方式比較特別，即在不違背當時「政治正確性」的前提下，巧妙地選擇了自己熟悉的題材，並充分挖掘了這個題材可能蘊涵的美。

在「全民抗戰」的意識形態籠罩下，戰爭是最大的政治，也是最具超脫性的政治——抵禦外寇的民族解放戰爭超脫了革命內部一切複雜的矛盾。對孫犁來說，他選擇華北敵後的抗戰作生活作為小說的題材，就完全可以把國內和黨內政治的複雜問題擺在一邊，聚精會神地表現戰爭年代那些美好的人性內容，而美好的人性內容確實可以成為背井離鄉的革命戰士的精神滋養，確實可以從另一個角度服務於政治。何況，被孫犁大書特書的那些美麗、溫柔、青春煥發、積極上進的青年男女形象，都是「工農兵」身份，這就使孫犁的創作在抗戰之外又獲得了另一種更加切實的「政治正確性」。從 1945 年到 1956 年，他也因此成為從敵後抗日根據地和解放區出來的少數幾個能夠堅持以自己的風格創作而較少受到外界影響的作家之一。

人情的美，人性的美，尤其是女性的青春之美，就是在這種主觀「選擇」和客觀「規訓」的統一中得到了集中和強化的表現，但恐怕並不能說，孫犁的這種「選擇」是為了政治宣傳而對「北方人民」進行了「美化」——儘管客觀上可以起到某種美化和宣傳的作用。

問題之二，在孫犁的「抗日小說」中，為什麼沒有正面描寫挑起戰爭的日本人？對戰爭中敵人一方的形象始終作淡化處理，甚至將敵人遠遠地放在視野的盡頭，是否會不利於理解戰爭本身？

日本人——確切地說是日本軍人——在孫犁小說中確實很少出現。即使出現，形象也十分模糊。《鐘》只含糊提到「一個漢奸兩個鬼子」站在慧秀的門外，勒令慧秀出來受審，但他們的形象，並沒有任何具體的描寫。後來「鬼子」乾脆換成更加抽象的「敵人」，並很快就被由人叢中躍出的「青年游擊組」趕跑了（另一篇小說《「藏」》在這方面如出一轍）。在《荷花淀——白洋淀紀事之一》中，「鬼子們」坐在大船上，被游擊隊用手榴彈炸沉；他們面目不清，沒有任何言語動作，處在敘述者視野的邊緣。在《蘆花蕩——白洋淀紀事之二》（1945）中，一群洗澡的「鬼子」被一個神勇的老船工騙進一片布滿魚鈎的水面，下身被鈎子咬住，動彈不得，任憑老船工用竹篙打他們的頭，「像敲打頑固的老玉米一樣」。把剛剛打傷中國小女孩的日本侵略者的頭比作「頑固的老玉米」，並無多少憎惡和醜化的意思。在《碑》中，老百姓隔著一條河遠遠看到那將十八名八路軍戰士逼下冰河的凶狠的「敵人」，也只是模糊的人影。而在反映游擊戰士躲避日軍「清剿」和「掃蕩」的《蒿兒梁》、《吳召兒》中，「鬼子」、「敵人」根本沒露面，只出現在我方情報裏，或者通過放哨的警號來推斷他們到了某個地方——他們總是被八路軍游擊隊遠遠甩在後面。

孫犁這樣描寫日本軍人，主要有兩個原因。第一，他主要想表現的是中國軍民在抗戰時期勇於獻身、堅強不屈、相互提攜、彼此關愛並充滿必勝信心的美好情操，這種創作意圖不需要正面描寫或醜化日軍形象也能實現。第二，孫犁在冀中參加抗戰，最初加入呂正操部隊。呂曾擔任張學良副官、秘書，西安事變後秘密加入共產黨，1937 年抗戰爆發，遵照中共北方局指示，率原東北軍 691 團隨國民黨第 53 軍南撤，半路脫離主力部隊，放棄原來番號，改稱「人民自衛軍」，和共產黨領導的地方武裝匯合，建立敵後抗日根據地，長期堅持游擊戰。孫犁起初屬於「人民自衛軍」文職人員，因為體弱不宜做戰地記者，只在軍中擔任宣傳鼓動和文件編輯工作，基本沒有遭遇實際戰鬥，也沒有和日本人照面，加上他不懂日語，沒有好好研究過日本的文化（恐怕也沒有這個興趣），因此，即使他想正面描寫日本軍人也沒有經驗的基礎。他不是有意要在自己的作品中淡化日本軍人的形象，而是主觀上不必寫，客觀上不能寫。在這一點上，孫犁是有代表性的，他不是一個例外，當時絕大多數反映抗戰的中國作家，都很少從正面描寫過日本軍人。但這並不等於說，孫犁完全不瞭解或不寫日本軍人。他在小說中經常渲染敵我對抗的緊張氣氛，他反覆描寫日本侵略者帶給北方人民的深重災難，以及中國軍人在後方缺醫少藥的條件下養傷的情景，已經足以讓任何沒有戰爭經歷的讀者感受到中華民族的敵人是如何凶殘了。

問題之三，不正面描寫敵人，只一味追求我方軍民表現出來的人情美人性美，必然帶來一個結果，就是無法正面和具體地描寫戰爭或戰鬥的場面，這樣會不會掩蓋至少是讓讀者看不到戰爭本身的殘酷，乃至一定程度上美化了戰爭？尤其當作家代表著戰爭受害者一方寫作的時候，這種未能充分表現戰爭的殘酷而一味追求美好的寫作方法，會不會本末倒置？

孫犁的「抗日小說」確實不經常寫到大規模的戰爭場面；小規模的戰鬥，也避免描寫血腥的屠殺。無論是敵人的覆滅和我方的犧牲，他都以極儉省的筆墨帶過，並始終將實際的戰鬥場面放在遠景。《鐘》裏面不肯屈服的慧秀的遭遇，是「鬼子一刺刀穿到她的胳膊上，她倒下去，血在地上流著」。《「藏」》裏面鬼子懲罰不肯交出抗日頭領的村民，方法是「看著人們在那裏跪著，托著沉重的東西，胳膊哆嗦著，臉上流著汗。他們在周圍散步，吸烟，詳細觀看」，這和當時以及以後某些描寫抗日戰爭的作品大量出現的血腥、殘酷、瘋狂的場面，有天壤之別。

涉及我方軍民犧牲的情節，孫犁更是儘量避免直接詳細的描寫，總是用間接的方式寥寥數語交代過去。比如《小勝兒》寫「華北八路軍第一支騎兵部隊」的失敗：

> 楊主任在這一仗裏犧牲了，炮彈炸飛的泥土，埋葬了他的馬匹。小金子受了傷，用手刨著土掩蓋了主任的屍體，帶著一枝打完子彈的槍，夜晚突圍出來，跑了幾步就大口吐了血。

完全不事渲染。

可能是孫犁最殘酷的小說《碑》，寫 18 名八路軍游擊戰士被「敵人」逼到冰河裏的場面，全部文字如下：

> 他們在炮火裏出來，身子像火一樣熱，心和肺全要炸了。他們跳進結冰的河裏，用槍托敲打著前面的冰，想快些撲到河中間去。但是腿上一陣麻木，心臟一收縮，他們失去了知覺，沉下去了。

沒有寫八路軍戰士在三面之敵的槍彈中倒下，也沒有寫他們在冰河裏繼續受到敵人的掃射，只是寫冰冷的河水讓他們沉入水底——寫我方戰士的犧牲，他寧願強調最後導致他們死亡的不是敵人的無情的槍彈，而是自己家鄉的河水，目的顯然是要減少犧牲場面所激起的悲哀和絕望。

至於以我方勝利並且沒有我方人員犧牲的戰鬥，孫犁的筆致就更加輕鬆明亮——或者說更加「美」了。《吳召兒》寫漂亮的山地姑娘獨自為游擊隊斷後，「截擊」掃蕩的日軍，本身就有點傳奇色彩，具體戰鬥場面則間接而優美地呈現出來：

> 她登在亂石尖上跳躍著前進。那翻在裏面的紅棉襖，還不斷被風吹捲，像從她身上撒出的一朵朵火花，落在她的身後。

> 當我們集合起來，從後山上跑下，來不及脫鞋襪，就跳入山下那條激盪的大河的時候，聽到了吳召兒在山前連續投擊的手榴彈爆炸的聲音。

這與其說是描寫戰鬥，不如說是借戰爭來欣賞女性美的表演。這種場面，以前也許只有在有關「花木蘭」、「楊家將」、「樊梨花」等的民間傳說與說唱文學中才會出現。

最有名的是《荷花淀》，寫剛剛成立的游擊隊成功地伏擊一船日軍，整個戰鬥只用了短短兩句話：

> 槍聲清脆，三五排槍過後，他們投出了手榴彈，衝出了荷花淀。
>
> 手榴彈把敵人的那隻大船擊沉，一切都沉下去了。

而在這之前和之後，年輕媳婦們的歡歌笑語、她們在背後對解救他們的丈夫們的充滿嬌嗔和自豪的議論，遠遠超過槍彈的聲音，成為小說的主體。

將激烈的戰鬥場面有意處理得輕鬆自若，甚至走向極端的，是《紀念》（1947）。這篇小說寫「我」所率領的一隊八路軍戰士（當時還沒有改稱為「解放軍」）在一個軍屬家的屋頂上抗擊「還鄉隊」的進攻，「我」一面射擊，一面和躲在屋裏的姑娘「小鴨」和她的母親從容談笑，直到我方占據優勢，準備「衝鋒」為止。這就確實如茅盾所說，是用談笑從容的態度，來描摹風雲變幻了。

然而，如果說在孫犁的「抗日小說」中看不到戰爭的殘酷，那肯定是錯誤的。孫犁所寫的「殘酷」，主要不是具體的戰鬥或敵我之間直接對抗所造成的流血與死亡，而是充滿他作品的「北方人民」因為日本強加給中國的這場戰爭而遭受的極度的貧窮和苦難；描寫戰爭的小說所顯示的「殘酷」，從戰場轉移到北方人民的日常生計的艱難，體現為日常性的貧窮、哀傷、淒涼和恐懼，這一點根本無須渲染，即使孫犁的唯美的筆致也不會令其減少分毫。

「北方人民」日常性的的貧窮、哀傷、淒涼和恐懼，是孫犁小說無須明言的固定背景，因此他就更加需要在這滿目蒼痍的固定背景中為讀者尋找一些美好的安慰和激勵。他的任務不是在紙上重複當時的中國讀者已經難以承受的無處不在的「殘酷」，而是要用「北方人民」的堅韌、樂觀、無私和美好來戰勝「殘酷」。表現戰爭中的殘酷現實，孫犁完全有材料，但他節制了自己的筆墨，他要留出更多的空間來表現他想表現的。另一方面，有節制的表現往往更容易使讀者在「不寫之寫」中發揮想像，具有更大的暗示性，所以他絲毫不擔心這樣節制的描寫會沖淡戰爭的「殘酷」。只有沒有經歷戰爭年代的磨難、不知道「殘酷」為何物的作家才會拼命渲染「殘酷」，生怕讀者看出他不會寫「殘酷」。在這方面，孫犁的「含蓄」和許多沒有經歷戰爭年代的作家對戰爭中的「殘酷」景象的刻意渲染，是有根本區別的。

從「真實性」的角度追問孫犁「抗日小說」的價值，本無可厚非，但這種追問如果忘記了孫犁的生活道路和創作環境，便容易成為無的放矢。孫犁是 40 年代中期以後革命文學隊伍中主要以抵禦外寇的敵後抗戰生活為背景來創作小說的作家，他的大量「抗日小說」，乃是關於中國抗戰的一首清新優美的抒情詩。孫犁「抗日小說」的所有特點，都由此而來。

第二節　「土改史詩」和「新英雄傳奇」：長篇小說的新視野

寫作身份的變異／《太陽照在桑乾河上》：「翻身農民」的現代演義／《暴風驟雨》：階級對立的嶄新敘事／「典型化」形象塑造的審美功利性／馬烽、西戎／孔厥、袁靜

毛澤東的《講話》發表後，不僅直接影響了解放區作家在選擇材料、主題提煉、藝術形式等方面的創作追求，還深刻地震撼了一代作家的心靈。他們清醒地意識到必須放棄作為知識分子身份的「自我」，投身到群眾中去，虔誠地向工農兵學習，進行徹底的自我改造，除此之外別無出路。這種強烈的政治自卑感驅使作家主動地調整和改變創作方向，在與現實鬥爭生活和時代精神的熱烈擁抱中取得了小說創作的新視野。

1946 年夏天，黨中央頒佈了關於土地改革的「五四」指示，丁玲響應黨的號召，參加了晉察冀中央局組織的土改工作隊，在河北懷來、涿鹿一帶農村參加了近兩個月的土改工作，後來又先後兩次去冀中體驗生活。1646 年 10 月，在冀熱遼區黨委機關報《民聲報》任副社長的周立波（1908-1979），也隨著一支工作隊到松江省珠河縣元寶區參加了那裡的土地改革。火熱的鬥爭場面，土改中農民思想感情的動

蕩變化，使這兩位以獨特的「土改幹部」與知識分子雙重身份置身其中的作家，產生了無法抑制的創作激情與衝動。丁玲於 1948 年 6 月完成了《太陽照在桑乾河上》（以下簡稱《桑乾河上》），周立波的《暴風驟雨》上、下卷也分別於 1947 年 10 月及後一年寫成。這兩部完整反映土地改革的史詩性巨著，以其嶄新的思想風貌和宏闊的藝術視野與成就標誌著解放區長篇小說的現實主義創作達到了一個新的高峰，作品問世後引起了文壇的巨大震動。其後不久，《桑乾河上》與《暴風驟雨》分別榮獲 1951 年度斯大林文學獎金二等獎和三等獎，贏得了廣泛的國際聲譽。

《桑乾河上》以華北一個叫暖水屯的村子為背景，真實而細緻地描寫了土改運動的整個過程，既深刻地反映了農村土地改革運動中尖銳複雜的階級差異和階級鬥爭，又形象揭示了各階層人的精神狀態，進而表現出中國農村和農民在黨領導下所取得的歷史性巨變。土地改革運動對延續幾千年的封建土地制度而言，無疑是一場暴風驟雨式的偉大變革。封建土地制度是封建主義的強固的經濟基礎，只有徹底摧毀它，實行耕者有其田的原則才能使廣大農民從根本上擺脫封建剝削和封建壓迫，真正得以翻身解放。丁玲親身參加與體驗了這場運動，正是她親眼目睹的這一巨大變化觸發她的藝術靈感，促使她完成了這一史詩性巨著。《桑乾河上》共分 58 章，前 10 章描寫土改風暴即將席捲暖水屯時，村上各階層人們的動態；中間部分寫工作組進村後發動群眾開展鬥爭，取得對地主階級鬥爭最初勝利的經過；41 章至 50 章寫暖水屯農民終於找準了鬥爭的對象——錢文貴，並把他扳倒，取得土改的決定性勝利。結尾部分則以輕鬆的筆調描寫了農民的「翻身樂」和參軍參戰的情景。全書波瀾壯闊，氣勢磅礡，生動地再現了農民翻身解放的複雜過程和解放後歡欣鼓舞的新氣象。但小說的最大成就不是單純地歌頌土改鬥爭，而在於它以現實主義的藝術力度真實地反映了這場鬥爭中農村與農民心理的複雜性，這種複雜性所帶來的農村改革的艱鉅性以及這種複雜性與艱鉅性所昭示的更為深刻的啟示。

小說以大量的筆墨描寫了農村階級關係和血緣關係的交叉滲透給土地鬥爭帶來的錯綜複雜性。在暖水屯這個中國農村的縮影中明顯地存在著兩個階級的對立：一是以錢文貴、李子俊為代表的地主階級，一是以張裕民和程仁為代表的貧苦農民。作者的可貴之處在於沒有用理論來圖解現實生活，也不把馬克思主義的階級分析學說簡單化，沒有迴避農村生活本身所固有的複雜性。讀者看到的是在兩個階級的對立中，又存在著枝纏蔓繞、難分難解的異常錯綜複雜的關係。錢文貴是村裡有名的「八大類」中的第一類，但他的二兒子卻是八陸軍戰士，大女婿張正典是村治安委員，大哥錢文富、弟弟（黑妮的父親）都是貧民，姪女黑妮與長工程仁有戀愛關係。複雜的社會階級關係使得暖水屯在地主之間、農民之間，甚至是工作組內部都充滿了矛盾和性格的差異。例如，曾當過錢文貴的長工，深受壓迫的程仁，在當上農會主任後，僅僅由於黑妮是錢文貴的姪女，就一度對鬥爭錢文貴採取了逃避態度。土改鬥爭的艱難首先就來自於這一錯綜複雜的階級關係。長期以來生產力發展的極度緩慢，造成了暖水屯封建性社會關係的自然延續。然而，土改鬥爭必須衝破這個充滿了歷史惰性的社會結構，使農村社會每個成員的地位發生急遽變化，這樣就不可避免地引發了暖水屯不同階級、各個階層人們間的既尖銳激烈又複雜微妙的矛盾與鬥爭。

小說還展現了幾千年來封建制度和封建思想在農民文化心理結構中留下了怎樣的歷史積澱，以及這一精神負擔又是在何等程度上束縛了他們反封建的積極性，阻礙了他們自身解放的歷史進程。作者在小說中借人物之口說翻身要翻透就得「翻心」。前者是社會制度的變革，後者是農民社會心理的變革。丁玲不僅是藝術地創造了「翻心」這一獨特詞彙，而且傾其全力試圖透過火熱而複雜的「翻身」運動的表面，去體悟、感受人們的情感、心靈世界。暖水屯的農民普遍存在著怕「變天」的心理，他們對錢文貴有刻骨的仇恨，但生怕扳不倒他，待他捲土重來時反而自身難保。迷信麻木的老農民侯忠全竟然地鬥倒他過去的主人——地主侯魁後分給他的一畝半地悄悄地退回去。因為他不相信農民能掌權，不相信自己有翻身當主人的日子。當他與剛被鬥爭過的侯魁目光對視的那一剎那，他甚至「覺得像被打了一樣」，「連忙把兩手垂下，彎著腰，逃走了」。從這一人物身上，我們真實地看到中國農民要真正地從地主階級的統治下，尤其是從奴隸主義的精神桎梏中解放出來，真正掌握自己的命運，是何等的艱難！即使是身為暖水屯黨支部書記的張裕民也會在心煩意亂時到巫婆那裡求仙拜佛，也一度對鬥爭地主畏首畏尾。從社會發展規律上說，40 年代中國農村的這一場巨大變革並不是農村生產力發展到一定程度後自然而然地引發社會制度發生相應變動。它在很大程度上是戰爭外力作用下的產物。因此，農民文化心理結構的變化沒有經過充分的從量變到值變得發展過程，不可能一下子從封建傳統的束縛中解放出來，這是中國農村變革所不得不面對的嚴峻的客觀事實。從這個意義上說，《桑乾河上》對農民心理狀態的刻畫與錯綜複雜的階級關係的描寫，既具有高度的社會真實性與現實針對性，又表現出了歷史的心理的縱深感。

《暴風驟雨》上部反映的是東北松江縣元茂屯土改初期的鬥爭生活，下部描寫了當地農民在《中國土地法大綱》頒佈以後深入開展土改及參軍的情況。與《桑乾河上》的凝重深沉相比，《暴風驟雨》在總體上表現出鮮明的理想主義色彩。《桑乾河上》由於較為注重對農民文化心理的歷史積澱的挖掘，因而在主題思想上客觀地表現出這一場偉大的土改運動所不可避免的艱鉅性和複雜性，主人公也大多是處於成長或成熟過程中的形象。而《暴風驟雨》則意在通過「暴風驟雨」般的農民運動推翻地主階級的革命來展現新的精神世界，對農村階級關係的描寫較為簡單化、規範化，難見前者那樣錯綜複雜的「你中有我，我中有你」的關係，鬥爭雙方壁壘分明，階級對立幾乎與政策條文相吻合，這不免削弱了作品的思想力度和深度。在人物形象塑造方面，《暴風驟雨》從趙玉林、郭全海到白大嫂子、趙大嫂子等也組成了具有理想化色彩的新人群像。趙玉林人窮志不窮，苦難的生活和殘酷的階級壓迫，磨練出了他鋼鐵般的意志。在工作隊的啟發下，他首先覺醒起來。在艱苦的鬥爭中，他毅然加入共產黨，勇往直前，無私無畏，並最終為革命獻出了寶貴的生命。郭全海繼趙玉林犧牲後成為第二部的中心人物，從土改骨幹到任農會主任，他始終經得住鬥爭的嚴酷考驗。在捉拿韓老五的鬥爭和以後的砍挖運動中，在重分土地和勝利果實以及參軍參戰的熱潮中，他既表現出一個黨員幹部身先士卒、克己奉公的高尚品德，又鍛煉出了極強的組織才幹和較高的政策水平，也是作者所熱情謳歌的英雄形象。即使對老孫頭、老田頭等老一代農民形象的塑造，作者也側重於描寫他們在時代潮流的推動下「變」的可能性、現實性甚至與土改的同步性，較多的是以欣喜的熱情的目光去欣賞他們的經濟翻身與「精神翻身」的過程，在作品中我們很難見到侯忠全那樣對傳統思想既「忠」又「全」的人物形象，這顯然也是作者的主觀善良願望使然。

就藝術成就而言，兩部小說都力圖以史詩性的結構框架真實全面地反應土改運動的全貌，表現出藝術構思的真實性、獨創性和深刻性，同時又力求貼近當地農民的現實生活、思想情感以及口語習慣，頗具地方色彩與生活氣息，為長篇小說藝術的民族化、大眾化做出了可貴的成功嘗試。但二者在藝術上又各有千秋。在刻畫人物方面，《桑乾河上》擅長運用深入細膩的心理描寫和性格敘述，而《暴風驟雨》更多的是把人物放在矛盾衝突中，透過富於特徵性的外部行動表現人物性格。在語言上，《桑乾河上》雖也注意向農民學習，但仍夾雜了較多的知識分子化的歐化句式，精細微妙有餘而通俗樸實不足，《暴風驟雨》則以單純、明朗而簡潔的語言形式，表現出幽默活潑的農民情趣，比《桑乾河上》顯得更為符合中國小說傳統以及中國讀者的審美習慣。

由於時代的和作家主體的原因，兩部作品在對土改生活的感受、理解與藝術描繪上存在著明顯的缺陷與不足。《暴風驟雨》表現的生活進程與土改的發展走向是一致的，但作家對這一進程的展開與生活描繪卻是不充分的，如對韓老六的塑造就帶有概念化、簡單化的痕跡，作者也很少顧及表現群眾覺醒的艱難複雜過程。《桑乾河上》雖注重了地主與農民的非正面衝突、村幹部之間的思想鬥爭和各種人物的內心情緒的呈露，卻又忽視了對農民鬥爭的「氣勢」與農民形象覺醒的表現。兩部作品這些不同的缺陷卻有著來自作家思想深處的共同的根源。他們有意避開土改過程中出現的「偏向」、失誤和複雜，而是透過過濾生活去凸出對這一歷史事件的既定結論的認同。在作家看來，「典型化的程度越高，藝術的價值就越大」，而「典型化」就是「站在無產階級立場上站在黨性和階級觀點上所看到的一切真實之上的現實的再現」[2]。由此造成了生活真實、政治傾向與藝術表現上的深刻矛盾。這一內在的矛盾還直接影響了作品的結構。總起來看，《暴風驟雨》的結構明顯前緊後鬆，後部分的不少章節常常是整章整節的敘述和材料交代，既枯燥又顯得吃力，影響了作品整體結構的平衡和審美品位。《桑乾河上》在第五節後，基本上也是用材料和敘述來支撐的。兩位作家都曾談到他們深入土改運動的時間之短和生活積累之不足，但在政治任務的感召下急就了長篇結構，其不足也就不可避免了。

2　《周立波研究資料》，長沙，湖南人民出版社，1983 年，287 頁。

在解放區長篇小說創作中，除了上述以土改運動為題材的作品外，還有一類也頗為引人注目，這就是以民族戰爭為表現對象的章回體英雄傳奇。馬烽（1922-2004）與西戎（1922-2001）合寫的《呂梁英雄傳》於 1945 年完成，並先後在解放區《晉綏大眾報》和國統區的《新華日報》上連載。小說以呂梁山下的康家寨為時空背景，生動形象地展示了呂梁人民在極端惡劣的環境中堅持抗戰取得勝利的過程，有力地表現了人民戰爭思想和游擊戰術的重大勝利，作品發表後，一時成為廣大讀者，尤其是邊區民眾爭相傳閱的長篇戰爭佳作。《呂梁英雄傳》之所以引起了強烈反響，首先是由於它以富有濃厚鄉土氣息的山西話，細緻描寫了邊區百姓所熟悉和關心的戰事，而這在此前的長篇小說創作中尚未全力展現過。同時，小說創造性地借鑒了中國傳統小說的章回式敘事模式，注重情節性和故事性，尤其是戰鬥場面描寫得有聲有色，引人入勝，既富悲壯感，又透射出英雄傳奇的浪漫氣質。不過，《呂梁英雄傳》在整體結構上顯得較為鬆散，在人物描寫上也尚嫌粗疏，這無疑在一定程度上影響了作品的藝術生命力。

繼《呂梁英雄傳》之後，孔厥（1916-1966）、袁靜（1914-1999）於 1949 年發表的《新兒女英雄傳》，沿著同樣的章回體英雄傳奇的路子，取得了新的成就。《新兒女英雄傳》具有較為完整的長篇結構，克服了《呂梁英雄傳》式的故事連綴的弱點。全書以冀中白洋淀為背景，以張金龍、牛大水與楊小梅之間的婚姻關係的變化發展為主要線索，描繪了一幅人民群眾英勇抗日的壯美圖景，極為精細地再現了抗日民族戰爭的艱鉅性和新的民族英雄的成長過程。在主題的提煉、人物形象的塑造及民族精神的挖掘上，《新兒女英雄傳》也大大超過了同類題材的作品。小說雖講究故事的曲折動人的方面，但並不因此忽視人物成長和人物性格的複雜性。主人公牛大水與楊小梅都是抗日戰爭中成長起來的英雄，作者著力描寫他們是如何一步步循著戰爭發展的歷史進程並最終完成了各自性格的形成和發展。牛大水起初只是個純樸怕事、眼睛只盯著自己那五畝地的憨厚農民，在共產黨員黑老蔡的啟發和引導下，他帶著樸素的民族仇恨和階級覺悟，走上了自覺革命的道路，並成長為一個堅定成熟的八路軍連指導員。楊小梅的道路更為曲折，他因不堪婆婆的虐待與丈夫的毒打，逃出家庭投入到八路軍的懷抱，並義無反顧地與張金龍割斷關係。後來在殘酷複雜的鬥爭中逐漸成長為堅強不屈、有勇有謀的革命戰士，而且終得與有情人牛大水喜成眷屬。小說將主人公別出心裁地置於政治軍事鬥爭和家庭倫理、個人感情動蕩的交接處，儘管因受傳奇故事的牽制而影響到對生活開掘的深度，但畢竟顯示出了將階級意識、民族意識和個人意識融為一體的主題意識。

「新英雄傳奇」將民族化、大眾化與時代氣息相結合，以農民的思維、語言、心理特徵去表現戰爭生活，具有很強的功利性、教育性與認識價值；但同時它又缺少心理深度和細膩描寫，缺乏對人性的全面探索和對戰爭本體的思考。這一審美模式由於囿於特定的政治傾向、正義與非正義觀念，不利於對戰爭題材本身所具有的深層文化意蘊的挖掘與反思，不幸的是它幾乎成為 40 年代及此後幾年戰爭文學創作的主要形式。直到新時期這種局面才真正得以打破。

第三節　其他作家的創作

「歌頌」主潮的湧現／劉白羽、康濯等／追蹤時代前進步伐的報告文學／「見聞」、「剪影」式的敘事抒情散文

解放區的小說、散文創作在總體上以「新的主題，新的人物」開闢了現代文學史上以弘揚革命英雄主義精神為主調，以歌頌為主潮的嶄新時代。在時代浪潮的激蕩下湧現出了大批的作家作品，創作成就蔚為大觀。

解放區長篇小說除了前述創作之外，較有影響的還有歐陽山的《高幹大》、柳青的《種穀記》，作品透過對辦合作社、「集體種穀」的生動描述，使人們看到了解放區農民在政治、經濟和思想方面的深刻變化。草明的《原動力》將讀者的視線引向東北某地一個水力發電廠，那裡的工人以堅忍不拔的毅力抗擊日本帝國主義和國民黨的破壞，從而保證了源源不斷地向四周輸送著光明和動力……

中、短篇小說的創作顯得更為豐富多彩。像當時許多作家一樣，小說家劉白羽曾以「隨軍記者」的身份親身經歷了火熱的鬥爭生活，切實感受到了遠離戰火的知識分子難以體會到的硝煙瀰漫的戰爭氛圍和濃厚的生活氣息，先後寫出了《五台山下》、《龍煙村紀事》、《勇敢的人》、《政治委員》、《早晨六點鐘》等短篇小說集和中篇小說《火光在前》。劉白羽的可貴之處在於他雖以描寫部隊生活見長，但小說著眼點又並不在反映戰爭生活本身，而在善於挖掘戰爭背後人的精神和時代的精神。如其代表作《無敵三勇士》刻畫了分

別屬於三種不同類型的戰士形象：英雄閻成福、「老油條」李發和、解放戰士趙小義，起初三人之間時有矛盾和摩擦，甚至相互嫉妒和輕視，後來經過部隊憶苦思甜等形式的政治思想工作，他們認識到了彼此之間幾乎相同的悲慘家史和受苦的共同根源。共同的階級仇恨溝通了他們的心靈，消除了相互的矛盾和分歧。在一次突擊戰中，三人互相協作，前仆後繼，炸掉了敵人的碉堡，被譽為「無敵三勇士」。小說既歌頌了革命英雄主義精神，又表現了戰士豐富的內心世界。楊朔的中篇小說《帕米爾高原的流脈》、《紅石山》、《望南山》，短篇小說集《月黑夜》、《北黑線》，于黑丁的《母子》，峻青的《血衣》等等也都是戰爭題材小說創作的重要收穫。而華山的《雞毛信》、管樺的《雨來沒有死》等則將革命樂觀主義精神滲透到少兒形象的塑造中，成為頗具機巧和童趣的小英雄傳奇，深深地吸引和影響了此後幾代小讀者。

在以農村生活為題材且不去正面寫民族戰爭和階級鬥爭的小說創作中，康濯是較為獨特的一個。他善於通過新舊不同時代的對比來展現農民精神世界的變化。代表作《我的兩家房東》通過農村姑娘金鳳和農村幹部栓柱的戀愛故事，反映了解放區農民的新的思想意識和道德觀念，這很自然地讓人聯想到趙樹理的《小二黑結婚》，但《我的兩家房東》卻少了後者那樣尖銳的矛盾糾葛和戲劇意味，而多了幾分細膩和深沉，使讀者能夠從中品味到新的思想觀念是如何透入農家滲入人心的。

解放區散文創作的一個最大的特點是報告文學取得了空前的繁榮和發展，這深深地得力於戰爭的特殊環境與高昂的時代精神。為了積極響應黨的號召，深入到實際鬥爭中去，同時為了既能夠以自己的創作真實及時地紀錄戰爭反映戰爭，起到激發人心、鼓舞鬥志的作用，又能夠發揮自身的藝術特長，許多散文家、小說家乃至詩人都主動地選擇了報告文學這一文學形式，將其推向發展的高潮。從題材上說，大量作品以飽滿的政治熱情，生動地抒寫和反映人民革命的偉大進程與英雄事蹟。如劉白羽的《為祖國而戰》真實地展現出人民解放軍解放東北、平津和挺進江南的光輝戰鬥歷程。《光明照耀著瀋陽》著力描繪瀋陽解放後人民歡欣鼓舞的情緒。周而復的《海上的遭遇》以敘事與抒情相結合的筆法，描寫了一支赴延安隊伍衝破敵人封鎖和海上的第一次圍剿終於到達目的地的英雄事蹟，具有較強的藝術感染力。丁玲的長篇報告文學《一二九師與晉冀魯豫邊區》反映了晉冀魯豫革命根據地的艱難創建與發展的歷程，透射著感人的力量。以寫人物為主的報告文學也大量湧現。如丁玲的《田保森》、馬烽的《張初元的故事》歌頌了普通農民中的先進人物；白朗的《一面光榮的旗幟》記述了東北抗聯女英雄趙一曼的英雄事蹟；沙汀的長篇報告文學《隨軍散記》集中表現了賀龍同志的崇高的精神品質和美好的內心世界；而周而復的《諾爾曼・白求恩片斷》則描寫了一個為國際共產主義運動而獻身的白衣戰士的高尚品格。

這時期的報告文學不僅數量眾多，題材廣泛，而且表現出形式的多樣化和藝術手法的成熟。由於 30 年代報告文學的創作累積了豐富的經驗以及對文學民族化、大眾化的提倡，使得大多作者在注重時效性、真實性的同時，更著力追求文學的藝術性與感染力量。大部分作品改變了過去形象蒼白、語言歐化的缺點，不但具有感人的情節與敘事，而且注重對人物形象進行典型化塑造，在很大程度上實現了報告文學由以事件為中心到以人物為主體的藝術轉變，標誌著中國現代報告文學發展的最高成就。

解放區散文創作的另一大成就是敘事抒情散文的發展。這類散文作品題材極為廣泛，有的反映邊區勞動人民和人民軍隊在黨領導下的生產和戰鬥業績，有的著力歌頌人民群眾翻身解放、當家作主的新生活，還有的表現了知識分子深入工農兵生活後的思想發展。代表性作品集有丁玲的《陝北風光》、何其芳的《星火集》、吳伯簫的《出發集》、楊朔的《潼關之夜》、卞之琳的《滄桑集》、草明的《解放區散記》、陳學昭的《漫走解放區》等等。其中，何其芳的《我歌唱延安》、《差別》等作品一改過去「隱晦曲折」的寫法，用通俗樸實的形式描寫了初到延安的見聞和興奮心情，客觀地反映了解放區嶄新的現實和豐裕的生活。丁玲的《秋收的一天》不僅描畫了秋天豐收的景象，更令人心舒氣爽的是表現了勞動中人們的幹勁與熱情。茅盾的《風景談》和《白楊禮讚》更是這一時期描繪解放區生活的藝術珍品。《風景談》以沙漠中沉毅前行的駝隊象徵邊區軍民在民族危亡關頭肩負著民族解放的歷史重任，又選取「生產歸來」、「魯藝風光」、「黎明剪影」等鏡頭來描寫解放區的新生活、新人物、新風貌，藝術地展示了這塊土地所蘊涵的深沉而蓬勃的民族精神。《白楊禮讚》則通過對那些正直、堅強不屈的戰士的禮讚，象徵了「在華北平原縱橫決蕩的用血寫出新中國歷史的那種精神和意志」。

同其他體裁一樣，解放區敘事抒情散文在文體風格與藝術形式上也顯示出新的特色。由於文章所寫的是許多讀者所陌生、所嚮往的新事物，而且作者在反映新生活的時候側重於抒發他們新的感受和激情，因而無論是陝北風光，還是燕趙人物，都帶著傳奇的意味和崇高的美感詩意，充滿了現代散文發展史上少見的樂觀精神和明朗的色調。在表現上，作家們善於截取富有深意、新意的生活片斷，運用小說、報告文學等再現場景和心境的手法，吸收了豐富的群眾語言，從而普遍形成了樸素清新的藝術風格。

再版後記

我和復旦大學的郜元寶教授、北京師範大學的劉勇教授、北京大學的孔慶東、吳曉東教授幾位合作，早在 1999 年就完成了這部《中國現代文學史》，2000 年由中國人民大學出版社正式出版。迄今，已重版 9 次，發行數萬冊，被中國大陸數十所大學本科生教學採用，並被一些大學列為研究生考前參考書。

去年，由於中國文化大學宋如珊教授的熱情引薦，秀威資訊科技股份有限公司慷慨決定再版此書，我感到莫大的榮幸。我與引薦人和出版社早有緣分。2005 年、2007 年我應如珊教授之邀，兩次赴臺北參加學術研討會。如珊教授還與劉秀美教授陪我遊覽過風景如畫的花蓮和宜蘭，那裏保護甚好、渾然天成的自然景觀，給我留下極深的印象。我和如珊還是研究同行，她是專門研究大陸當代文學史的，是臺灣學界研究這一領域的先行者。也是由於如珊教授的推薦，秀威 2004 年曾出版過我一本小書，2007 年我還曾專程去這家設備和出版理念都非常先進的出版公司參觀，由此也瞭解了臺灣學術著作出版方面的一些情況。

由於時空阻隔，環境差異，海峽兩岸學者對「中國現代文學史」的觀察可能有所不同，即使存在分歧也屬正常。「文學史」從來都是特定年代的研究者根據自己的歷史境遇和觀念所解釋的對象，在整理、敘述和分析距自己已很遙遠的一個文學期的時候，他們都會把自己的觀念和審美趣味自然或不自然地投射進去，由此呈現出歷史的另一番面貌。但願這部文學史著作在臺灣出版後，能得到臺灣同行的切磋和指教，也希望同學們在閱讀它的時候提出自己不同的看法。如果通過它能夠促進彼此文學理念和知識的互換、交流，應該是我們最最高興的事情。

在此謹向引薦、出版本書的如珊教授和秀威資訊科技股份有限公司，向為此書出版付出了艱辛勞動的責任編輯黃姣潔小姐，一併表示謝忱。

程光煒

2010 年 2 月 6 日於北京

語言文學類　AG0133

中國現代文學史　下編
——（1937～1949 年）

作　　者 / 程光煒、劉勇、吳曉東、孔慶東、郜元寶　合著
主　　編 / 宋如珊
責任編輯 / 黃姣潔
圖文排版 / 黃莉珊
封面設計 / 蕭玉蘋

發 行 人 / 宋政坤
法律顧問 / 毛國樑　律師
出版發行 / 秀威資訊科技股份有限公司
114 台北市內湖區瑞光路 76 巷 65 號 1 樓
電話：+886-2-2796-3638　傳真：+886-2-2796-1377
http://www.showwe.com.tw
劃撥帳號 / 19563868　戶名：秀威資訊科技股份有限公司
讀者服務信箱：service@showwe.com.tw
展售門市 / 國家書店（松江門市）
104 台北市中山區松江路 209 號 1 樓
電話：+886-2-2518-0207　傳真：+886-2-2518-0778
網路訂購 / 秀威網路書店：http://www.bodbooks.tw
國家網路書店：http://www.govbooks.com.tw

2010 年 09 月 BOD 一版
定價：320 元

國家圖書館出版品預行編目

中國現代文學史. 下編, 1937～1949 年 /
程光煒等合著. -- 一版. -- 臺北市 : 秀威資訊
科技, 2010.09
面 ; 公分. -- (大陸學者叢書 ; AG0133)
BOD 版
ISBN 978-986-221-579-1 (平裝)

1.中國當代文學 2.中國文學史 3.文學評論

820.908 99015667

讀者回函卡

感謝您購買本書，為提升服務品質，請填妥以下資料，將讀者回函卡直接寄回或傳真本公司，收到您的寶貴意見後，我們會收藏記錄及檢討，謝謝！如您需要了解本公司最新出版書目、購書優惠或企劃活動，歡迎您上網查詢或下載相關資料：http:// www.showwe.com.tw

您購買的書名：＿＿＿＿＿＿＿＿＿＿＿＿＿＿＿＿＿＿＿＿

出生日期：＿＿＿＿年＿＿＿＿月＿＿＿＿日

學歷：□高中(含)以下　□大專　□研究所(含)以上

職業：□製造業　□金融業　□資訊業　□軍警　□傳播業　□自由業

□服務業　□公務員　□教職　□學生　□家管　□其它＿＿＿

購書地點：□網路書店　□實體書店　□書展　□郵購　□贈閱　□其他

您從何得知本書的消息？

□網路書店　□實體書店　□網路搜尋　□電子報　□書訊　□雜誌

□傳播媒體　□親友推薦　□網站推薦　□部落格　□其他＿＿＿＿＿

您對本書的評價：(請填代號　1.非常滿意　2.滿意　3.尚可　4.再改進)

封面設計＿＿　版面編排＿＿　內容＿＿　文／譯筆＿＿　價格＿＿

讀完書後您覺得：

□很有收穫　□有收穫　□收穫不多　□沒收穫

對我們的建議：＿＿＿＿＿＿＿＿＿＿＿＿＿＿＿＿＿＿＿＿

＿＿＿＿＿＿＿＿＿＿＿＿＿＿＿＿＿＿＿＿＿＿＿＿＿＿

＿＿＿＿＿＿＿＿＿＿＿＿＿＿＿＿＿＿＿＿＿＿＿＿＿＿

＿＿＿＿＿＿＿＿＿＿＿＿＿＿＿＿＿＿＿＿＿＿＿＿＿＿

請貼
郵票

11466
台北市內湖區瑞光路 76 巷 65 號 1 樓
秀威資訊科技股份有限公司 收
BOD 數位出版事業部

（請沿線對折寄回，謝謝！）

姓　　名：＿＿＿＿＿＿＿＿　年齡：＿＿＿＿　性別：□女　□男

郵遞區號：□□□□□

地　　址：＿＿＿＿＿＿＿＿＿＿＿＿＿＿＿＿

聯絡電話：(日)＿＿＿＿＿＿＿＿＿(夜)＿＿＿＿＿＿＿＿＿

E-mail：＿＿＿＿＿＿＿＿＿＿＿＿＿＿＿＿